Didier Cornaille est un authentique amoureux de la terre. Tout d'abord journaliste spécialisé dans le monde agricole, il s'est ensuite consacré à l'écriture où il connaît depuis des succès réguliers (prix Émile-Guillaumin 1995 pour *Les Labours de l'hiver* aux Presses de la Cité, prix Sully-Olivier-de-Serres 1992 pour *Le Vol de la buse* aux Éditions de l'Armançon). *Les Gens du pays* a obtenu le prix du Morvan Henri-Perruchot 2006 et le prix Marcel-E.-Grancher 2007.

Les Gens du pays

Du même auteur

Le Périple du chien, Éditions Albin Michel, 2004.
La Muse dans le grenier, Éditions Albin Michel, 2003.
Je reviendrai vers vous, Éditions Albin Michel, 2002.
Les Voisins de l'horizon, Éditions Albin Michel, 2001.
L'Alambic, Presses de la Cité, 2000.
L'Héritage de Ludovic Grollier, Presses de la Cité, 1999.
Étrangers à la terre, Presses de la Cité, 1998.
La Croix de Fourche, Presses de la Cité, 1997.
Les Terres abandonnées, Presses de la Cité, 1996.
Les Labours de l'hiver, prix Émile-Guillaumin 1995, Presses de la Cité, 1995.
La Croix du carage, Éditions de l'Armançon, 1994.
Le Vol de la buse, prix Sully-Olivier-de-Serres 1992, Éditions de l'Armançon, 1991.

Imprimé en France en janvier 2009
Dépôt légal : février 2009
N° d'impression : 90005
ISBN : 978-2-84494-876-2

Didier Cornaille

Les Gens du pays

De Borée
Terre de poche

I

La même étincelante lumière de juin baignait la ville et la campagne. Depuis la place du marché, encore noire de monde, dans le prolongement de l'enfilade des platanes du boulevard de la Liberté, on voyait l'herbe des prés ondoyer sous la brise. Plus loin encore, en s'élevant sous l'effet du soleil, une fine brume de chaleur infligeait aux collines un léger tremblement, comme celui que l'on voit aux rideaux des théâtres derrière lesquels s'agitent les comédiens, avant que le brigadier frappe les trois coups par quoi tout commence.

On en était à l'heure où seuls les retardataires s'activent encore aux étals des marchands. Au beau milieu des allées, le cabas rebondi à bout de bras, hommes et femmes, peu à peu, s'agrégeaient en fluctuantes coteries où le devoir de convivialité s'accomplissait comme un rite. On paraissait et l'on mesurait, aux mines réjouies, à l'épaisseur des poignées de main, et au claquement des bises, toute la formidable jouissance dont vibrait cette foule au simple plaisir de se reconnaître.

« Tiens donc, voilà Youssef qui va rejoindre sa bourrique », disait-on au passage rapide d'un petit homme gris.

Un sac de courses dans chaque main, il se pressait en zigzaguant entre les groupes sans leur prêter la moindre attention. On le hélait. Il répondait d'un large sourire, toujours le même, et continuait obstinément son chemin.

« Sacré Youssef, disait-on. Pas trop causant, mais brave homme. »

C'était comme une civilité, un devoir de correction à l'égard de celui dont l'évidente singularité rendait plus palpable à tous les autres la rassurante assurance d'appartenir à la collectivité. La question ne s'était évidemment jamais posée, mais quel aurait été le désarroi de ceux-là même qui l'interpellaient si Youssef, tout à coup, dérogeant à ses habitudes, avait répondu à leurs invitations de venir se mêler à eux ! Il était l'exception. Sans elle, la normalité du groupe n'aurait pas su qu'elle existait. Il le savait et en avait déduit depuis longtemps, sans la moindre illusion, la périphérie précise de son aire de liberté.

Le marché hebdomadaire en faisait partie. Sa quête était l'exacte symétrie de celle de tous ces gens qui ne savaient vivre qu'en groupe. Il lui fallait se mesurer ponctuellement à cette foule à laquelle il n'appartenait pas pour se retrouver dans son choix de solitude. Le soulagement qu'il ressentait, chaque fois, en reprenant le chemin de sa lointaine fermette était l'aliment de son paisible bonheur, au milieu de ses quelques bêtes, occupé du matin au soir aux simples tâches de la terre.

Dès qu'il eut atteint l'hôtel de ville, la foule se fit plus clairsemée.

« Salut, Youssef ! » lui lançaient encore, d'un trottoir à l'autre, des gens qu'il ne connaissait pas et à qui, invariablement, il répondait du même sourire épanoui.

Puis il tourna dans la ruelle des Échevins qui contourne l'hôtel de ville. Il se crut enfin seul. Le haut mur qu'il longeait était garni d'une longue série d'anneaux d'attache. C'était là, disait-on, que, jadis, les jours de marché, les paysans descendus à la ville nouaient la longe de la mule ou plus couramment de l'âne qu'ils avaient attelé, à la nuit noire, à la charrette aux grandes roues cerclées de fer, sur le banc rustique de laquelle ils effectuaient le voyage.

N'eussent été toutes ces voitures garées entre les bandes blanches qu'on avait tracées sur le bitume, le nez si près du mur que Youssef dut se résoudre à les contourner en empruntant la chaussée, le trottoir aurait effectivement révélé sa largeur tout à fait exceptionnelle et propre à accueillir de tels attelages. À intervalles réguliers, les anneaux, rouillés, n'étaient plus que les dérisoires souvenirs de ces temps révolus.

Sauf un que Youssef devinait déjà, par-dessus les toits des voitures. C'était *son* anneau. Il tenait à ce possessif et peut-être plus encore à la reconnaissance quasi unanime de cet état de fait par les gens de la ville. C'était sur cet anneau et sur nul autre que, chaque matin de marché, son âne venait de lui-même, sans que Youssef ait à le lui commander, poser son front, au terme du long chemin qu'il leur fallait accomplir, depuis son lointain village.

Car Youssef n'entendait pas se déplacer autrement qu'en charrette à âne. Cela faisait plus de quarante ans qu'il opérait ainsi et il ne voyait pas de raison de changer ses habitudes.

« Tu es riche, Youssef, le blaguait-on. Tu t'achèterais un vélomoteur, ça irait tout de même mieux ! »

Il hochait vigoureusement la tête et défendait son âne.

« Et pourquoi je changerais ? disait-il. Ça va bien comme ça. Je n'ai pas besoin de plus. La vitesse ? Pour quoi faire ? J'ai tout mon temps, moi. Et ma bourrique ? Qui c'est qui la fera sortir, si je vais en vélomoteur ? »

On riait et on n'insistait pas. Après tout, Youssef, il faisait bien comme il voulait. On en était tellement d'accord que personne n'aurait eu l'idée saugrenue, les jours de marché, de venir glisser sa voiture devant le seul anneau, derrière l'hôtel de ville, encore poli, chaque semaine, par la longe de Félicien, l'âne de Youssef.

Il contourna un dernier véhicule qui lui dissimulait son attelage et eut la confirmation de ce qu'il lui avait semblé voir de loin : quelqu'un était à la tête de Félicien, un enfant qui le caressait. Un large sourire éclaira le visage du vieux bonhomme. Il aimait ces brèves rencontres qu'il devait à son âne. Il lui arrivait même de l'arrêter, en pleine rue, pour satisfaire à la demande de quelque gamin qu'attiraient tellement les grandes oreilles et la douceur du poil gris souris soigneusement brossé avant le départ.

« Il te plaît, mon âne ! » lança-t-il.

Surpris, l'enfant fit un bond en arrière et posa un regard inquiet sur Youssef.

« Tu peux y aller, tu peux le caresser, voulut-il le rassurer. C'est qu'il aime ça, le Félicien, qu'on le caresse. Pas vrai, Félicien ? »

Il rangeait ses sacs au fond de la charrette.

« Tu es du quartier ? continua-t-il. Pourtant, je ne t'ai jamais vu par ici. »

Ce fut le silence du gosse qui attira son attention. Ses sacs bien calés derrière le banc de la charrette, il venait à la tête de l'âne et tendait déjà la main vers la longe pour en dégager le nœud.

« Peut-être que tu es là pour les vacances ? hasarda-t-il. C'est bientôt les vacances, non ? Tu auras pris un peu d'avance. Bof ! les derniers jours, à l'école, on ne fait plus rien, c'est bien connu. Pas vrai ? »

Il parlait pour occuper le terrain, tout en observant ce gosse figé, à deux pas de lui, qui n'osait pas répondre. C'est qu'il était beau, ce gamin. Il pouvait avoir quoi ? Une dizaine d'années, pas plus. Dans un visage encore marqué par la délicatesse de la petite enfance, il ouvrait sur le monde un regard bleu dont sa gêne et son inquiétude passagère ne parvenaient pas à éteindre toute la pétillance ordinaire. Il avait quelque chose de propret dans sa tenue qui surprenait, sur ce trottoir où, apparemment, il était seul. Il tenait à la main une petite valise à laquelle Youssef n'avait pas tout de suite prêté attention.

« Tu vas loin, comme ça ? » s'étonna-t-il.

Le gosse eut un nouveau mouvement de recul qui surprit Youssef.

« Non… » prononça-t-il d'une petite voix à peine audible.

Il n'était donc pas perdu, crut pouvoir se rassurer Youssef sans, à vrai dire, y attacher trop d'importance. Après tout, cette étonnante réserve, ce n'était peut-être que de la timidité.

« Bon, dit Youssef, ce n'est pas tout ça, mais, nous, c'est qu'on n'est pas d'ici ! Pas vrai, Félicien ? Il faut qu'on remonte. On a du chemin à faire. »

Il détacha la longe, la rangea sous le banc de la charrette.

« Allez ! Félicien. Une petite marche arrière. Regarde comme il sait bien faire. »

Le gosse n'avait pas bougé d'un poil. Il observait l'âne qui, à petits pas précautionneux, faisait reculer la charrette, guidé par Youssef qui surveillait les flancs des voitures. Enfin, ils furent sur la chaussée, dans le sens du départ. Youssef se hissa sur le banc et se tourna une dernière fois vers le gamin qui s'était avancé jusqu'à l'extrême bord du trottoir et ne quittait pas l'attelage des yeux.

« Allons ! dit Youssef. Reviens donc, si tu veux. C'est simple, Félicien, il est là tous les jours de marché ! »

Il agita les guides en émettant un drôle de claquement de langue. L'âne se mit en marche. Youssef se retourna une dernière fois.

« À bientôt ! » voulut-il lancer.

Mais il arrêta net son attelage. Toujours immobile au bord du trottoir, le gamin avait baissé la tête et Youssef ne s'était pas encore assez éloigné pour qu'il ne puisse pas voir les sanglots qui lui secouaient les épaules. Prestement, il fit faire demi-tour à Félicien, que l'aspect inhabituel de la manœuvre ne parut pas surprendre.

Un long moment il resta perplexe devant ce gosse qui n'en finissait pas de sangloter, tête basse, à deux pas de sa charrette. Il ne savait pas comment l'aborder à nouveau.

« C'est grave ? » finit-il par demander.

Sans relever les yeux, le gamin se contenta de hausser les épaules. Youssef en déduisit que ce devait être grave.

« Comment tu t'appelles ? »

Il n'obtint pas de réponse. La diversion n'avait pas marché. C'était donc qu'il fallait s'en tenir à ce qui pouvait justifier un tel désespoir.

« C'est parce que j'emmène Félicien ? » tenta Youssef à tout hasard.

Le gosse fit « non » de la tête.

« C'est pas que tu es perdu ? »

Il y eut un bref temps d'hésitation. Les sanglots se firent plus discrets, comme si le gamin les retenait pour mieux réfléchir. Puis il y eut un imperceptible mouvement de la tête de haut en bas, comme un aveu.

« Tu es perdu ! Attends voir, c'est que c'est sérieux, ça. Encore ! tu as de la chance de tomber sur moi. Tu dirais ça à n'importe qui, savoir ce qui t'arriverait ! Il ne faut surtout pas dire des choses comme ça à n'importe qui. Les gens, tu sais, ils ne sont pas tous comme moi ; il y en a des méchants… »

Youssef, sans trop y prendre garde, laissait filer les mots pour se donner le temps de bien réaliser ce qui lui arrivait. Qu'allait-il faire de ce gamin perdu ? Qu'allait-on dire si c'était lui, Youssef, le hors norme, le vieux solitaire, qui ramenait ce drôle d'oisillon tombé du nid ? Et pourtant, il n'allait tout de même pas l'abandonner là, au bord de son trottoir dont il n'avait toujours pas bougé.

Il fallait en savoir plus.

« Tu viens de loin, comme ça ? »

Toujours ces hochements de tête pour seule réponse. Celui-là était franchement positif, ce qui, d'ailleurs, ne changeait rien à la perplexité de Youssef.

« Et tu as perdu tes parents ? » tenta-t-il de raconter lui-même.

Cette fois, ce fut de droite à gauche que la tête s'agita. La déduction qui s'imposa à l'esprit de Youssef lui fit froncer les sourcils.

« Tu t'es sauvé ? »

Le gamin ne pleurait plus. Le regard obstinément rivé sur la pointe de ses chaussures, en reniflant à petits coups brefs, il ravalait ses derniers sanglots. Il enfonça rageusement ses mains au fond des poches de son jean et se résolut enfin à confirmer, toujours aussi silencieusement et toujours sans oser lever les yeux.

« Ah ! » fit Youssef, cette fois franchement ennuyé.

Les choses, il est vrai, ne semblaient pas vouloir prendre le chemin de la simplification.

« Et tu allais où, comme ça ? » demanda-t-il.

Le nez soudain se releva et le regard qui se planta dans celui du vieux brillait des flammes d'une intense résolution.

« Chez mon père ! claironna une petite voix haut perchée.

– Eh bien, voilà ! À la bonne heure, voulut blaguer Youssef. Tu as retrouvé ta langue. J'avais peur que tu l'aies avalée ! »

Le nez replongea aussitôt vers le trottoir et les épaules se haussèrent sèchement. Allons bon ! le monsieur était susceptible. Il ne s'agissait pas de le prendre à la blague !

« Je disais ça, c'était pour rire », voulut s'excuser Youssef.

Le gamin parut en convenir. Il releva à demi un regard morose qu'il posa à tout hasard sur la croupe de Félicien, comme si, patiemment, ayant confié l'essentiel à Youssef, il attendait de celui-ci qu'il résolve ses problèmes.

« Et ton père, il est où ? » s'enquit le vieux qui se faisait une raison.

Au train où allaient les choses, à lui tirer ainsi les vers du nez, bribe après bribe, on était là pour un bon moment. D'autant plus que, retombé dans son mutisme, le gamin exhibait une lippe tellement dubitative que Youssef n'eut pas besoin d'autre explication.

« Tu ne sais pas où il est, ton père, c'est ça ? Bon, alors, si je comprends bien, c'est de chez ta mère que tu t'es sauvé, c'est ça ? Et tu veux rejoindre ton père, mais tu ne sais pas où il est ? C'est toujours ça ? Bon, alors, pourquoi tu te retrouves ici, dans cette ville-là ? C'est ici qu'il habite, ton père ? »

Comme cela aurait été simple ! Une ville comme celle-là, il ne faut pas des jours et des jours pour en faire le tour. Aussi bien, il n'était peut-être pas trop tard pour remonter sur le marché. Une telle nouvelle lâchée en plein milieu d'une allée et toute la ville aurait été en alerte en moins d'une heure. Youssef alla jusqu'à en caresser brièvement l'espoir.

Peut-être cela se vit-il dans son regard car le gamin prit un air franchement désolé.

« Je ne sais plus où il habite, mon père, dit-il gravement. Je sais que ce n'est pas trop loin d'ici. Quand j'étais petit, quand on venait à la ville, c'était ici. Ça, je le sais bien. Mais on n'habitait pas ici. On habitait une ferme, au bord des bois. »

Le discours était étonnant, mais Youssef prit pour encouragement à persévérer le fait que le bonhomme se décidait enfin à sortir de son mutisme.

« Une ferme au bord des bois ? s'étonna-t-il. Il est paysan, ton père ? »

La réponse vint aussitôt.

« Non, il est éleveur de chèvres. »

La stupéfaction de Youssef fut telle que le gamin crut qu'on ne le prenait pas au sérieux.

« Si, insista-t-il. Même qu'il en a beaucoup et que, avec leur lait, il fait du fromage.

– Tu es bien sûr que c'est par ici ? »

Jamais Youssef n'avait entendu parler d'élevage de chèvres dans la région. Il n'y avait guère que lui, loin à la ronde, pour en entretenir trois ou quatre au milieu de ses quelques moutons qu'il mettait à pâturer par alternance dans les prés de ses vaches.

« Et comment il s'appelle, ton père ? tenta-t-il.

– François. François Trichot.

– Et ton petit nom à toi, c'est quoi ?

– Julien.

– Et ta mère ? tenta Youssef qui voyait que la piste du père ne lui en apprendrait pas beaucoup plus.

– Ma mère, c'est Samanta, qu'elle s'appelle… Mais pas Trichot, bien sûr. »

Ah bon ! Sans véritable étonnement, Youssef commençait à discerner, derrière cette histoire, qu'il tentait de reconstituer par petits bouts, le déchirement d'un gamin pris entre ses parents séparés.

« Et elle habite où, ta mère ?

– À Paris.

– Parce que, comme ça, tu es venu tout seul de Paris ?

– Ben, oui.

– Et comment tu as fait ?

– J'ai pris le train.

– Depuis Paris, tu t'es débrouillé tout seul dans le train, avec les changements et tout ?

– Ben, oui.

– Et les contrôleurs ? Tu ne t'es pas fait prendre ?

– J'avais un billet. Je leur ai expliqué que j'allais chez mon père. Ils n'ont rien dit. »

Youssef n'en croyait pas ses oreilles.

« Tu avais les sous pour acheter ton billet ? »

Une nouvelle fois, le nez piqua vers la pointe des chaussures. Le silence s'éternisa.

« Tu as cassé ta tirelire ? » suggéra Youssef, qui se doutait bien que ce n'était pas là l'hypothèse la plus vraisemblable.

Le gosse choisit la sincérité.

« Non, dit-il d'une petite voix sourde. Je les ai pris dans le sac de ma mère. »

Allons bon ! les choses ne se simplifiaient pas.

« Pourquoi tu es parti ? Tu ne l'aimes pas, ta mère ?

– Oh si ! »

Le cri avait jailli du cœur en même temps que le regard bleu venait à nouveau se planter dans celui de Youssef.

« Alors, pourquoi ? » insista-t-il.

Julien haussa vivement les épaules et détourna les yeux pour que Youssef ne vît pas les larmes qui y affluaient de nouveau.

« À cause des vacances, dit-il de la même petite voix brouillée d'émotion.

– Des vacances ? s'étonna Youssef. Tu n'aimes pas les vacances ?

– Ça dépend, fit Julien. Je n'aime pas quand il faut que j'aille chez grand-père et grand-mère. »

Youssef leva les yeux. La ville s'était rapidement vidée. Des voitures avaient quitté le stationnement alors qu'ils étaient là, tous les deux, à discuter au bord du trottoir, contre la charrette. Maintenant, ils étaient seuls dans la ruelle.

Allons ! Youssef avait tout son temps. Il faudrait bien qu'il aille au bout de ses étonnements pour tenter de comprendre ce drôle de petit bonhomme qui s'était mis sur son chemin et dont il se demandait ce qu'il allait bien pouvoir faire.

« Tu n'aimes pas aller chez ton grand-père et ta grand-mère ? s'offusqua-t-il. Est-ce qu'on a déjà entendu une chose pareille ? Tu ne les aimes pas, ton grand-père et ta grand-mère ? Ils ne sont pas gentils avec toi ? »

Tout le désespoir du monde habitait à nouveau le regard trempé que le gamin leva sur Youssef.

« Mais si, bien sûr que je les aime, mon grand-père et ma grand-mère. »

Il criait presque et sa voix tremblait autant de peine que de colère.

« Bien sûr qu'ils sont gentils avec moi. Mais je m'ennuie, chez eux. Vous ne pouvez pas savoir comme je m'ennuie. Ils habitent une grande maison au milieu d'un parc. C'est beau, chez eux. C'est tellement beau que je ne peux toucher à rien, je ne peux rien faire, et puis j'y suis tout seul. Alors, je m'ennuie… Même ma mère, elle ne vient pas, ou alors c'est en coup de vent. Parce que, elle aussi, elle s'ennuie, chez grand-père et grand-mère. Alors elle repart. Elle a beaucoup de travail, ma mère. Et puis, elle a beaucoup d'amis…

– Et toi, tu restes… »

Julien leva sur Youssef un regard incrédule. Combien de fois l'avait-il tenu, ce discours de désespoir, sans que jamais on veuille mesurer l'étendue de la détresse qu'il contenait ? Et là, tout à coup, quelqu'un qui comprenait… Pour un peu, il se serait jeté au cou de Youssef. Il se retint et le vieil homme ne sut pas encore à quel point il venait de gagner tout l'amour d'un gosse de dix ans.

« Bon, mais ce n'est pas tout ça, répéta-t-il. Ça ne me dit toujours pas ce que je vais faire de toi. »

Il eut un regard circulaire sur la ruelle, comme si une solution à son problème pouvait naître de son silence.

« Et si on téléphonait à ta mère ? essaya-t-il sans beaucoup d'illusions. Je lui parlerais d'abord, ça la rassurerait…

– Non ! »

C'était net ; il n'y avait pas à y revenir.

« Ah ! ben, oui, tu es brave, toi, mais comment on va s'en sortir ? À moins... à moins que je t'emmène chez les gendarmes ! »

Le haussement d'épaules et le sourire vaguement narquois qu'il obtint pour toute réponse le firent éclater de rire. C'était sa façon à lui de ne pas trop montrer l'émotion qui l'étreignait. Depuis tant d'années, pouvait-il se douter qu'il soit encore digne d'inspirer une telle confiance ? Durant tout le temps qu'avait duré leur laborieuse conversation, Julien n'avait guère bougé de sa bordure de trottoir, mais l'image même du désespoir, qui avait contraint Youssef et son âne à rebrousser chemin, n'était plus qu'un lointain souvenir. Sa petite valise posée à ses pieds, les mains au fond des poches, le gamin levait maintenant vers le vieux le regard paisible et souriant de l'enfant qui sait pouvoir tout attendre de l'adulte.

« Ton père, bien sûr... »

L'œil pétillant de malice et d'espoir, Julien se contenta d'opiner énergiquement.

« Oui, mais ton père, est-ce que je sais où il est, moi ?

– On peut chercher. Il n'est pas loin, j'en suis sûr », dit doucement le gamin.

Au fond, Youssef savait bien que ça devait se terminer comme ça. Il fallait encore, pourtant, que l'idée fasse son chemin, qu'elle impose son évidence. Y avait-il une autre solution ? Et puis, à bien y réfléchir, celle-là, pour inattendue qu'elle soit, ne lui déplaisait pas.

Pendant que Julien lui révélait petit à petit son histoire, il était resté assis sur le banc de sa charrette, les guides en main, comme s'il allait repartir d'un instant à l'autre. Il considéra encore longuement le gamin en s'efforçant de repousser loin au fond de lui toutes les incertitudes, toutes les objections que la raison pouvait encore opposer au geste qu'il allait accomplir, puis, lentement, il mit pied à terre.

« Allons ! dit-il, ça ne coûte rien de chercher. Peut-être bien qu'on le trouvera, ton père. Monte donc. »

Avant même qu'il ait posé la valise de Julien près de ses sacs de courses, le gamin était installé sur le banc de la charrette.

II

BIEN SÛR, le chemin parut long à Julien. Bien que courageux et d'une régularité exemplaire, le trottinement de Félicien n'avait rien à voir avec le siècle de la vitesse !

Sitôt franchi le pont qui, en bas du boulevard de la Liberté, enjambait une large rivière, on était à la campagne. La route filait tout droit sur des kilomètres entre de vastes prés aux haies bien taillées. Les uns étaient habités de lourdes vaches blanches et de veaux gambadant dans leurs jambes, à moins qu'ils ne soient endormis, lovés au creux de l'herbe. Dans les autres, la saison des foins battait son plein. Bien qu'on fût à l'heure la plus chaude de la journée, des tracteurs s'obstinaient à les parcourir, les uns attelés de faneuses qui leur faisaient des auréoles de poussière dorée, les autres vibrant au rythme de lourdes presses qu'on voyait parfois ouvrir une gueule béante pour vomir de grosses balles rondes.

Parfois, en doublant leur attelage, des voitures émettaient un bref coup de Klaxon. Invariablement, sans même se préoccuper de savoir de qui il s'agissait, Youssef levait haut le fouet qu'il tenait dans la main droite. Julien, que la vue de cet ustensile avait d'abord inquiété, eut tôt fait d'en déduire qu'il n'avait pas d'autre utilité et qu'il n'avait en tout cas aucun rapport possible avec l'échine de ce brave Félicien qui n'en avait visiblement pas besoin. Il aimait moins, par contre, quand d'énormes camions les doublaient dans un bruit d'enfer, et restait béat d'admiration devant le calme imperturbable de l'âne qui continuait son bonhomme de chemin exactement comme si ces monstres n'avaient pas existé.

Quand ils quittèrent cette route toute droite et de grande circulation, pour s'engager sur une petite départementale sinueuse, Julien se sentit tout de même plus à l'aise. D'ailleurs, le paysage changeait et lui parut tout de suite bien plus attrayant. Depuis la ville, ils avaient vu les collines grandir, émerger peu à peu de leurs voiles de brume tremblotante et finir même par dresser devant eux la masse sombre et apparemment sans faille de leur relief couvert de forêts.

Il avait fallu qu'ils les atteignent ou presque pour qu'apparaisse entre elles la fenêtre étroite d'une vallée. C'était là qu'ils avaient bifurqué. Félicien, sans renoncer à son trottinement énergique, avait tout de même ralenti. Imperceptible jusque-là, la côte se faisait raide. Parfois à le toucher, parfois à bonne distance, ils remontaient le cours d'un torrent dont les eaux tumultueuses scintillaient au soleil au milieu des prés.

Ceux-ci n'avaient plus d'autre similitude avec les grandes étendues verdoyantes qu'ils venaient de traverser, que l'herbe épaisse dont ils étaient couverts et les troupeaux de vaches blanches qui les broutaient. Pour le reste, ils étaient tout en ravins, en creux et en bosses dégringolant en désordre jusqu'au torrent, et ils s'allongeaient en bandes étroites au fond de la vallée, serrés de près, sur des coteaux aux pentes encore plus raides, par le moutonnement sombre d'épaisses forêts. Parfois, Julien, intrigué, entrevoyait, sous les sommets, d'étroits vallons qui lui semblaient pleins d'ombres et de mystères.

Au début, ils avaient continué leur conversation. Julien avait fait à Youssef le récit des heures qu'il avait passées à errer dans les rues de la ville, ne reconnaissant guère que le marché dans le tohubohu duquel il avait trouvé commode de se perdre pour que personne ne s'étonne de sa solitude. Mais le temps avait passé et Julien, peu à peu, s'était désespéré de ne rien trouver qui puisse réveiller ses souvenirs. C'était pourtant en misant sur cet espoir qu'il avait osé se jeter dans cette aventure. « Quand je serai là-bas, s'était-il rassuré, ça me reviendra. Je retrouverai. Ce n'était pas si loin. »

Il n'en avait rien été. Julien s'était fatigué à aller sans but par les rues de la ville. Il s'était découragé et avait senti l'angoisse le gagner. En découvrant Félicien qui somnolait au bout de sa longe, sans raison, il avait ressenti comme un immense soulagement, peut-être, tout simplement, celui de pouvoir prononcer les mots qui s'entrechoquaient en lui. Il fallait qu'il se confie, qu'il exprime l'immense désarroi dans lequel il était tombé. Il avait l'air si brave, cet âne. Il avait l'air tellement disposé à écouter !

À lui raconter tous ses malheurs, au creux de ses grandes oreilles, tout en le caressant, Julien avait retrouvé un peu de sérénité. Il avoua en riant à Youssef que celui-ci lui avait fait une peur bleue en l'interpellant ainsi qu'il l'avait fait. Mais tout cela était bien fini. Ils allaient retrouver son père et, par-dessus le marché, Julien se serait fait de bons amis, en la personne de Youssef et de Félicien qu'il mettait sans vergogne sur le même plan ! Il était heureux, l'exprimait sans détour et faisait du même coup le bonheur de Youssef.

Heureux, mais fatigué... On ne vit pas impunément tant d'aventures, quand on a dix ans, sans que survienne rapidement une grande envie de dormir ! En vérité, elle l'avait saisi dès que s'était établie la monotonie de cette longue route toute droite, à la sortie de la ville. Secoué par le tintamarre des camions qui les doublaient, intéressé par l'activité des tracteurs dans les prés, il avait résisté autant qu'il l'avait pu. La beauté paisible du paysage, lorsqu'ils s'étaient engagés dans cette petite vallée, lui avait encore permis de tenir bon et de s'accorder un sursis. Youssef, qui le sentait s'assoupir à côté de lui, avait bien tenté de retenir son attention en lui parlant de la petite ferme où il vivait, où ils allaient arriver, de ses vaches, de ses moutons, de ses chèvres, de Kicouillou le chien, et de Pépette la chatte, mais rien n'y avait fait. À deux ou trois reprises, le gamin, qui s'était laissé aller contre le vieil homme, s'était vivement redressé.

« Il est gentil, Kicouillou ? » demandait-il hors de propos, alors que Youssef en était déjà à lui décrire la maison, les prés et les bois.

Puis, doucement, le sommeil se ressaisissait de lui. Il sombra définitivement bien avant que Félicien renonce à son trottinement qu'il n'avait pas interrompu depuis qu'ils avaient quitté la ville.

La côte, cette fois, se faisait trop raide. C'était d'ailleurs toujours exactement au même endroit que l'âne, en rentrant du marché, estimant peut-être en avoir assez fait, prenait la liberté d'adopter une allure plus en rapport avec la rudesse de la pente. Youssef, bien sûr, laissait faire. Il lui arrivait même de mettre pied à terre et de poursuivre sa route en marchant à la tête de son âne. Félicien le savait et, chaque fois, il avait une façon bien à lui de ralentir imperceptiblement pour suggérer à son maître de soulager ainsi son effort.

Cette fois, pourtant, Youssef ne lui accorda pas cette faveur. Le gosse s'était trop confortablement abandonné contre lui. Pas question de le réveiller. Il se contenta de claquer de la langue une fois ou deux en agitant les guides. Félicien comprit, se résigna, et reprit un rythme normal en poussant courageusement dans sa bricole.

La route, en se dégageant de la vallée, montait longuement à flanc de coteau pour déboucher enfin sur un vaste plateau dont Youssef regretta que Julien, toujours profondément endormi, ne puisse pas découvrir l'étonnante beauté. À perte de vue, ce n'était qu'un immense moutonnement d'herbe sur laquelle une brise légère faisait courir une houle en larges frissons. Ici, la saison des foins n'était pas encore commencée. Avant que leur soient rendus leurs parcours ordinaires, les troupeaux étaient cantonnés dans de larges enclos, sur les pentes d'un épaulement, tout en haut du plateau que coiffaient les murs ocre et les toits d'ardoises bleutées de quelques fermes se découpant sur fond de forêt. Ainsi, de loin, on imaginait très bien leur assemblage assez lâche autour de l'église et d'un vaste espace qui devait être la place.

Il ne déplaisait pas à Youssef de ne pas avoir à traverser le village. Bien sûr, les questions viendraient. Un gamin chez lui, cela n'allait évidemment pas manquer d'attirer l'attention et de faire parler. « On a bien le temps », pensa-t-il en laissant Félicien s'engager de lui-même dans un chemin de traverse. Les cahots ne purent rien contre la profondeur du sommeil de Julien.

Ils dépassèrent les enclos, puis quelques haies d'arbres qui annonçaient la forêt toute proche. Juste avant de l'atteindre, Félicien qui, à l'approche de l'écurie, avait repris une allure plus vive, bifurqua sans ralentir dans une entrée de cour et vint s'arrêter au beau milieu d'une assemblée de poules et de canards qui s'écartèrent en caquetant et en cancanant à qui mieux mieux.

Les bonds qu'avait accomplis la charrette en quittant le chemin pas plus que cet arrêt brutal ne parvinrent à réveiller Julien. Youssef attendit quelques instants, mais, comme rien ne se passait et comme ils ne pouvaient pas rester plantés là éternellement, il finit par se résoudre à le secouer doucement.

« On est arrivés, Julien ! »

Le gamin sursauta légèrement, mais il en fallait plus pour le faire revenir du lointain royaume des songes dans lequel son immense fatigue l'avait fait glisser. Youssef dut à nouveau lui secouer doucement l'épaule.

« Oh ! Julien ! regarde. On est arrivés. »

Ce fut Kicouillou, en fin de compte, qui eut le dernier mot. Jailli du fond de la cour, de retour probable d'une lointaine expédition qu'il s'était permise en l'absence de son maître, il avait tout de suite remarqué que celui-ci n'était pas seul dans la charrette. C'était une étonnante boule de poils dont la toison, originellement tachetée de blanc et de noir, avait pris la couleur indéfinissable de tout ce que son incessante activité pouvait lui faire rencontrer…

Sans autre forme de procès, oubliant la fête qu'il octroyait chaque semaine à Youssef à son retour du marché, l'élan de sa course s'était terminé par un bond sur le plancher de la charrette. En se trémoussant d'aise, il tentait déjà de capter l'attention du nouveau venu par de grandes bourrades et d'intenses gémissements.

Cette fois, Julien se réveilla en sursaut et ouvrit tout de suite des yeux éberlués.

« On est où ? bredouilla-t-il. Youssef éclata de rire.

– Où veux-tu qu'on soit ? Chez moi, pardi !

– Et lui, c'est qui ? s'inquiéta le gamin en se serrant contre Youssef pour tâcher d'échapper aux effusions envahissantes de Kicouillou.

– Eh bien ! c'est Kicouillou. Tu sais, je t'en ai parlé, tout à l'heure. N'aie crainte, il est comme ça quand il ne connaît pas, un peu encombrant, mais ça va lui passer. Tu vas voir, vous allez bien vous entendre. Allez ! viens donc que je te montre. »

III

La ferme qu'évoquait Youssef avec tant de fierté était en fait des plus modestes. Un seul et long bâtiment bas suffisait à contenir l'habitation à un bout, la grange au milieu et l'étable à l'autre bout. À une époque vraisemblablement assez lointaine, à en juger par la mousse qui en couvrait le toit et aux affaissements disgracieux qu'il exhibait, on avait tout de même jugé utile d'appuyer sur son pignon, du côté de l'étable, un petit hangar à l'abri duquel s'entassaient les quelques outils et le tombereau qui constituaient la quasi-totalité du matériel utilisé par Youssef. À l'autre bout, adossé au pignon de la maison, une construction bien plus légère encore abritait poules, canards et lapins des intempéries et des appétits de maître renard.

Youssef n'avait évidemment pas toujours vécu là. Le concours de circonstances qui l'avait fait arriver dans cette minuscule ferme et y rester, à bien des années de là, relevait à la fois de la plus sombre des tragédies et de la simplicité d'un bonheur sans ombre. Rien ne le prédestinait à s'éloigner durablement du puits autour duquel se serraient les quelques maisons aux murs de terre séchée et aux toits de palme où il avait vu le jour.

C'était dans le Mzab, à quelques dizaines de kilomètres au nord de Ghardaïa. Entre les jardins et les dattiers de la palmeraie, le troupeau de moutons qu'il avait souvent la charge d'emmener pâturer et l'école du maître français qu'il fréquentait plus ou moins assidûment, il gardait de ses jeunes années un goût de miel qu'il préservait soigneusement au fond de sa mémoire.

Son seul regret était de ne pas avoir su, pendant toutes ces années, apprécier à sa juste valeur la vie qu'il menait alors. C'était d'ailleurs ce qui l'avait perdu. De grands chantiers s'implantaient dans le désert. Loin de tout, sans même se soucier de la proximité des puits, les ingénieurs français dressaient de hautes tours et, à ce qu'on disait, creusaient des trous immensément profonds d'où ils espéraient que jaillirait du pétrole. On disait encore qu'ils y étaient parvenus plus au sud, loin du Mzab, au-delà d'Ouargla.

Youssef, comme tous les gamins de son âge, plus peut-être encore qu'eux, s'était mis à rêver de modernisme, de mécanique... Il avait méprisé la vie simple que lui faisaient ses parents, la même que leur avaient faite les leurs, et ainsi de suite jusqu'aux origines des temps... Son père eut beau le mettre en garde, lui parler de la guerre qui ravageait le Nord, au-delà de Laghouat et des montagnes de l'Atlas, au pays des Arabes, il ne voulut pas en entendre parler.

Il réussit à se faire embaucher sur un des chantiers de prospection d'Hassi R'mel. On venait d'y trouver du gaz et l'activité y était débordante. Malgré tout le temps passé, il ne parvenait toujours pas à se guérir du terrible regret qu'il avait d'avoir quitté sans un dernier regard la palmeraie, les jardins et les dattiers, sa petite troupe de moutons, l'école du maître français et la rustique maison familiale.

Le reste n'avait été qu'un sinistre enchaînement d'événements auxquels il n'avait pas compris grand-chose. Rapidement, il fallut protéger les chantiers pétroliers. On les entoura de réseaux de fils de fer barbelés, des soldats vinrent s'installer dans des campements de tentes. Sans qu'il en ait exprimé le souhait, on l'affecta à l'entretien des engins militaires. Puis un jour, toujours sans qu'on lui ait demandé son avis, il apprit qu'il ne dépendait plus de la société pétrolière qui l'avait embauché. Il était bel et bien inscrit aux effectifs d'un régiment de tirailleurs.

Quand on lui annonça qu'il devait suivre la compagnie de ce dernier qui partait tenir garnison vers le nord, vers la Kabylie, il prétendit d'abord refuser. Il eut beau tempêter, maintenir qu'il n'avait rien à voir avec tout ça, on eut les arguments de nature à lui faire comprendre qu'il n'avait pas droit au chapitre. C'est alors seulement qu'il se souvint des avertissements de son père, mais il était trop tard.

Il n'avait jamais quitté le Mzab. Le dépaysement fut total, mais il devint un vrai cauchemar lorsque, de gré ou de force, il se retrouva mêlé aux « opérations de maintien de l'ordre », ainsi qu'on les nommait avec une bonne dose d'hypocrisie, que devait assurer l'unité à laquelle son sort était désormais lié. Bien sûr, comme beaucoup d'autres qui, pour la plupart, ne l'avaient pas demandé plus que lui, il se retrouva vite avec un fusil dans les mains et il n'eut pas d'autre choix que de s'en servir…

Cela dura plusieurs années. Puis on parla de paix. Déjà, Youssef se prenait à rêver du Mzab et de son petit village où, si vraiment cela se confirmait, son premier soin serait d'aller faire amende honorable devant son père. Les combats cessèrent effectivement. Confiant et même soulagé, Youssef accepta sans arrière-pensée de monter sans arme dans le camion dont on leur avait dit qu'il devait les emmener sur le lieu où ils devaient être démobilisés. Ce n'est qu'en cours de route qu'il apprit, de la bouche de quelques-uns de ses compagnons de voyage, ce qu'il risquait à retrouver la vie civile...

Une fois encore, il n'eut pas le choix. Il se retrouva à la porte d'une caserne d'Alger avec la peur au ventre. Le rêve du Mzab était loin... Après quelques jours d'errance dans les rues d'une ville où subsistait encore un reste d'autorité des forces de police françaises, il eut la chance de rencontrer un de ses anciens officiers et que celui-ci le reconnaisse. Il lui gribouilla une adresse sur un paquet de cigarettes vide et lui recommanda de s'y rendre sans faute le soir même.

À tout hasard, sans imaginer un seul instant le tournant radical qu'allait prendre son existence, Youssef fut au rendez-vous. L'officier n'y était pas, mais la trentaine d'anciens supplétifs qu'il y rejoignit savaient très bien ce qu'ils avaient à faire. Il n'eut qu'à les suivre. Ce ne fut que lorsqu'ils eurent embarqué dans les cales du *Ville d'Alger* qu'il put trouver le temps de s'inquiéter.

« Où va-t-on, comme ça ? » demanda-t-il à son plus proche voisin.

L'autre le regarda comme s'il avait affaire à un demeuré.

« Où veux-tu qu'on aille ? À Marseille, en France, pardi... »

En France... Aller en France... Youssef n'avait même jamais imaginé qu'il puisse y avoir une quelconque réalité derrière ces trois mots. Aller en France... Pour lui, la France, ça n'avait même pas la consistance d'un vrai pays. C'était un ensemble assez flou d'autorités, mais aussi de techniques, celles qu'il avait tant admirées, de relations commerciales dont parlait son père qui, comme tous les Mzabites ou presque, participait activement à tous les négoces de Ghardaïa et surtout, bien sûr, à celui des dattes. La France, c'était encore son maître qui leur en parlait avec des trémolos dans la voix, c'était une grande carte pleine de couleurs, suspendue au mur de l'école, c'était le prestige des troupes sahariennes...

Bref, c'était une sorte de fourre-tout dont on tirait avantage, qu'on admirait de loin, à qui on portait plutôt de l'affection. Encore que celle-ci ait été parfois teintée d'un peu d'exaspération, voire de mépris pour ces « roumis » qui se permettaient tout et ne respectaient pas les traditions.

Imaginait-on pour autant « d'aller en France » ? D'ailleurs, à quoi ça pouvait bien ressembler, la France ? Youssef aurait eu tout le temps d'y réfléchir durant la longue et pénible traversée pendant toute la durée de laquelle on ne leur permit pas de quitter la cale nauséabonde où on les avait parqués. Comme presque tous ses camarades, il fut atrocement malade d'un bout à l'autre et honteux, lorsqu'ils débarquèrent enfin à Marseille, de ne rien pouvoir changer à l'état lamentable dans lequel il se trouvait.

Ils eurent à connaître le sinistre camp Sainte-Marthe dont leur avaient tant parlé les hommes du contingent qui y étaient presque tous passés, avant d'embarquer pour l'Algérie. Il fut bientôt bondé d'anciens supplétifs, qu'on n'appelait pas encore des « harkis ». Comme eux, il avait eu la chance d'échapper aux sordides règlements de comptes qui ensanglantaient déjà leur pays. Les bruits les plus horribles couraient et la question les taraudait tous de savoir pourquoi la France laissait faire...

Prisonniers à leur tour de ce camp sévèrement gardé par l'armée, entassés dans des dortoirs trop petits, démoralisés, consumés d'angoisse, ils passèrent là d'effroyables semaines dont Youssef évitait d'évoquer le souvenir. Et puis, enfin, on parut vouloir s'occuper d'eux. Cela, dans un premier temps, ne fit qu'accroître la véritable panique que faisait courir parmi eux le bruit insistant selon lequel on allait les renvoyer là-bas, en Algérie, au massacre...

Il leur fallut longtemps et bien des palabres pour admettre qu'il n'en était pas question. On allait les répartir dans des camps de transit d'où leurs situations seraient examinées au cas par cas. On les rassura en leur répétant à l'envi que l'industrie française était en plein boum, qu'elle embauchait à tour de bras et qu'on n'aurait aucun mal à leur trouver du travail. Ils finirent par y croire.

C'est ainsi que Youssef découvrit, avec une soixantaine d'autres harkis, les alignements de logements minuscules qu'on avait bâtis à la hâte, à bonne distance de ce petit village du Morvan dont les habitants les regardaient de loin, sans chercher à dissimuler leur méfiance. Ils ne voulurent pas y attacher d'importance. Pour précaires qu'elles aient été, les conditions de vie qu'on leur offrait là, comparées à ce qu'ils venaient d'endurer, leur semblaient avoir une saveur de normalité dont ils préféraient s'estimer heureux.

Pourtant, on était en hiver et aucun d'eux n'aurait pu imaginer qu'il puisse exister des conditions climatiques si rigoureuses. Guère plus épaisses que du papier à cigarettes, les parois des logements qu'on leur avait affectés ne les protégeaient guère du froid. Tous les matins, il fallait casser la glace dans les brocs. Certains avaient été rejoints par leur femme et leurs enfants. Ces derniers étaient bien sûr ceux qui souffraient le plus, mais on se taisait, on ne se plaignait pas. Encore heureux d'être en vie et de jouir d'un semblant, d'un tout petit début de liberté.

Peut-être pour les réchauffer, on ne tarda pas à les mettre au travail. Il existait non loin de là une mine désaffectée dont il s'agissait de démonter les équipements. Quelques chevalets mangés de rouille, des ateliers, des quais de chargement perdus dans la grisaille d'un paysage figé de froid… Manipulant de la ferraille que le gel leur collait aux mains, maladroits, engoncés dans tout ce qu'ils avaient pu trouver de plus chaud, ils passaient là huit heures par jour avant de retrouver leur cité fantomatique où les femmes, vaille que vaille, s'échinaient à préparer de maigres repas et à donner une apparence d'humanité à leurs pauvres logements.

Avec le printemps, on vit arriver les agents de recrutement de grandes entreprises. Ce qu'ils proposaient n'était évidemment pas le Pérou. Aux yeux de Youssef, tous ces emplois dont on prétendait leur faire miroiter les maigres avantages avaient surtout l'inconvénient majeur d'être perdus dans des abstractions totales. Quelle signification pouvait bien avoir, pour lui, l'évocation des chaînes de Renault à Billancourt, de Peugeot à Sochaux, de la sidérurgie de Longwy ou des mines de charbon du Nord ?

La promesse de vrais logements et de salaires, même étonnamment maigres, réussit malgré tout à décider la plupart de ses compagnons d'exil. Les premiers à partir furent ceux qui avaient charge de famille et pour qui il était urgent de renouer avec une existence à peu près normale. Peu à peu, les autres cédèrent. Voyant le camp se dépeupler progressivement, redoutant d'y rester pour compte, les uns après les autres, ils se résignaient sans joie à s'engager dans cette voie qu'on leur imposait et dont ils pressentaient qu'elle leur apporterait plus de désagréments que de bonheur…

Youssef ne parvenait pas à se décider à accomplir ce triste saut dans l'inconnu. Il vit se profiler le temps où il serait seul dans ce grand camp sinistre et où il lui faudrait bien céder aux instances des responsables qui le pressaient de faire un choix. Il ne savait évidemment pas ce qu'était une usine, pas plus qu'une cité ouvrière, mais quelque chose en lui s'opposait radicalement à la perspective d'avoir à les découvrir.

C'était plus fort que lui. Peut-être ses origines, le temps lointain où il gardait les moutons et les chèvres… Chaque fois qu'il le pouvait, il s'enfuyait du camp et allait se perdre dans les bois et les prés qui l'environnaient. Oh ! bien sûr, c'était là une nature bien différente de celle qu'il avait connue, mais elle le captivait. Dans l'arborescence de cette végétation telle qu'il n'aurait jamais pu imaginer que cela puisse exister, il trouvait à la fois une énergie stupéfiante et une sorte d'alanguissement de corps repu qui l'oppressaient un peu et qui lui faisaient regretter les rudes paysages de son Mzab natal.

Ces sombres forêts, ces haies fermant les prés lui faisaient peur en même temps qu'il était attiré de façon irrépressible par le mystère de leurs ombres, par cet inconnu qui semblait pouvoir jaillir à tout instant de cet espace à la fois immense et toujours à moitié dissimulé par l'abondance de sa végétation. Son instinct de paysan lui faisait deviner l'activité des fermes qu'il entrevoyait, aux limites des villages. Avec le printemps, il s'était émerveillé de voir sortir de telles quantités de bêtes qu'il en était resté éberlué. Comment pouvait-on posséder tant de vaches à la fois ? Lui qui était si fier, quand il était gamin, de son modeste troupeau de moutons et de chèvres... Il s'arrêtait aux portes des prés et demeurait de longs moments à admirer la paisible gourmandise de ces bêtes épaisses et lourdes, qui broutaient, en se déplaçant lentement, des quantités d'herbe qui lui paraissaient astronomiques.

Il rentrait au camp la tête lourde, envoûté par tout ce qu'il avait vu et, dans le même temps, malheureux à l'idée que tout cela pouvait exister sans que lui soit laissé le plus infime espoir d'y trouver un jour sa place. Subrepticement, il regagnait sa chambre et s'y enfermait de peur d'avoir à rencontrer l'un ou l'autre des responsables du camp qui n'auraient pas manqué, comme ils le faisaient de plus en plus souvent, de s'inquiéter de ce qu'il comptait faire.

« Bientôt, on fermera le camp, le menaçaient-ils. Et toi, qu'est-ce que tu feras ? Tu laisses passer trop d'occasions, Youssef. Un jour, tu regretteras... »

IV

AVEC L'ÉTÉ, le flot des départs s'épuisa. Les recruteurs semblaient avoir oublié le camp des harkis. On rassura la poignée de ceux qui y vivaient encore. Comment auraient-ils pu savoir ce qu'étaient les vacances et la ponctualité avec laquelle s'arrêtait toute activité à l'approche de celles-ci ?

« Pas d'inquiétude, leur dit-on. À partir du 20 août, vous les verrez revenir. Seulement, là, il faudra en profiter. On ne va pas continuer éternellement à vous entretenir ici… »

En se gardant bien de commenter, Youssef préféra voir dans cette coutume étrange un sursis qui lui était donné. Il n'y avait plus grand-chose à démonter à la mine désaffectée. Ils passaient le plus clair de leur temps à tourner en rond ou dans d'interminables palabres faites surtout d'évocations nostalgiques de leur pays dont ils ne s'étaient pas encore résolus à admettre l'irrémédiable perte.

Youssef participait, bien sûr, à ces litanies un peu dithyrambiques où chacun, à tour de rôle, chantait les merveilles de ses souvenirs et la peine de l'éloignement. Mais il ne s'y attardait pas. Il préférait s'éclipser en douce et filer vers les chemins dont il avait eu le temps de démêler l'écheveau complexe. Il s'était fait quelques circuits plus ou moins longs qu'il choisissait, au moment de quitter le camp, en fonction de son humeur, du temps qu'il faisait ou de celui dont il disposait.

Les mains au fond des poches, mâchouillant un brin d'herbe et prenant son temps, il suivait ainsi un de ceux qu'il préférait lorsqu'il fit la rencontre qui devait donner à son existence déjà bien chaotique la plus inattendue des orientations. Entre bois et prés, il filait à flanc de coteau, offrant à ses pas le confort d'un beau tapis d'herbe rase auquel se mêlaient parfois quelques touffes discrètes de bruyères calunes. Un vieil empierrage encore visible par places le protégeait des profondes ornières disgracieuses et inconfortables que creusaient les tracteurs au long de tant d'autres.

À sa gauche, au-delà de haies bien taillées et des prés qu'elles fermaient, la vue prenait le large. C'est à peine si, entre quelques arbres, on apercevait les toits des fermes, en contrebas du plateau, accrochées au bord extrême de la vallée. Son fossé béant se devinait à l'impression d'immensité que laissait la lumière très crue qui le dominait. Puis, loin de l'autre côté de cette illusion de haute altitude, la vue butait, en contrepoint, sur la masse sombre d'une forêt si vaste et compacte qu'elle ne laissait rien voir des rudes versants orientés au nord qu'elle couvrait jusqu'à leurs sommets.

Le contraste du vert tendre des prés piquetés de vaches et de veaux blancs, de ce puits de lumière ouvert sur la vallée et de ces montagnes d'ombres et de mystères captivait Youssef, qui ne pouvait pas s'empêcher d'y juxtaposer, dans sa tête, les ocres et les bruns du désert sur lesquels s'étaient ouverts ses yeux d'enfant.

Du plus loin qu'il l'aperçut, la tache rouge de la charrette à âne, arrêtée au beau milieu du chemin, ne put, bien sûr, qu'attirer son attention. Il la voyait de dos et s'il put comprendre rapidement de quoi il s'agissait, il fallut encore qu'il l'atteigne pour que, par-dessus les flancs de la voiture, il découvre le petit bourricot à qui revenait la charge de la mouvoir.

Une profonde émotion barra la gorge de Youssef. Il contourna rapidement le frêle attelage et sa main, presque instinctivement, vint se poser sur l'encolure de l'animal. Le contact de la douce toison gris-brun le fit frissonner. Sa caresse remonta vite jusqu'à l'oreille dont il gratta délicatement la base. La bourrique, instantanément, reconnut un de ses plus grands plaisirs et elle appuya sa tête sur la main de Youssef que ce simple geste de confiance mit au bord des larmes. S'agenouillant près du petit âne, de l'autre main, il lui flatta doucement les naseaux.

« Oh ! là ! Qu'est-ce que tu fabriques là, toi ? Laisse donc, tu veux ! »

Youssef se redressa vivement. Dans son émoi, il n'avait pas remarqué la silhouette trapue d'un vieil homme qui, à trois pas de là, se tenait courbé sur la clôture qu'il était en train de réparer. Il se recula et tenta de s'excuser.

« Je ne faisais pas de mal, bafouilla-t-il. Il est si beau… Comme chez moi… »

Il devait y avoir beaucoup de détresse dans son regard car l'homme le considéra longuement d'un air grave mais sans la moindre méchanceté.

« Qu'est-ce que tu me racontes là ? grommela-t-il enfin. C'est où seulement "chez toi" ? Tu es du camp ? C'est ça ? »

Depuis plus de six mois qu'ils étaient arrivés, ils n'avaient pratiquement pas eu de contacts avec la population du village. On ne les y encourageait pas, bien au contraire, et les autochtones se tenaient d'eux-mêmes à une distance suffisante pour que les occasions de rencontres aient été quasiment inexistantes. Il n'avait d'ailleurs pas été nécessaire d'aller plus avant dans la confrontation pour que les harkis comprennent à quel point ils n'étaient pas les bienvenus. On se méfiait d'eux, on n'avait aucune envie de les côtoyer et on ne se gênait pas pour le leur faire savoir.

Cet homme-là pourtant, debout près de sa clôture, ses tenailles à la main, malgré son ton bourru, n'avait pas l'air franchement hostile. Youssef se sentit irrésistiblement attiré. Quelque chose peut-être dans le regard qui ressemblait à un profond désir de compréhension ; comme une décontraction avenante, fort étrangère aux crispations méprisantes auxquelles ils étaient déjà habitués.

« Des ânes comme ça, dit-il, la voix nouée par l'émotion, je ne pensais pas que ça pouvait exister chez vous. Chez nous, il y en a des troupes entières. On vit avec eux. On les aime bien. Et puis, ils nous aident tellement dans notre travail. »

Dans son trouble, il parlait au présent... L'homme parut décontenancé. Quelques instants, il fit mine d'être à nouveau concentré sur son travail, peut-être pour se reprendre, pour dépasser sa première surprise.

« Ah ! tu l'aimes bien, mon Félicien ! s'exclama-t-il enfin en se redressant. C'est vrai qu'il est brave, et courageux avec ça, et fort. On ne dirait pas, des petites bêtes comme ça, hautes comme trois pommes, mais alors, c'est costaud, faut pas croire !

– Je sais », dit Youssef en osant à nouveau glisser quelques caresses sur l'encolure de l'âne.

Ainsi fit-il la connaissance d'Alfred. Sans gêne, ils restèrent longtemps à discuter au bord du chemin. Ils étaient suffisamment loin de tout pour que ni l'un ni l'autre n'aient à se donner une contenance. Youssef tenta d'expliquer le Mzab et tout ce qui lui était arrivé depuis ce jour funeste où il n'avait voulu en faire qu'à sa tête et n'avait pas tenu compte des avertissements de son père. Le vieux écouta. Il se garda bien de commenter. Il sentait que trop de choses lui échappaient. La guerre, lui aussi l'avait faite, mais en France. Il l'avait finie dans les maquis. Depuis, il n'avait plus quitté la toute petite ferme qu'il exploitait à l'écart du village.

« Oh ! une ferme si on veut ! s'exclama-t-il. Une ferme comme dans le temps. Des comme celle-là, il n'y en a plus. La Clémence et moi, on doit bien être les derniers. »

Il eut un temps d'hésitation, puis réalisa.

« C'est vrai, je ne t'ai pas dit, remarqua-t-il. La Clémence, c'est ma femme. On aurait pu faire comme les autres, acheter un tracteur et puis tout le reste, nous mettre à la recherche du moindre bout de pré pour agrandir… Et puis après ? On n'a eu qu'une fille. Ça fait plus de quinze ans qu'elle est partie. Elle vit à la ville. J'ai même deux petits-enfants. On les voit… de temps à autre. Alors, la ferme, à quoi bon ? Avec le petit bout de retraite qu'ils nous donnent, on a bien assez pour vivre. Oh ! il y en a qui auraient donné gros pour reprendre mes trois bouts de prés, mais je n'ai jamais voulu. À dire vrai, ils n'ont pas trop insisté. C'est que ça ne vaut pas grand-chose, tout ça. Maintenant, avec leurs grosses machines, il leur faut des grandes surfaces, et puis de la bonne terre. Dans dix ans d'ici, moi je te dis qu'il n'y aura plus qu'une ferme ou deux sur le pays. Sûr que ce ne sera pas trop gai, mais qu'est-ce que tu veux ? Qu'est-ce qu'on y peut ?

– Et l'âne ? avait hasardé Youssef.

– Ah ! c'est qu'elle te tient à cœur, ma bourrique ! en avait ri Alfred. Dans le temps, chaque ferme ou presque avait son âne. Pour ce que ça mange, ces petites bêtes-là. C'est que, avec des terres comme on en a et puis un pareil climat, il fallait compter pour vivre, tu peux me croire. On y allait à l'économie. Les chevaux, ce n'était pas pour nous. Bien trop chers, bien trop gourmands. Alors qu'un bourricot au milieu des vaches, c'était à peine si ça se voyait. Remarque, il y en avait qui n'avaient même pas de quoi s'en payer un et encore moins la voiture qui va avec. C'était notre luxe, en ce temps-là, ces bestioles ! Fallait voir, les jours de marché. Ça filait, sur la route de la ville ! Il y avait même des petits malins qui faisaient la course ! Moi, jamais je ne me suis amusé à ce petit jeu-là.

Tous les bourricots que j'ai eus, je les ai tous appelés Félicien et tu peux me croire que je les ai soignés. Je suis comme toi, moi, c'est que je les aime bien, ces bêtes-là.

– Et maintenant ? »

Alfred eut un geste fataliste.

« Eh bien ! maintenant, dit-il tristement, voilà que je suis le dernier. Félicien est le dernier bourricot du pays à faire toutes les semaines le chemin du marché. Ce n'est pas une misère, ça ? »

Youssef acquiesça gravement.

« Ça durera tant que je pourrai, reprit Alfred. Après... »

Une amitié était née. Chacun à sa façon, le vieux Morvandiau et le jeune Mzabite étaient des marginaux. Alfred avait choisi de se laisser distancer par des temps dans lesquels il ne se reconnaissait pas. Youssef s'était fait prendre dans les turbulences de la plus inhumaine des tourmentes qu'aient pu inventer ces mêmes temps modernes. Il ne pouvait pas plus y trouver sa place qu'Alfred, malgré leur différence d'âge. Ils se retrouvaient tous les deux sur le bord du chemin, l'un paisiblement retranché dans son immémorial état de petit paysan, l'autre coupé de tout et même de son identité. Cette dernière différence aurait pu les opposer. Rien n'obligeait Alfred à tendre la main à Youssef. Il faut croire qu'il ne s'y arrêta pas et qu'il ne retint que ce qui les réunissait, spectateurs passifs d'un monde qui n'était déjà plus le leur.

Ils prirent l'habitude de se retrouver dans les chemins, au coin d'un pré ou au plus profond d'une forêt. Alfred se prit au plaisir d'initier Youssef à sa nature. Il le fit avec d'autant plus de bonheur que le jeune Mzabite, s'il ne connaissait rien à la flore, à la faune et même à la terre de nos latitudes, avait l'instinct de ceux qui savent vivre sous les étoiles. De longues heures, assis sur une vieille souche ou dans l'herbe d'un pré, il racontait son pays au vieil homme qui écoutait passionnément. Pas un seul instant l'idée ne lui vint de mettre en doute les paroles étonnantes que prononçait Youssef. Ils avaient en commun trop d'attachement à leur terre pour qu'Alfred puisse imaginer qu'il y ait la moindre parcelle d'affabulation dans ce qu'il entendait.

« Tiens, lui dit-il un jour, il y a la Clémence, elle m'a crié après ! "Tu es toujours à me parler de ce Youssef, qu'elle m'a dit, et l'idée ne t'est même pas venue de me le faire connaître !" Et la voilà partie à me servir la soupe à la grimace ! Ah ! les femmes ! Je lui ai promis que tu viendrais à la ferme. Je n'ai pas eu tort ? »

Bêtement, Youssef se sentit tellement intimidé qu'il lui fallut des jours et des jours pour se décider. Puis enfin, un matin, il céda aux instances d'Alfred. Cent fois déjà il était passé devant cette petite ferme aux allures modestes sans se douter que c'était là que vivait son ami. Il le suivit à travers la cour en marchant littéralement dans son ombre.

« Ben, voilà autre chose ! s'exclama Alfred en passant le nez à la porte de la maison. Elle n'est pas là ! Où c'est qu'elle peut bien être ? Clémence ! cria-t-il de toute la puissance de ses poumons. Où c'est que tu es donc ? Viens par ici que je te fasse faire la connaissance de mon ami Youssef. »

Ils eurent beau tendre l'oreille, ils ne parvinrent qu'à s'étonner du silence dans lequel était plongée la fermette. C'était à peine si, de derrière le coin de la maison, on entendait quelques poules caqueter paisiblement.

« Clémence ! hurla encore Alfred. Répondras-tu, à la fin des fins ? »

Alors s'éleva une voix lointaine :

« Je suis aux poules. Faut bien que le travail se fasse, non ? T'attendras bien une minute ! »

Alfred eut pour Youssef un regard rassurant.

« Faut pas faire attention, dit-il en riant doucement. Elle crie comme ça, mais ce n'est pas méchant ! Entre donc. »

Il précéda Youssef dans une vaste pièce sombre qui sentait le feu de bois. Bien qu'on fût aux plus beaux jours de l'été, la cuisinière, qui trônait devant une monumentale cheminée dont le foyer ne servait plus qu'à stocker le bois, dispensait là-dedans une copieuse chaleur. Youssef, pourtant, s'y trouva tout de suite à l'aise. Dans la rustique simplicité de cette pièce aux poutres et aux murs noircis de fumée, il retrouvait quelque chose qui le rattachait à ses plus lointains souvenirs de jeunesse. Peut-être était-ce ce feu sur la plaque duquel tremblotaient doucement une grosse bouilloire et un faitout dont émanait la bonne odeur de quelque solide ragoût mijotant là à longueur de journée. Peut-être était-ce aussi cette longue table qui, flanquée de ses deux bancs, barrait tout le centre de la pièce, l'armoire, au fond, dans l'ombre, en vis-à-vis du grand lit enveloppé de rideaux. Toute la maison était là, toute l'existence de ces gens dont il lui parut tout à coup qu'ils n'étaient pas bien différents, dans leur essence, de ceux au milieu desquels il était né et dont la nostalgie serait son lot, pour toute sa vie.

Pour la première fois depuis qu'on l'avait entraîné loin du Mzab, Youssef se sentit bien.

V

ENVELOPPÉE dans la grande blouse grise dont elle s'affublait pour aller soigner ses poules, le chignon poivre et sel solidement arrimé sur le haut du crâne sans qu'une mèche en dépasse, l'œil noir et l'air de ne pas être du genre à s'en laisser conter, Clémence ne cherchait visiblement pas à plaire. Youssef, pourtant, lorsqu'il la vit entrer, portant précautionneusement le panier d'osier contenant sa collecte quotidienne d'œufs, ne retrouva rien en lui de la timidité qui l'avait si longtemps empêché d'accepter l'invitation d'Alfred. Tout de suite, il sut qu'il trouverait auprès de cette femme-là une amitié au moins aussi solide que celle qui le liait à son mari.

« Alors, comme ça, c'est vous, Youssef ? dit-elle d'une voix forte en lui tendant une main énergique. Depuis le temps qu'il me rebat les oreilles de vos histoires ! Rasseyez-vous donc. Vous prendrez bien une tasse de café ? »

Alfred était déjà à sortir les verres et la bouteille.

« Tu sais bien que les musulmans ne boivent pas d'alcool ! » lui assena-t-elle.

Elle eut une ultime hésitation.

« Vous êtes musulman, c'est bien ça ? »

Youssef confirma.

« Du moins, dit-il, c'est la religion de mon pays.

– Et vous ? »

Il eut de la main un geste fort explicite.

« Je vois, dit-elle. Sers-lui donc un coup de rouge. On prendra le café après, si ça vous dit ! »

Youssef but son coup de rouge. Comme c'était l'heure, on le retint à déjeuner. Comme rien de bien captivant ne l'appelait ailleurs, après le café, il s'en fut dans la cour avec Alfred et ils passèrent l'après-midi à travailler ensemble. Ils n'y trouvèrent rien d'étonnant, ni l'un ni l'autre, et lorsque, après la soupe du soir, Youssef annonça qu'il serait là, dès la première heure du lendemain pour aider Alfred, ils en convinrent comme s'il en avait toujours été ainsi et comme si cela allait de soi.

« Et pourquoi qu'il ne resterait pas avec nous ? » demanda un soir Clémence.

L'automne était revenu. Il faisait triste, il faisait froid, il pleuvait. Alfred et Youssef avaient occupé leur journée comme ils l'avaient pu à bricoler à droite et à gauche, à réparer quelques outils au manche cassé ou au tranchant par trop émoussé, qu'on avait mis de côté, aux heures plus actives de l'été. Le toit du poulailler, un bat-flanc dans l'étable, les claies qui fermaient le parc des moutons et des chèvres… Il y avait mille petits travaux d'entretien à réaliser. Consciencieux, presque méticuleux, Alfred les notait soigneusement, à longueur d'année, au fur et à mesure qu'ils se révélaient nécessaires, en prévision de ces jours de la mauvaise saison où il n'était rien d'autre à faire dans les prés qu'à respecter le sommeil de la nature.

Ce n'était pas le genre de travail qu'affectionnait particulièrement Alfred. À l'accomplir avec Youssef, il y avait pourtant trouvé moins d'ennui. Il en était d'ailleurs ainsi pratiquement tous les jours, depuis ce premier après-midi qu'ils avaient passé à accomplir ensemble les mêmes tâches.

Ce jour-là, pourtant, Alfred n'avait pas été sans remarquer l'humeur sombre du jeune Mzabite. Il s'était bien gardé de questionner. Sans trop en connaître les détails que Youssef gardait pour lui, il savait que la vie au camp n'avait rien de drôle et il se doutait bien que là résidaient les raisons de son front soucieux et de son œil triste. Discret comme toujours, le vieil homme se contenta de s'appliquer à se montrer gai et enjoué, montrant ainsi, si besoin en était, combien il appréciait de ne plus être enfermé dans sa propre solitude. Il faisait tout pour attirer Youssef dans le même plaisir. Ce jour-là, il n'y parvint que très partiellement.

Comme l'habitude s'en était prise, ils partagèrent la soupe, puis Youssef se leva. C'était l'heure où il prenait congé pour aller rejoindre son modeste logement du camp des harkis. Clémence et Alfred, stupéfaits, le virent alors se tordre les mains et plonger un nez piteux vers le sol, pas assez vite, pourtant, pour que la vieille femme ne remarque pas les larmes qui embuaient son regard.

« Youssef ! s'exclama-t-elle. Youssef, ça ne va pas ? Qu'est-ce qui ne va pas ? Tu sais bien que tu peux tout nous dire. »

Cela faisait près de trois mois qu'il était entré dans leur vie si naturellement, avec une telle simplicité que, pas plus qu'Alfred, elle pouvait concevoir qu'il n'en soit plus ainsi. Avec sa détermination habituelle, la vieille femme avait admis une fois pour toutes qu'il faisait partie de la maison et qu'il n'y avait pas à y revenir. Peut-être même, sans se le dire, trouvait-elle dans sa présence une sorte de compensation à trop de solitude, à trop d'isolement. Youssef avait comblé, auprès des deux vieux, un profond vide affectif dont ils souffraient en silence.

Aucun d'entre eux, bien sûr, n'avait cru nécessaire d'exprimer le plaisir qu'il en avait ressenti. Les grands épanchements, les congratulations, ce n'était pas dans leurs façons. Au jour le jour, ils s'étaient contentés de vivre ce qui les démarquait d'un passé de mal-être, sans se préoccuper outre mesure du temps que cela durerait.

Et voilà que Youssef était là devant eux à se tordre les mains et à ne pas oser lever un regard que tout, dans son attitude, révélait complètement désemparé.

« Tu n'as qu'à te rasseoir, proposa Alfred. Peut-être qu'on a à parler. »

De la tête, Youssef se contenta d'une lente dénégation. Puis, au prix d'un grand effort, il leva sur eux un regard livide. Alfred, consterné, se fit la réflexion que jamais de toute sa vie il n'avait vu une telle expression de désespoir.

« Qu'est-ce qui se passe, Youssef ? demanda-t-il en se penchant vers lui. Il faut que tu nous dises. Elle te l'a dit, la Clémence : à nous, tu peux tout dire. Sûr qu'on doit pouvoir t'aider. »

Youssef eut encore un geste de dénégation.

« Non, dit-il d'une voix blanche. Vous n'y pouvez rien. C'est comme ça. Il faut que je parte. Je voulais juste vous dire au revoir… Au revoir et puis… merci. »

Il fit le geste de se détourner. Malgré son âge, Alfred fut plus rapide que lui. Il se dressa tout à coup et lui barra le chemin de la porte.

« Oh là ! mon gamin ! s'exclama-t-il. Ce n'est pas que tu vas nous quitter comme ça. Pourquoi donc que tu partirais ? Qui c'est qui peut t'y obliger ? »

Il dut tout à coup mesurer le peu de réalisme de ses paroles.

« C'est au camp qu'ils veulent t'empêcher de venir ici ? »

Ils étaient toujours face à face au milieu de la pièce, comme s'ils se toisaient. Clémence, elle, n'avait pas bougé de sa place.

« Venez donc vous rasseoir, gronda-t-elle. C'est-y une position pour discuter que d'être là, debout, face à face, comme deux dépendeurs d'andouilles ? »

Elle parvint à les faire sourire.

« Viens donc », dit Alfred en lançant une bourrade amicale dans l'épaule de Youssef.

Celui-ci parut hésiter.

« Allons ! insista Alfred en se réinstallant. Explique-nous un peu tout ça. »

Youssef céda en haussant les épaules.

« On ne peut rien y faire, c'est comme ça, dit-il en acceptant enfin de se réinstaller à la table, devant les deux vieux. Ils m'avaient prévenu, mais je ne voulais pas y croire. Ça fait déjà plusieurs semaines. Je suis tout seul, maintenant, au camp. Les derniers, ils sont partis en septembre. Depuis, les chefs, ils ne me lâchent plus. Tous les jours ou presque, ils me proposent des boulots à droite ou à gauche, je ne sais même pas où. Des trucs qui ne m'intéressent pas. Chaque fois, je refuse. Alors, hier, ils m'ont annoncé qu'ils fermaient le camp demain. Demain, il faut que je sois parti... Voilà, c'est tout. Qu'est-ce que vous voulez que j'y fasse ? »

Un silence atterré s'abattit sur la tablée. Clémence avait le même air effondré et en même temps outré qu'Alfred. Les mains de chaque côté de son assiette, elle se tenait légèrement penchée vers Youssef comme s'il lui fallait plus de proximité pour parvenir à se convaincre de la réalité de ce qu'elle venait d'entendre. Lui, il faisait mine de se gratter un ongle en hochant lentement la tête de droite à gauche.

« C'est pas Dieu possible... lâcha-t-il enfin. On vous traite comme... comme... je ne sais pas, moi. Ce n'est pas humain, de traiter les gens comme ça.

– Et tu vas aller où ? » s'inquiéta Clémence.

Youssef haussa les épaules.

« Je n'en sais rien, reconnut-il. Peut-être... Peut-être, demain, avant de partir, je vais accepter une de leurs offres, n'importe laquelle. Ils m'ont parlé d'une mine, je ne sais pas où. Ils m'ont dit, comme ça, dans l'Est... »

Alfred haussa vivement les épaules. Clémence émit un « oh ! » catastrophé.

« Tu n'y seras pas bien, dit-elle comme si elle le grondait. C'est pas fait pour toi, ces choses-là. »

Que faire d'autre ? Un silence lourd de tristesse s'abattit à nouveau sur la pièce. Quelques instants, on n'entendit plus que le chant léger de l'eau, dans la bouilloire, sur la cuisinière.

C'est alors qu'il y eut cette phrase étonnante de Clémence :

« Et pourquoi qu'il ne resterait pas avec nous ? »

Le silence encore, mais, cette fois, celui de l'étonnement, de la surprise. Ce fut le poing d'Alfred s'abattant sur le coin de la table qui le fit voler en éclats.

« Vingt dieux d'ours ! jura-t-il. Et pourquoi donc que je n'y ai pas pensé plus tôt ? Hein ? Tu saurais me le dire, toi, pourquoi que je n'y ai pas pensé plus tôt ? C'est pourtant vrai. Elle a raison, la Clémence. Vas-y donc, à ton camp, va donc leur dire adieu, à ces fumiers-là, va chercher tes nippes et reviens vite. Tiens, il y a là la chambre de derrière que ça fait quoi… quinze, vingt ans qu'elle ne sert plus. Tu t'y poses et tu es comme chez toi ! »

Youssef, très raide sur sa chaise, restait silencieux. Il posait alternativement sur les deux vieux un regard sombre dans lequel il y avait une telle incrédulité qu'elle revenait à dire qu'il n'y avait pour lui rien de possible dans tout ce qu'il venait d'entendre.

« Tu ne veux pas ? » s'étonna le vieux.

Youssef n'eut pas le temps de répondre. Clémence fut plus rapide que lui.

« Mais si qu'il veut. Il va vouloir, mais il lui faut le temps. Tu es là, à le houspiller ! Faut comprendre. Pas vrai, Youssef ? »

Youssef resta. Jamais Clémence ou Alfred ne l'exprimèrent par des mots qui n'étaient pas dans leurs habitudes, mais il fut, pour toute la durée de leurs vieux jours, le fils qu'ils regrettaient en silence de n'avoir jamais eu. Lui se coula dans ce rôle simplement parce qu'il s'y trouvait bien. Il s'était pris d'une affection sans bornes pour Clémence qui aurait pu lui demander d'aller lui décrocher la lune, et d'une rude amitié pour Alfred avec qui il aimait entre tout partager à égalité les joies et les difficultés que leur procurait le travail de la petite ferme.

Il y eut bien, dans le pays, quelques allusions… On ricana. On affecta d'admirer l'adresse avec laquelle Youssef était en train, selon certains, de mettre la main sur l'héritage. Les plus virulents furent les deux ou trois fermiers qui, déjà à cette époque, avaient compris que seules subsisteraient à relativement court terme les exploitations parvenant à accaparer le plus grand nombre d'hectares possible. Ce n'était pas que les quelques prés d'Alfred aient bien de la valeur, mais là n'était pas le problème. Il en fallait plus, toujours plus. C'était une course effrénée entre quelques « gros », ou, tout du moins, qui aspiraient à ce qualificatif. L'important, pour ceux-là, n'était pas tant de détenir que de ne surtout pas avoir à envier le voisin.

Les terres d'Alfred n'ayant rien de stratégique, ni dans leur qualité, ni dans leur surface, ni dans leur situation, dès lors qu'il fut acquis que, tant que Youssef serait là, le vieux ne les céderait ni aux uns ni aux autres, les commentaires désobligeants eurent tendance à se raréfier. On n'en pensait pas moins, évidemment, mais Clémence, Alfred et Youssef étaient trop occupés du bonheur simple qu'ils ressentaient à vivre ensemble pour qu'ils prennent encore la peine de se soucier de ce qui se passait ailleurs.

« Bof ! tu sais, avait commenté un jour Alfred, ça ne change plus grand-chose. Il est bien passé, le temps où on était tous ou presque logés à la même enseigne. Rien que des petites fermes où, les uns comme les autres, on n'avait pas d'autre préoccupation que de survivre. Et c'était déjà pas mal d'y arriver ! On ne se jalousait pas encore de trop, en ce temps-là. Et même, plutôt, on avait tendance à s'entraider. Quand il y en avait un que frappait un coup du sort, on voyait ce qu'on pouvait faire pour lui. Ça nous aurait rapporté quoi de l'enfoncer ? De toute façon, avec le peu qu'on avait, on savait bien qu'il n'était pas raisonnable de vouloir s'agrandir. Même à cette époque, il fallait des moyens pour s'agrandir. Et nous, on n'avait rien. Alors, on s'entraidait bien plus qu'on se jalousait. »

Il était resté un long moment songeur, comme si repassaient devant ses yeux les images de ce lointain passé. Il finit par avoir de la main un geste un peu exaspéré.

« Ce sont les tracteurs qui ont tué tout ça ! reprit-il. Du jour où on les a vus arriver, ça n'a plus été la même chose, ça on peut le dire. C'est très beau, ces engins-là, mais ça coûte des sous, et puis ça consomme de l'essence, et puis ça s'use, et puis il leur faut des outils adaptés, et puis ça demande des surfaces bien plus grandes que nos bouts de prés fermés de haies… Ont-ils vu seulement où ça les emmenait, tout ça, ceux qui se sont précipités ? Tout ce que j'en sais, moi, c'est qu'il n'y en a plus un pour te le dire. En dehors des trois ou quatre qui continuent à se battre comme des chiffonniers pour le moindre bout de pré et qui vivent plus des papiers qu'ils remplissent à la mairie que de leur travail, je suis bien le seul à avoir tenu bon. Jamais je n'en ai voulu, de leurs maudits tracteurs. Oh ! bien sûr, on n'a jamais été riches, la Clémence et moi. Et après ? On n'a jamais rien demandé non plus à personne. Je sais bien qu'à l'heure qu'il est, il en est plus d'un pour se moquer, pour rire de mes bœufs quand je laboure, de ma charrette à âne quand je vais au marché et de tout le reste. Même que je vois des gens s'arrêter sur le bord de la route pour prendre mes bœufs ou mon Félicien en photo. Il faut tout de même qu'ils soient bêtes ! Parce que tu peux lui demander, à la Clémence, si on n'a pas vécu heureux, ici, comme on était, et rien de plus. »

Youssef n'avait pas eu à demander. C'était tellement évident. Lui qui venait de si loin, dont les seuls bons souvenirs restaient attachés à une existence tout aussi simple, après les épreuves par lesquelles il était passé, n'avait cure de l'avertissement qu'il sentait poindre sous les paroles d'Alfred. Non, bien sûr, il ne céderait pas à la tentation ; non, bien sûr, il ne trahirait pas la pensée pleine de rustique bon sens de son vieil ami.

Ils ne virent pas passer le temps. Cela se fit tout naturellement. Alfred, petit à petit, sans même qu'il en ait conscience, laissa Youssef le distancer. Celui-ci, tout aussi progressivement, prit l'habitude de décider et d'agir seul. Cela, à vrai dire, ne changea pas grand-chose dans le quotidien de la petite ferme, et lorsque, définitivement vaincu par les rhumatismes, Alfred prit la décision d'arrêter pour de bon, ce ne fut, en fait, que pour confirmer une situation déjà bien établie.

Clémence, elle, refusa catégoriquement d'abandonner la moindre parcelle de son autorité sur le poulailler qui avait toujours été de sa responsabilité. Jusqu'au bout, elle tint à garder la haute main sur l'appentis adossé au pignon de la maison dans lequel, chaque soir, qu'il vente ou qu'il pleuve, nul autre qu'elle-même ne pouvait convenablement aller « fermer ses poules ». Youssef gardait avec émotion le souvenir de la petite vieille rabougrie et voûtée qu'elle était devenue et qu'il voyait encore, chaque matin, l'anse d'un panier dans une main, l'autre précautionneusement appuyée au mur sur lequel elle se guidait, descendre les marches de la maison et se diriger vers « son » poulailler où elle allait faire sa collecte quotidienne d'œufs.

Il avait d'abord tenté de lui faire entendre raison.

« Laisse-moi donc faire, insistait-il. Ce n'est pas le temps que ça me prendra. »

Elle l'avait systématiquement rabroué en grommelant. Il avait fini par comprendre qu'il lui faisait plus de peine qu'autre chose en mettant ainsi l'accent sur l'inexorable fuite de ses forces. Il n'avait pas insisté et s'était contenté d'échanger des regards de connivence avec elle lorsque, de plus en plus souvent, Alfred renonçait à quitter sa chaise, quand Youssef partait au travail.

Et puis, un jour, il s'était retrouvé seul. Alfred était parti le premier, elle n'avait pas tardé à le suivre. Ils avaient pris leurs précautions. Un soir, Alfred, déjà plus bien vaillant et qui devait sentir que le temps lui était compté, avait retenu Youssef qui partait se coucher.

« Attends, lui dit-il. C'est qu'on a quelque chose à te dire, la Clémence et moi. Pas vrai, Clémence ? »

Assise sous la lampe, elle s'obstinait, malgré sa vue qui baissait, à ravauder un vêtement de travail qu'Alfred ne porterait peut-être plus jamais.

« Sûr », dit-elle simplement sans éloigner l'ouvrage qu'elle tenait à quelques centimètres de son nez.

Intrigué, Youssef se rassit.

« Alors ? demanda-t-il.

– Eh bien ! c'est simple, fit Alfred en se redressant. La Clémence et moi, on a pensé qu'on n'était pas éternels. On a déjà fait un bon bout de chemin et celui qui nous reste à faire, ma foi, sûr qu'il n'est plus bien long. »

Pour la forme, Youssef voulut protester. Alfred le fit taire d'un geste de la main.

« Attends. Écoute bien ce que je vais te dire. On s'est dit ça et on a pensé qu'il fallait prévoir. Alors, on est allés voir le notaire. On lui a expliqué. Il nous a bien conseillés. On a une fille. Notre bien, c'est elle qui doit en hériter, il n'y a pas à y revenir. Oui mais, tout ça, la maison, les prés, les bêtes, la ferme quoi… Qu'est-ce qu'elle va en faire ? Tu veux me le dire, toi, ce qu'elle va en faire, depuis la ville où elle vit depuis tant d'années ? Est-ce qu'elle sait encore ce que c'est, ce que ça représente, une ferme comme ça ? C'est ce qu'on a dit au notaire. Et puis on lui a dit que tu étais là, toi, et que, ma foi, tu avais peut-être ton mot à dire sur ce qu'elle deviendrait, cette ferme-là, quand la Clémence et moi, on n'y sera plus. »

Youssef n'avait pas bougé, mais il ouvrait de si grands yeux qu'Alfred crut bon une nouvelle fois de prévenir toute intervention.

« Laisse-moi donc parler, insista-t-il. Alors voilà l'idée qu'il a eue, le notaire : l'usufruit. Tu sais ce que c'est, toi, que l'usufruit ? »

Seul le regard de Youssef s'exprimait. Il était assez éloquent pour qu'Alfred s'estime en droit de continuer.

« L'usufruit, expliqua-t-il en s'appliquant, c'est quand le propriétaire d'une terre, d'une ferme, laisse un autre y vivre et l'exploiter à sa place… »

Il n'était pas sûr d'avoir été très clair.

« Tu comprends ? » hasarda-t-il.

Youssef acquiesça doucement. Soulagé, Alfred eut un regard rapide vers Clémence qui écoutait sans lâcher son ouvrage. Il n'eut pas besoin qu'elle lève les yeux pour savoir qu'elle approuvait.

« Bon, dit-il. Alors, on a proposé ça à notre fille. On lui a expliqué. On lui a bien dit qu'on ne voulait pas que tu sois mis dehors quand on ne sera plus là. Tu sais, bien sûr, on ne les voit pas souvent, notre fille, son mari et puis les petits-enfants. La ville… ils ne font pas ce qu'ils veulent. Mais elle est brave, ça, c'est sûr. Le notaire lui a expliqué aussi. Elle est d'accord. Alors, voilà comment ça se passera quand on ne sera plus là, la Clémence et moi : toi, tu seras chez toi, à notre place, pour toute ta vie si tu veux. La fille, qu'est-ce qu'elle en a à faire, de cette ferme-là ? Elle en restera propriétaire, mais c'est toi qui la feras vivre… »

Ce n'était pas rien d'expliquer une chose comme celle-là. Alfred en avait la sueur au front. Il surveillait Youssef avec dans les yeux quelque chose comme une grande inquiétude. Et s'il s'était mal exprimé ? Si l'autre allait refuser ?

« Qu'est-ce que tu en dis ? osa-t-il enfin.

– Laisse donc, interrompit Clémence toujours aussi obstinée à son ravaudage. Ce qu'il en pense, c'est lui que ça regarde. Il décidera quand on ne sera plus là. »

VI

LE TEMPS avait fait de cette petite ferme tout en haut du plateau, à l'écart du village, presque cernée de bois, un anachronisme que l'on citait en souriant loin à la ronde. Alors que déclinait, dans la région, un élevage que des terres trop pauvres, un climat et un relief trop rudes condamnaient à ne survivre qu'au prix d'aides de plus en plus maigres, ces bœufs qu'on voyait encore, chaque automne, tirer la charrue et cette charrette à âne qu'on rencontrait chaque semaine sur la route du marché prenaient des allures de symboles. On leur vouait un attachement facile et un peu naïf sans mesurer l'erreur qu'on avait faite, à l'époque où on avait trop facilement condamné tous leurs pareils à la disparition.

Youssef avait vieilli sans que change grand-chose dans la cour de la ferme d'Alfred. Bien que son sens de la religion se soit sérieusement émoussé avec le temps, il avait tout de même renoncé au cochon que celui-ci élevait chaque année. Par nostalgie de ses jeunes années plus qu'autre chose, il l'avait remplacé par quelques chèvres qui s'étaient installées sans façon au milieu de la petite troupe de moutons. Par alternance, il leur faisait brouter les refus que laissaient ses trois vaches et ses bœufs sur ses prés.

Lui non plus n'avait pas vu le temps passer. Il n'avait pas plus attaché d'importance au rôle que lui avaient peu à peu attribué les gens du pays. Bien sûr, il était l'étranger, le pas comme les autres. Il en avait conscience, mais comme il n'imaginait pas qu'il puisse en être autrement, il s'était parfaitement accommodé des remarques et des boutades qu'on lui lançait à tout propos. Il avait tout de même fallu que s'écoulent plusieurs années pour qu'il ne se sente plus la cible de tous les regards lorsqu'il allait faire quelques courses à l'épicerie du village ou qu'il allait acheter son paquet de tabac hebdomadaire au café voisin de celle-ci.

Il fallut plus de temps encore pour que, un beau jour, il y en eut un pour l'inviter, depuis le bar auquel il était accoudé, à partager la tournée qu'il offrait. Sur le coup, Youssef avait cru à une blague. C'était évidemment l'allusion habituelle et facile à l'interdit de l'alcool chez les musulmans. Il avait accepté un peu par provocation, comme pour montrer qu'il était capable de passer au-dessus de ces choses-là.

Il avait bu son coup de rouge avec les autres et était même allé jusqu'à tenir à payer sa propre tournée. Heureusement, on en était resté là. Hormis le verre qu'il s'autorisait pendant ses repas, Youssef n'était tout de même pas trop habitué. Il n'aurait certainement pas résisté longtemps si chacun y était allé de la sienne ! Ils devaient avoir autre chose à faire : on se quitta là-dessus. Il put se laisser reconduire par Félicien sans avoir à subir d'autre dommage qu'une tête qui tournait un peu, sans que ce soit vraiment désagréable.

Prudent, il veilla tout de même à ne pas rééditer ce genre d'exploit et il eut la bonne surprise de constater qu'on ne chercha pas à le faire retomber dans le même piège. Il n'en sut bien sûr jamais rien, mais il avait dû en surprendre sérieusement plus d'un en acceptant de se mêler ainsi à eux. Bien sûr, le comportement des gens du village à son égard changea après ce petit événement. Il vit s'effacer, dans l'œil de beaucoup d'entre eux, cette expression de curiosité un peu stupéfaite avec laquelle, jusque-là, ils le considéraient. Il put croire que la communauté villageoise lui avait enfin ménagé une place en son sein... même si c'était encore une place d'étranger : cela ne s'efface pas. Qui plus est, étranger d'une autre culture, auquel, sans le dire, on faisait une véritable faveur en l'admettant ainsi dans le grand cercle des amitiés et des inimitiés locales.

On n'alla évidemment pas jusqu'à l'inviter à la maison ni jusqu'à oser s'arrêter chez lui, lorsqu'on passait par là, comme on l'aurait fait chez n'importe quel autre ou même, à l'époque, chez Alfred et Clémence. Il y avait des convenances à respecter ! Il n'était déjà pas si mal qu'on lui manifeste tout le plaisir qu'on avait à le saluer dans la rue et même à échanger trois mots avec lui, pendant qu'on attendait à l'épicerie ou qu'on prenait son tour au débit de tabac.

D'autres que Youssef se seraient peut-être formalisés des boutades pas toujours très fines qu'on croyait de bon ton de lui adresser et des farces qu'on ne pouvait pas s'empêcher de lui jouer. Seules celles, évidemment courantes, dont Félicien était l'objet parvenaient à lui faire brièvement froncer les sourcils. Il y avait en Youssef une forme de fatalisme qui lui faisait pressentir la nécessité qu'éprouve toute collectivité à se désigner un bouc émissaire dans la différence duquel elle reconnaît sa propre banalité. C'était ce rôle qui lui était dévolu, voilà tout. Avec une bonne dose de philosophie, il s'en accommodait. C'était là, après tout, selon lui, un prix bien raisonnable à payer pour la chance qu'il estimait avoir de s'être refait une vie telle que, aux heures les plus sombres de ses malheurs passés, il n'aurait jamais imaginé pouvoir l'espérer.

L'arrivée inopinée de Julien n'alla pas sans que Youssef s'inquiète de l'inévitable étonnement qu'allait susciter sa présence dans le pays. L'idée qu'il puisse tout simplement dire la vérité ne l'effleura même pas. De tout autre, on aurait trouvé cela normal. Venant de lui, il imaginait sans peine les froncements de sourcils soupçonneux, les questions insidieuses et puis surtout les décisions qu'on ne manquerait pas de prendre à sa place. Ce n'était pas à lui de gérer un tel problème, cela allait de soi, et il était encore moins concevable que Julien puisse rester ne serait-ce qu'un instant de plus en sa compagnie.

Or, il se trouvait que le gamin ne s'était pas gêné pour manifester dès le premier instant tout le bonheur qu'il avait à découvrir la petite ferme de Youssef. Le désordre et la propreté approximative de la maison ne lui avaient même pas fait lever un sourcil. Il s'était installé dans la chambre que lui avait assignée Youssef, celle-là même où il avait passé de nombreuses années, avant la disparition de Clémence et d'Alfred. Julien avait soigneusement rangé dans la grande armoire en merisier les quelques vêtements contenus dans sa petite valise. Puis il était venu rejoindre le vieil homme qui s'activait dans sa cour.

« Ce n'est pas tout ça, lui avait tout de même déclaré Youssef à l'heure du déjeuner, mais moi, je ne vais pas pouvoir te garder ici indéfiniment. Les gens vont se poser des questions, tu comprends ? Il va bien falloir qu'on le retrouve, ton père… Ou alors… »

Julien avait levé de son assiette un œil circonspect.

« Ou alors ? s'était-il inquiété.

– Ou alors, il faut que tu préviennes ta mère. Tu ne crois pas que tu devrais la prévenir ?

– Non !

– Elle, elle sait où il est, ton père. Puisque tu es là, elle le préviendra. Il viendra te chercher. »

Le gamin gratifia Youssef d'un regard ironique.

« Tu rêves ! dit-il. On voit que tu ne la connais pas, ma mère. Jamais elle acceptera de mêler mon père à tout ça. Tu penses ! Chaque fois qu'ils se voient ou même qu'ils se parlent au téléphone, c'est pour s'engueuler, alors… Oui mais, ma mère, elle n'a pas le temps, tu comprends. C'est quelqu'un de très occupé, ma mère. Alors, si elle me retrouve, tu sais ce qu'elle fera ? J'en mets ma main au feu : les gendarmes ! Elle les préviendra. Elle leur dira que j'ai fugué… même que c'est un peu vrai ! Ils viendront me chercher. Merci ! »

Youssef n'avait évidemment pas plus envie que le gamin de voir débarquer les gendarmes.

« Oui mais, si tu ne la préviens pas, plaida-t-il, sûr qu'elle va te rechercher. Même que ça doit déjà être parti. Elle va bien s'en douter que c'est par ici que tu es venu traîner. Et si on te trouve chez moi, qu'est-ce que je dirai, moi ? »

À sa plus grande surprise, le gamin, qu'il espérait attendrir, se contenta de prendre un air entendu.

« T'inquiète ! dit-il, très sûr de lui. J'y ai déjà pensé, j'ai fait le nécessaire. »

Youssef eut beau faire, il n'obtint rien de plus de Julien qui s'obstina à camper sur cette étonnante déclaration. Il lui fallut s'en contenter et se soucier sans délai de la façon dont il allait gérer l'étonnante situation dans laquelle tout cela le mettait.

Cc gamin, il s'y était déjà attaché. Il ne perdait pas de vue pour autant que son séjour chez lui serait nécessairement bref, mais il tenait à ce qu'il ne soit pas dit qu'il s'était reposé sur d'autres du soin de solutionner son problème. Il ne lui restait donc plus qu'à trouver au plus vite un moyen de justifier sa présence chez lui aux yeux nécessairement inquisiteurs des gens du pays, le temps qu'il parvienne à mettre la main sur ce père éleveur de chèvres.

Après s'être longuement creusé la tête pour trouver le prétexte justifiant qu'il puisse aller au village sans emmener Julien, il eut la surprise, le lendemain matin, de voir le gosse accepter sans difficulté de renoncer à cette promenade dans la charrette de Félicien.

« Pas grave, décréta-t-il. Je t'attendrai ici. Tiens, j'irai tenir compagnie aux biquettes. Je les aime bien, tes biquettes ! »

Il y était déjà lorsque, vaguement ulcéré, Youssef fit prendre à Félicien le chemin du village. Ce n'était pas son jour ordinaire de visite à l'épicerie ou au débit de tabac. Il savait que cela se remarquerait et il était convaincu qu'il suffirait de cette entorse aux habitudes pour que fleurisse sur une bouche ou sur une autre la question qu'il attendait.

Il n'y avait pas plus de monde que d'habitude dans la petite bourgade assoupie sous la caresse du soleil de juin. Youssef, comme toujours, alla installer Félicien à l'ombre des grands châtaigniers qui encadraient l'entrée de la propriété de celui qu'on appelait le Parisien ou l'artiste, selon qu'on jalousait son apparente réussite ou qu'on préférait afficher à son égard une certaine familiarité vaguement révérencieuse.

Bien sûr, c'était aussi un étranger, cet homme-là. C'était peut-être ce qui faisait que Youssef, sans le moindre complexe, comme s'il y avait entre eux une sorte de solidarité dans la différence, ne se gênait pas pour nouer la longe de son bourricot aux barreaux de sa grille.

Lorsque celui-ci était arrivé dans le pays, à une bonne dizaine d'années de là, il était bien peu de sourcils qui ne s'étaient pas froncés. D'où pouvait bien sortir ce pouilleux aux cheveux longs, aux jeans rapiécés et à la bourse manifestement plate ? On n'avait évidemment pas manqué de lui signifier autant de fois qu'on l'avait pu qu'il n'était pas le bienvenu, mais il n'avait pas semblé y attacher d'importance. Il s'était installé dans une vieille bicoque du pays dont il payait le loyer une fois sur deux, si modique qu'il ait été. Au plus grand étonnement des regards soupçonneux qui traînaient par là, il passait ses journées, été comme hiver, dans la grange grande ouverte sur la nature. On l'entendait aller et venir là-dedans et taper du maillet des heures durant. On le voyait y entrer des bouts de bois informes et ressortir de pleines brouettes de copeaux qu'il entassait sous le toit bancal d'un appentis à demi en ruine. À ce qu'on disait, il s'en contentait pour nourrir le maigre foyer grâce auquel il n'était pas mort de froid dans sa masure ouverte à tous les vents.

Parfois, il entassait précautionneusement dans sa vieille 4L de surprenants paquets suffisamment bien ficelés pour laisser libre cours à toutes les suppositions, jusqu'aux plus sordides, quant à la nature de ce qu'ils pouvaient contenir. Puis il disparaissait des semaines entières.

« Cette fois, on ne le reverra plus ! » assenait-on au bar du café, le soir même de son départ.

On y mettait beaucoup de gravité et peut-être pas mal de satisfaction. Les jours passant ne faisaient que conforter le point de vue de ceux qui prétendaient démontrer que rien ne pouvait réussir au village à ceux qui n'en étaient pas natifs.

« Qu'est-ce que je disais ! » en venaient même à triompher certains.

C'était en général très peu de temps avant que réapparaisse la vieille 4L, plus bringuebalante que jamais ! Et puis, un beau jour, pour de bon, elle ne revint pas. Elle avait été remplacée par une de ces camionnettes parées comme des berlines dont la mode commençait à poindre. Ce fut à peu de temps de là qu'on apprit avec stupéfaction que l'artiste venait d'acquérir en plein bourg une ancienne ferme, certes un peu décatie, mais nantie, sur un vaste terrain, d'un beau corps de bâtiment et de dépendances qui lui valaient le titre ronflant de « château ». Il y entreprit aussitôt de tels travaux qu'en quelques mois elle fut reconnue par tout le pays comme étant sans conteste la propriété la mieux restaurée qu'on pût trouver loin à la ronde.

Son propriétaire ayant eu l'excellente idée de ne pas y enfermer sa réussite, comme il l'avait fait de sa misère au temps de ses vaches maigres, il lui suffit de faire irruption au café du village à deux ou trois reprises, à l'heure stratégique de l'apéro, et d'y payer sa tournée comme les autres pour que, définitivement, il ne soit plus le Parisien. Du moins lorsqu'on l'entourait de prévenances un peu cauteleuses en le tutoyant et en l'appelant par son prénom.

« Allons ! Hervé, lui disait-on en lui posant une main fraternelle sur l'épaule, appelle-moi Polo ! »

Il se laissait faire en souriant et repartait vers son château sans la moindre illusion ! Mais si, d'aventure, il trouvait Félicien somnolant, attaché à un barreau de sa grille, il ne manquait pas d'aller lui chercher un croûton de pain et faisait en sorte d'être encore là quand Youssef revenait vers son attelage.

Le vieil homme, comme les autres, ne comprenait pas bien ce que faisait Hervé ni surtout comment il avait pu s'enrichir si rapidement, mais, au-delà des abîmes culturels qui pouvaient les séparer, il y avait entre eux la complicité des marginaux, ceux qui, quoi qu'ils fassent, quoi qu'ils deviennent, seront toujours les différents, les pas comme les autres.

Hervé et Youssef échangeaient trois mots sur le trottoir, autour de Félicien qui arrondissait l'encolure sous les caresses. Puis chacun repartait chez soi avec, au coin des lèvres, le sourire satisfait de celui qui, l'espace de quelques instants, a pu poser le fardeau du rôle que la société lui a assigné.

Ce jour-là, pourtant, ce n'était pas Hervé que Youssef désirait rencontrer. Comme il le pressentait, il n'eut d'ailleurs aucun mal à se faire interpeller. Il lui suffit de passer rapidement devant les portes du café grandes ouvertes sur la rue pour qu'une voix naisse de l'ombre fraîche qu'y entretenait un large auvent de toile déplié au-dessus de la terrasse.

« Oh ! Youssef ! » eut-il le temps d'entendre.

Il se garda bien de répondre autrement que par un vague geste de la main censé indiquer qu'il était pressé. Il savait bien qu'il n'y avait pas de plus sûr moyen de se faire barrer le chemin, au retour de l'épicerie, par une délégation de curieux.

« Oh ! viens donc voir par là, toi. On a quelque chose à te demander, l'interpella l'un d'eux, comme il l'avait prévu, alors qu'il faisait mine de se hâter vers les châtaigniers sous lesquels l'attendait Félicien.

– Pas le temps ! prétendit-il s'excuser pour mieux assurer sa prise.

– Pas le temps, pas le temps ! Vite dit, ça. Mais nous, on aimerait bien savoir. Tu nous fais des cachotteries, Youssef ?

– Qu'est-ce que tu me racontes là ? Où c'est que tu as vu des cachotteries, toi ? Pourquoi tu veux que je fasse des cachotteries ? Laisse-moi donc passer. Je n'ai pas que ça à faire, moi. Il y a le foin qui arrive. Et puis, j'ai du monde chez moi. »

Ils feignirent tous la plus grande satisfaction.

« Tiens ! tu vois, Youssef, quand tu veux ! C'est qui, ce gamin-là ? Un gamin chez Youssef ! Oh ! est-ce que ça s'est jamais vu ?

– Eh bien ! maintenant tu ne pourras plus dire ! Pourquoi il n'y aurait pas un gamin comme celui-là chez moi ? Je ne peux pas, moi ? »

C'était là une évidence qui désarma brièvement la horde des curieux. Ils ne s'écartèrent pas pour autant. Ils voulaient bien admettre, à la rigueur, que Youssef puisse recevoir un gosse dans son gourbi, mais il leur fallait encore savoir le pourquoi et le comment. De quoi, sans cela, auraient-ils nourri leurs commentaires ? Laisse-t-on passer une occasion comme celle-là ?

« C'est qui, ce gamin-là ?

– Qu'est-ce que ça peut te faire ? Tu es de la police ? »

Youssef s'étonnait lui-même. Jamais il ne se serait cru autant d'aplomb pour donner du corps à son mensonge. Qui, après une pareille sortie, pourrait encore mettre en doute ce qu'il allait proférer, comme s'il concédait magnanimement quelques miettes à la boulimie de la curiosité locale ?

« On a droit de savoir, non ? » proclama tout bonnement l'un des curieux.

Youssef jubilait. Il les avait amenés exactement où il voulait qu'ils en viennent. Il eut la tentation de faire durer le plaisir, d'aller jusqu'au point où ils le supplieraient. Il trouva plus sage d'en rester là.

« Mon petit-neveu ! clama-t-il. Voilà, vous êtes satisfaits ? Je n'ai pas le droit de recevoir mon petit-neveu chez moi ? »

Ils en restèrent bouche bée. Avaient-ils seulement imaginé que Youssef pouvait avoir une famille ?

« Un petit-neveu... répéta l'un d'eux. Parce que tu as un frère, toi ?

– Non, une sœur. Même qu'elle habite à Dijon, aux Grésilles. Tu connais les Grésilles, à Dijon ? Et même que Julien, c'est l'aîné de sa fille. Elle a deux filles après. Bon, maintenant, ce n'est pas tout ça, vous me laissez passer. Il m'attend, ce gamin-là. Et puis, j'ai du travail, moi. »

Ils s'écartèrent, perplexes et vaguement insatisfaits. Youssef avait une sœur dont l'existence avait échappé à leur perspicacité ! Cela les dépassait et chamboulait complètement leur entendement. Que ce vieux bonhomme un peu original, vivant comme un ours dans sa ferme d'un autre temps, puisse avoir une sœur, des neveux et des petits-neveux, qu'il puisse même en recevoir un chez lui le faisait apparaître tout à coup trop semblable à ce qu'ils étaient eux-mêmes. Où allait-on si les différences, à la confrontation desquelles on pouvait à si bon compte rassurer sa propre normalité, venaient à disparaître avec tant de facilité ?

Youssef ne leur laissa pas le temps d'approfondir le sujet en sa compagnie. Fidèle à l'image d'homme pressé qu'il venait de se donner, il eut tôt fait de remettre Félicien sur le chemin de sa ferme. Pendant que le bourricot trottinait, alerte, vers son picotin, il était pourtant partagé entre le plaisir d'avoir su les manipuler comme il l'avait voulu et le désagrément d'avoir dû s'engager dans la voie d'un tel mensonge. Où cela risquait-il de l'emmener ? Il n'aimait pas l'idée d'avoir à manœuvrer, d'avoir à jouer un rôle. Il n'était pas fait pour ça, il le savait bien. Il savait surtout qu'il ne lui était pas permis, à lui, l'étranger, de se fourvoyer dans les arcanes de ces jeux si complexes auxquels pourtant ceux qui ne manqueraient pas de le juger n'aimaient rien tant que de s'adonner.

VII

KICOUILLOU ALLONGÉ dans l'herbe près de lui, Pépette à l'affût dans la haie, à trois pas, Julien mâchouillait un brin d'herbe sans perdre de vue les trois chèvres qui s'éloignaient lentement en broutant. De temps à autre, il se retournait vers le chemin qu'on voyait filer en direction du pays, au-delà de la barrière, comme pour s'assurer que Youssef ne réapparaissait pas. Quand il s'en fut convaincu, il se résolut à plonger la main dans la poche de sa culotte et en ressortit un minuscule téléphone portable.

« Allô, maman ? »

Kicouillou leva sur lui un regard étonné et vaguement scandalisé. Avait-on idée de lancer de telles exclamations ainsi, en pleine nature, alors qu'il n'y avait à l'évidence aucune maman dans les environs ! Julien lui adressa un clin d'œil.

« C'est moi, Julien, continua-t-il. Bien sûr, tu n'es pas là. Je sais : ton travail, toutes tes occupations.

Mais moi non plus, je ne peux pas t'appeler à n'importe quelle heure. Heureusement qu'il y a la messagerie. De toute façon, c'était seulement pour te dire que tout va bien. Tu ne dois surtout pas t'inquiéter. Pour te dire, là, pendant que je te parle, je suis assis dans l'herbe. Il fait très beau. J'ai un chien, Kicouillou qu'il s'appelle – un drôle de nom, hein ? Il est à côté de moi. Il y a aussi une chatte, Pépette, qui ne doit pas être bien loin… »

En même temps qu'il parlait, il se contorsionnait pour tenter de découvrir ladite Pépette, derrière lui, dans la haie.

« Tiens, eh bien ! oui, justement, je la vois. Elle est à la chasse. Pas le moment de la déranger ! Dans le pré, devant moi, il y a un troupeau de moutons et trois chèvres qui sont bien gentilles. Quand je suis arrivé là, il n'y a pas un mouton qui aurait eu l'idée de venir vers moi. Tu penses ! le nez dans l'herbe et rien de plus. Alors que les chèvres, elles sont venues me voir, me dire bonjour, me souhaiter la bienvenue dans leur pré ! Je les ai caressées, et puis elles sont reparties, bien tranquillement, en broutant. Tu vois que tout va bien ! Je crois que demain on attaque la fenaison. Alors là, il va y avoir du travail. Mais ne t'inquiète pas : je trouverai bien le temps de t'appeler. Et toi ? Tu vas bien ? Je n'ai pas encore regardé, mais j'espère que tu m'as laissé un message. J'y vais voir. Je t'embrasse très fort ! À demain. »

Avec l'étonnante dextérité dont usent les enfants pour jongler avec les claviers minuscules et les fonctions complexes de ces appareils, il eut tôt fait d'interrompre la communication et d'atteindre sa « boîte vocale ». Sans surprise mais tout de même avec une petite exclamation de plaisir, il entendit s'élever la voix de sa mère.

« Julien, où es-tu ? appelait-elle. Tu n'imagines pas l'inquiétude dans laquelle tu me plonges. Je sais, tes messages me rassurent, évidemment. Mais enfin tout de même, dis-moi où tu es, ce qui t'a pris. Pourquoi es-tu parti comme ça ? Ça ne te ressemble pas. Et puis, il va bien falloir que je te retrouve. Pourquoi ne me dis-tu pas où tu es ? Tu sais, Julien, ce n'est vraiment pas raisonnable. Que veux-tu que je fasse ? Je ne l'ai pas encore fait parce que tu m'as laissé ces messages qui m'ont un peu rassurée, mais il va bien falloir que j'agisse. Tu me vois aller prévenir la police ? Tu te vois arrêté par les gendarmes ? Parce que, tu sais, eux, ils auront tôt fait de te retrouver. Tes messages, ils sauront les localiser sans la moindre difficulté. Alors, sois raisonnable, dis-moi où tu es. Je te promets, je viendrai te chercher et il ne sera pas question de punition. Simplement, on parlera et tu me diras pourquoi tu es parti comme ça. Allez, je compte sur toi. Dans ton prochain message, tu me dis où tu es, et on n'en parle plus. Je t'embrasse très fort avec beaucoup, beaucoup d'inquiétude...

Ah ! oui, aussi : appelle-moi sur mon portable ou tâche de m'appeler à une heure où je suis à la maison. Tu connais mes horaires. Allez, je t'embrasse encore très fort... Et à très bientôt. »

En veillant bien à éteindre totalement son petit téléphone, Julien avait le sourire narquois. C'était bien parce qu'il connaissait parfaitement les horaires de sa mère qu'il l'appelait, à leur appartement, aux heures où il savait qu'elle vaquait à ses multiples et très importantes occupations professionnelles ! Elle était si occupée, sa mère, elles étaient si importantes, toutes ses activités et ses mondanités, qu'elle n'avait jamais vu à quel point était malheureux ce petit garçon qui était son fils. Il l'aimait pourtant au-delà de toute raison et il souffrait tant de ne pas pouvoir exprimer tout cet amour à cette mère qui n'avait à lui donner que quelques rares instants volés entre deux rendez-vous d'affaires, entre un cocktail et une soirée mondaine. Elle se souciait bien plus de toutes ces obligations que du désespoir de cet enfant qui aurait eu tant de choses à lui raconter, tant de petits plaisirs et de grandes peines à lui faire partager.

Elle aurait été horrifiée, la pauvre femme, si elle avait pu mesurer l'immense plaisir que prenait son fils à écouter, sur son minuscule téléphone, les longues tirades telles que celle qu'il venait d'entendre, par lesquelles elle tentait de lui faire prendre conscience de son angoisse et de tout le bonheur qu'elle aurait à le retrouver. Enfin, contrainte et forcée, il fallait bien qu'elle s'intéresse à lui ! Julien n'en avait évidemment pas une conscience très nette, et on l'aurait probablement bien étonné si on lui avait expliqué que sa préoccupation, en fuguant, était moins de retrouver son père que d'obliger sa mère à découvrir qu'il existait.

Lorsque la charrette à âne réapparut, le téléphone portable était soigneusement rangé au fond de la petite valise de Julien. C'était là son secret. Personne ne devait savoir, pas même Youssef, surtout pas Youssef, que Julien, malgré toute l'amitié qu'il lui portait, soupçonnait de vouloir le renvoyer vers sa mère. Or, s'il voulait toujours, bien sûr, rejoindre son père, il ne lui déplaisait pas de faire durer ce petit jeu dont, pour une fois, il lui semblait être le maître.

« Tu ne t'es pas ennuyé ? s'inquiéta Youssef en arrêtant Félicien devant la porte de l'étable.

– Penses-tu ! s'exclama Julien qui, au fond, nourrissait en lui une vraie fierté de savoir ainsi, du haut de ses dix ans, conduire sa propre intrigue sans rien en laisser paraître à ceux dont il estimait qu'elle ne les concernait pas. Je suis allé voir les biquettes, expliqua-t-il. Kicouillou et Pépette sont venus avec moi. J'ai passé un bon moment dans l'herbe. On y est bien ! »

Occupé à dételer Félicien, Youssef se contenta d'acquiescer en souriant. C'était à croire que ce gamin-là avait toujours vécu à la campagne !

« Et le foin ? continuait-il d'ailleurs. Quand est-ce qu'on s'y met ? »

Cette fois, Youssef éclata de rire.

« Tu es bien pressé ! Quand tu en auras fait une demi-journée, tu seras peut-être moins pressé de continuer.

– Pourquoi ? Ce n'est pas bien ?

– Tu verras. Mais dis donc, ton père, il faudrait peut-être s'occuper de le trouver. »

Pour le coup, le sourire satisfait de Julien eut tendance à se ternir.

« Bof ! on a bien le temps. »

Il lui parut urgent de détourner la conversation.

« Ah ! tiens, je voulais te demander, ton chien, Kicouillou... C'est un drôle de nom, ça. Tu ne trouves pas ? Pourquoi tu l'appelles comme ça ? »

Youssef prit prétexte de l'âne qu'il rentrait à l'étable pour se donner le temps de la réponse. Quand il réapparut au soleil de la cour, Julien était accroupi à côté de Kicouillou qu'il entourait de ses bras, au plus grand bonheur de l'animal. Youssef s'immobilisa dans l'encadrement de la porte. Il les contemplait sans chercher à dissimuler l'émotion qu'avait levée en lui la question du gamin.

« Tu vois, dit-il, j'ai demandé exactement la même chose à Clémence il y a... tu penses ! il y a près de quarante ans. Le Kicouillou de ce temps-là, au fond, il n'était pas bien différent de celui-là, sauf que je me souviens qu'il était vieux, très vieux. Alors, après celui-là, il y a eu un autre Kicouillou, comme il y en avait eu un avant. C'était comme ça, une vieille habitude. Naturellement, il y a toujours eu un chien, à la ferme, et, aussi loin qu'on puisse remonter dans le temps, il s'est toujours appelé Kicouillou. Alors, quand Clémence et Alfred n'ont plus été là, quand je me suis retrouvé seul et que leur dernier Kicouillou est mort, le suivant, eh bien ! je l'ai appelé Kicouillou, comme les autres. Pourquoi changer ? Et ça doit bien faire le quatrième ou cinquième que j'ai… »

Le gamin levait sur Youssef un regard captivé. Cette histoire toute simple le faisait plonger dans des infinis de temps que ses dix ans avaient beaucoup de mal à concevoir. Il n'était évidemment pas autrement que les autres enfants de son âge et de notre époque que saisit dès leur plus jeune âge le tourbillon des innovations et de la mode. Il vivait dans la frénésie du présent qui relègue si facilement sur les étagères d'un passé sans intérêt ce que ses aînés de quelques années ont adoré. Comment pouvait-il imaginer que persistent ainsi de telles habitudes, depuis des temps qui lui semblaient incommensurables ?

« Et le premier Kicouillou, demanda-t-il, c'était quand ? »

Youssef éclata de rire. Il eut un geste très ample de la main pour indiquer à quel point tout cela était vieux.

« Du temps où Alfred était plus petit encore que toi. Tu vois, ce n'est pas d'hier. Il m'a raconté. C'est sa mère qui a baptisé comme ça un petit chien qu'on venait de leur donner et qui les faisait bien rire. Depuis, c'est resté, voilà tout. »

Julien aurait voulu avoir une vue bien claire de tout le temps que cela représentait. Il tenta de l'imaginer, n'y parvint pas et préféra renoncer. C'était trop pour lui.

« Et pourquoi Kicouillou ? voulut-il encore savoir. Ça veut dire quelque chose ? »

Cette fois, le rire de Youssef se fit plus contraint.

« Ben, pour dire, se hasarda-t-il, c'est que c'est plutôt un gros mot. Alors…

– Un gros mot ! Et tous ces chiens-là, on les a appelés depuis si longtemps par un gros mot ?

– Hé ! Faut croire !

– Et qu'est-ce que ça veut dire ? Dis-moi. »

Pour la première fois de sa longue vie, Youssef se trouvait confronté au délicat dilemme de ce que l'on peut dire ou pas à un enfant. Il s'en trouvait fort embarrassé.

« Oh ! ça n'a pas beaucoup d'importance, tenta-t-il d'éluder. Et puis, en plus, c'est en patois, alors… »

On voyait bien qu'il n'avait pas d'expérience. Il y avait là pourtant juste ce qu'il fallait pour attiser la curiosité du gamin.

« En patois… répéta Julien pour qui ce mot recelait à lui seul un exotisme tel qu'il lui devenait pour lui essentiel de savoir. Dis-moi ! » insista-t-il.

Youssef, gêné, comprit qu'il était tombé dans un piège.

« Ben… commença-t-il sans trop savoir où il allait et sans se douter que des oreilles de dix ans en ont déjà entendu d'autres ! Ben… C'est que, à ce que racontait l'Alfred, ce petit chien-là, il les a fait rigoler d'une force… Il paraît qu'il les a toutes faites. Il avait le diable au corps.

– Et alors ? insista Julien qui sentait bien qu'on tournait autour du pot.

– Eh bien ! un jour, sa mère, en le voyant en faire une pire encore que les autres, elle a dit "qué couillou"… On en a fait "Kicouillou", va savoir pourquoi ! »

Il hésita un instant, navré de devoir aller jusqu'au bout, puis, puisqu'il n'y avait plus rien d'autre à faire, il se jeta à l'eau.

« Quel couillon, si tu préfères ! Voilà ce que ça veut dire. Quel couillon ! Ce n'est pas beau, hein ? »

À sa plus grande surprise, Julien avait la lippe plutôt déçue. C'était tout ? Il n'y avait pas là de quoi en faire une telle affaire. Ce brave Youssef avait encore beaucoup à apprendre.

« Si tu veux, tenta ce dernier, on peut lui changer son nom, à ce chien-là. Tu n'as qu'à lui en chercher un autre.

– Ça ne va plus la tête ? Kicouillou, c'est drôle, et puis ce n'est pas si terrible que ça. Moi, j'aime bien. »

Youssef n'eut pas d'autre choix que de s'y faire. Dès le premier instant, Julien s'était senti si bien chez lui qu'il s'y était installé, instaurant sa gentille tyrannie sur le quotidien du vieil homme, sans le moindre complexe. Il lui avait imposé ses horaires et ses habitudes, trouvant tout naturel que Youssef revienne de son travail pour lui servir le petit déjeuner lorsqu'il se réveillait, profitant sans vergogne de l'inexpérience du vieux bonhomme pour faire la fine bouche devant les plats qu'il prétendait ne pas aimer, mais n'hésitant pas à réclamer son aide dès que se posait à lui le moindre petit problème.

Bien que cela chamboulât passablement sa routine, Youssef, attendri, se laissait faire. Pris entre sa mauvaise conscience, qui lui répétait inlassablement que ce gosse ne devait pas séjourner plus longtemps chez lui, et ce bonheur inattendu, qui lui faisait savourer chaque instant passé avec Julien comme une friandise volée à son destin, il se hâtait d'en déguster chaque miette avant d'en être à nouveau privé.

« Il faudra tout de même qu'on s'occupe de retrouver ton père », répétait-il sans cesse au gamin.

L'autre finissait par ne même plus relever.

« Et le foin ? répliquait-il. Quand est-ce qu'on s'y met ? »

Youssef lui avait expliqué que le temps était venu de récolter l'herbe des prés, de la faire sécher et de la rentrer au fenil pour prévoir l'alimentation hivernale des bêtes.

« C'est comme ça, lui avait-il dit. Au printemps et en été, on travaille pour prévoir l'hiver. Et puis, quand l'hiver vient, on attend le printemps et l'été...

– ... pour prévoir l'hiver ! l'avait interrompu Julien.

– Tu as tout compris ! »

On sortit donc la faucheuse, on y attela les bœufs et, une fois Julien nanti de l'interdiction formelle de s'approcher de la dangereuse lame quand celle-ci était en action, le grand événement annuel de la fenaison put commencer. Chez Youssef, qui ne connaissait, bien sûr, ni tracteur, ni faneuse, ni presse, il gardait toute la dimension que lui ont ôtée tous ces engins. Certes, son cheptel était assez réduit pour que les quantités de foin à entasser sur le fenil restent raisonnables. Tout faner à la fourche, des heures durant, sous le soleil le plus ardent, andainer au râteau, puis effectuer d'inlassables allers et retours, avec le tombereau, du pré à la ferme, jusqu'à ce que la récolte vienne à toucher la poutre maîtresse du fenil, n'en représentait pas moins un travail considérable que le vieux avait pourtant l'habitude d'effectuer seul.

« Cette année, je vais t'aider ! » avait décrété Julien.

Souhaitant surtout, en son for intérieur, qu'il ne lui fasse pas perdre trop de temps, Youssef lui avait tout de même confié une fourche en veillant bien à le mettre en garde contre les dangers de cet outil, et ils étaient partis tous deux vers les prés.

VIII

ATTENTIF à bien mettre en pratique la leçon de fanage que lui avait donnée Youssef, Julien s'y appliqua plus longuement que ce qu'avait escompté le vieil homme. Soulever l'herbe, la faire fuser dans le soleil de telle façon qu'elle retombe en désordre, « tout ébouriffée » avait bien imagé Julien, pour que l'air et le soleil puissent la sécher le plus rapidement possible, lui était d'abord apparu comme un jeu nouveau et plein d'intérêt. C'était compter sans l'aspect quelque peu répétitif du geste et surtout sans les douleurs qui n'avaient pas tardé à naître dans ses épaules. Courageusement, il avait pourtant tenu le coup aussi longtemps qu'il avait pu.

Depuis le siège de sa faucheuse, Youssef, sans en avoir l'air, le surveillait du coin de l'œil. Il l'admirait en même temps qu'il s'inquiétait un peu pour lui. Le gamin était en train de découvrir qu'on a tôt fait d'oublier la bonne odeur du foin frais, lorsqu'on patauge ainsi des heures durant dans ce foisonnement d'herbe qui vous brûle les mollets. On ne ressent bientôt plus que l'irritation de la poussière qui s'en dégage et l'ardeur du soleil sous lequel on se meut à lents mouvements sans cesse répétés.

À plusieurs reprises, Youssef avait été sur le point d'arrêter son attelage pour que son cliquetis entêtant ne couvre pas sa voix, lorsque, de loin, il lui crierait de ne pas s'obstiner. Chaque fois, il remit à son prochain passage. Puis, après un demi-tour en bout du champ qui lui avait fait perdre Julien de vue quelques instants, il s'aperçut que celui-ci était appuyé au manche de sa fourche. Il encourageait vivement Kicouillou qui, au pied de la haie, s'échinait à déterrer une taupe depuis longtemps disparue dans les profondeurs de ses galeries. « C'est bon, se dit Youssef, il n'ira plus bien loin ! »

Au tour suivant, il eut beau chercher, il ne trouva plus qu'une fourche plantée toute droite là où l'avait laissée Julien. Du gamin et du chien, plus de trace ! Le vieux fronça les sourcils. Peut-être ne devait-il pas s'étonner, peut-être n'y avait-il là rien que de très normal, mais il avait beau faire : l'expérience lui manquait. Il ne pouvait pas s'empêcher de trembler et d'envisager le pire dès qu'il perdait l'enfant de vue.

Les bœufs, pourtant, rompus à leur travail, avaient repris leur lente progression le long de la lourde toison d'herbe que la faucheuse, derrière eux, couchait méthodiquement sur l'éteule en un long ruban régulier. Il fallait suivre. Youssef dut reporter toute son attention sur son ouvrage.

Au bout du champ, le chemin s'enfonçait dans les bois. De l'endroit où il se trouvait, Julien apercevait l'enfilage d'une allée toute droite. La ramure des arbres lui formait une immense voûte à peine éclairée, au travers des feuillages, par une infinité de minuscules rais de lumière. Livré comme il l'était à la rude ardeur d'un soleil que rien ne filtrait, moite de sueur et les jambes en feu, Julien eut tout à coup l'irrépressible tentation de ressentir sur sa peau la caresse de toute la fraîcheur suggérée par cette longue trouée ombreuse dont il n'était qu'à deux pas.

« Tu viens, Kicouillou ? » demanda-t-il pour la forme.

Il planta énergiquement sa fourche dans la terre meuble et fila, le chien sur les talons.

Au coin du champ, sa petite taille lui fut un avantage pour se glisser au travers de la haie. À peine relevé, au bord du chemin, à trois pas de l'orée du bois, alors qu'il levait les yeux vers le long tunnel de verdure qui l'avait attiré, il s'immobilisa, saisi de stupeur. L'allée, parfaitement rectiligne, s'enfonçait très loin dans les bois, si loin qu'elle finissait par se perdre dans ce qu'il crut être de profonds pans de nuit parcourus d'étonnantes vapeurs.

Il ne douta pas un seul instant de la nature merveilleuse de sa découverte. Personne jusque-là, assurément, n'avait atteint cette frontière qui se dressait devant lui et au-delà de laquelle rien d'autre ne pouvait exister qu'un monde de légende. Ses premiers pas furent hésitants. Non pas qu'il eut peur. L'attirance l'emportait sur tout autre sentiment. On ne passe pas impunément, pourtant, de l'exercice fastidieux d'un travail sans charme à l'approche captivante d'un monde inconnu, ni de l'éblouissement du soleil le plus ardent à la pénombre douce mais pleine de mystère du sous-bois. Kicouillou qui, la queue en panache, allait et venait devant lui, l'air important et la truffe au vent, à la recherche de quelque fumet de sauvagine, ne paraissait nullement concerné par l'imminence de leur accession au monde des fées ou des géants, des chevaliers ou des extraterrestres, à moins que ce ne soit celui de tous ces gens-là à la fois.

Il fallait en avoir le cœur net. Julien, résolu, allongea le pas. Il n'était pas jusqu'au sol qu'il foulait qui ne soit d'une étonnante douceur. Nulle ornière, ici, où se tordre les pieds, nulle roche affleurante sur laquelle buter ; un tapis régulier d'herbes rases et de bruyères calunes si douces à son pas qu'il lui semblait flotter plutôt que marcher.

Il crut aller ainsi très longtemps. L'allée n'en finissait pas de s'enfuir, droit devant lui, sous la voûte des feuillages et parmi les innombrables petites flaques d'or nourries des minces rais de lumière qui venaient s'écraser au sol, parmi les bruyères et les fougères penchant élégamment vers lui leurs larges feuilles finement découpées. Il n'était peut-être pas loin de se lasser lorsque, dans l'ombre et les vapeurs du lointain, une étoile naquit. D'abord, il crut rêver. Elle était à peine perceptible, mais, au fur et à mesure qu'il avançait, elle prit suffisamment de réalité et d'éclat pour qu'il lui semble que ce n'était que pour lui qu'elle brillait. Il pressa le pas.

Kicouillou, qui, affairé à débusquer un mulot, s'était laissé distancer, dut prendre le galop pour le rattraper. En le rejoignant, il leva sur Julien un regard extasié et se trémoussa dans ses jambes dans l'espoir d'une caresse. Le gamin n'y pensa même pas. Il n'avait d'yeux que pour cette lumière vive, droit devant lui, qui, d'imperceptible étoile, devenait soleil sans rien perdre de sa brillance. Peu à peu, elle parut même éteindre les pans de nuit que Julien cherchait à atteindre. Il n'y prit évidemment pas garde, tant le captivait cette lumière blanche désormais ouverte comme une grande baie au milieu de l'ombre de la forêt, et si violente que Julien, même en plissant les yeux, ne parvenait pas à identifier la chose qu'il devinait en son milieu.

Il ne comprit qu'en l'atteignant ou presque qu'il s'agissait d'une vaste clairière sur laquelle on eût dit que convergeait toute la lumière refusée par les sous-bois. Ce n'eût été que cela si une étonnante maison ne s'était pas dressée en pleine étourdissante clarté, exactement au milieu de la clairière. Une maison basse, tout en longueur, un peu biscornue, de guingois, dont les volets jointoyaient mal et dont les colonnes un peu prétentieuses qui encadraient son perron servaient désormais de tuteurs à un lierre vigoureux. Au travers du feuillage envahissant, Julien vit nettement que la porte était entrouverte… L'attendait-on ?

L'hypothèse le stupéfia. Il se figea si brutalement à l'orée de la clairière que Kicouillou, qui survenait derrière lui, vint buter durement dans ses jambes à l'instant précis où, semblant née de nulle part, une voix appela très nettement : « Julien ! » Un frisson d'angoisse se saisit du gamin. « Julien ! dépêche-toi, je t'attends. »

Si ce n'était pas de la maison, d'où cela pouvait-il bien venir ? Qui donc pouvait ainsi l'appeler au moment même où, il en était convaincu, il abordait à un monde d'irréel ? Vivement, il chercha autour de lui. Rien, rien que le calme pesant de la forêt somnolente. Il se retourna. Lui apparut alors tout le chemin qu'il venait de suivre au long de cette allée toute droite. Là-bas, tout au bout, si loin qu'il ne put imaginer en venir, s'ouvrait comme un porche de lumière et, dans cette tache claire symétrique à celle qui l'avait si vivement attiré, il distinguait nettement l'ombre chinoise d'une silhouette…

On venait ! Quelqu'un venait vers lui. Et, dans son dos, sous ses épaisses moustaches de lierre, comme le museau menaçant d'un monstre, cette porte entrouvcrte… Cette fois, la panique n'était pas loin. Qui avait si distinctement prononcé son nom ? Cela venait-il de cet inconnu qui s'avançait ou du fond de cette maison mystérieuse ?

« Alors, Julien ! qu'est-ce que tu fabriques ? C'est l'heure du casse-croûte ! »

Youssef ! Nul autre que lui pouvait crier ainsi. Julien eut tout à coup l'impression de retomber sur terre et sur ses pieds ! Il en fut aussi soulagé que contrarié. La grande peur qu'il avait sentic monter en lui s'était évanouie, mais il n'y a jamais de vrai plaisir qui puisse naître d'un charme rompu.

« Ouais ! je suis là, cria-t-il sans enthousiasme.

– Allez ! dépêche-toi. J'ai laissé les bœufs. Il ne faut pas partir comme ça sans me prévenir. J'ai cru que tu t'étais perdu, moi. »

Le gamin haussa les épaules. Est-ce qu'on se perd quand on a dix ans et qu'on aborde à de tels mystères ?

« Dis, demanda-t-il tout de même à Youssef lorsqu'ils se furent rejoints, c'est quoi cette maison-là ? »

Ce fut au tour du vieux de hausser les épaules. Se souciait-il de cette vieille bicoque depuis si longtemps abandonnée, alors que ses bœufs l'attendaient au coin du champ ?

« C'est quoi ? insista pourtant Julien.

– Une maison abandonnée, pardi ! Que veux-tu que ce soit ? Depuis le temps… Tiens, c'est comme ça que sera ma maison quand je ne serai plus là… »

Julien, qui trottinait en s'efforçant de suivre le pas pressé de Youssef, fit la grimace. Il n'aimait pas la façon dont s'achevait le rêve. Il se promit de le reprendre à la première occasion, là où il avait dû l'abandonner.

IX

PAR CHANCE, le temps, cette année-là, fut clément. Sans avoir à jeter sans cesse des regards inquiets vers le coq du clocher ou sur les prémices de nuées plus ou moins menaçantes s'accumulant au-delà des crêtes, Youssef put mener son affaire à son rythme. Il put même se permettre plus souvent qu'à son tour de prêter une oreille attentive aux récits de ses mille découvertes que Julien ne manquait pas de venir lui faire.

De tous ces jours de travail intense, il ne perdit pourtant pas un seul instant de vue le redoutable problème qui se posait à lui et qu'il devenait de plus en plus urgent de résoudre. Comment retrouver la trace de ce père éleveur de chèvres ? Avec le temps, Youssef commençait à se reprocher d'avoir été fort inconséquent lorsqu'il avait cédé à la tentation de prendre sous son aile cet oiseau tombé du nid. C'était bien beau d'avoir ainsi soustrait

Julien à sa grande détresse, mais maintenant, qu'en faire ?

Plus les jours passaient et plus le gamin semblait se désintéresser de ce père pour lequel, pourtant, il s'était jeté dans cette invraisemblable aventure. Plus les jours passaient et plus Youssef désespérait de trouver le moyen de repérer cet hypothétique éleveur de chèvres.

Plus les jours passaient et plus il se persuadait que le mensonge proféré au sujet de l'identité de Julien allait inévitablement être éventé. Peut-être, d'ailleurs, était-ce là ce qui le bouleversait le plus. Passer aux yeux de tous pour un menteur ! À cette seule idée, il frémissait d'angoisse et de honte. Que dirait-on de lui ? Comment pourrait-il encore vivre au milieu de tous ces gens qui l'acceptaient parmi eux depuis tant d'années ? Il y avait là comme un gouffre inquiétant qui s'ouvrait sous ses pieds. Il le redoutait d'autant plus qu'il avait bien connu, par le passé, la profonde désespérance née de telles incertitudes.

Personne, à le voir mener paisiblement son attelage de bœufs ou faner des heures durant, du même geste ample et posé, n'aurait pu se douter de son trouble. Pas un instant l'insouciance enfantine de Julien n'eut à pâtir de ses préoccupations. Elles habitaient pourtant le vieux en permanence, le minaient lentement et prenaient littéralement possession de tout son être durant ses longues heures d'insomnie.

Ce fut au terme d'une nuit particulièrement pénible qu'il se résolut à s'engager dans l'unique voie qu'il ait pu entrevoir. Elle ne lui plaisait pas. Dès l'instant où il l'avait imaginée, il sut qu'elle le mènerait inévitablement à devoir se rendre coupable d'un second mensonge. Mais le moyen de faire autrement ? Il le chercha des nuits durant et finit par se rendre à l'évidence. Elle était sa seule chance de se sortir du piège dans lequel il s'était mis.

Comme il s'y attendait, l'occasion lui fut donnée de tenter une première expérience lorsque, comme à son habitude, fenaison ou pas, il alla au pays faire l'acquisition de son paquet de gris hebdomadaire. De l'autre côté de la simple vitre dépolie qui séparait le débit de tabac du bar, quelques habitués en étaient à l'heure de l'apéro. Youssef échangea quelques poignées de main. On eut trois mots pour constater le temps qu'il faisait et pour estimer qu'il avait beaucoup de chance pour ses foins. On allait en rester là. Il faisait déjà mine de repartir vers son tabac, quand il parut tout à coup se souvenir de quelque chose.

« Tiens, au fait ! s'exclama-t-il en revenant vers les consommateurs du bar. Un éleveur de chèvres, dans le coin, vous ne connaissez pas ?

– Si : toi ! voulut plaisanter l'un d'eux.

– Oh ! non ! s'exclama-t-il. D'après ce que j'en sais, c'est un gros. Il ne ferait que ça. Il transforme et puis il vend sur les marchés. Ça ne vous dit rien ? »

Les moues se firent dubitatives.

« Pourquoi tu demandes ça ? »

Youssef eut un instant très bref d'hésitation. S'engager tout de suite dans son mensonge ? Pourquoi ne pas laisser cheminer les choses ? Peut-être...

« Oh ! comme ça. J'aurais besoin de le rencontrer, cet homme-là. Vraiment, ça ne vous dit rien ? »

Ils s'interrogèrent mutuellement du regard, mais aucun ne parut avoir la moindre idée.

« Tu sais, des chèvres, par ici, ce n'est pas ce qui court les rues. Tu irais dans le Mâconnais ou même dans certains coins du Charolais, je ne dis pas. Mais par ici... »

Youssef repartit bredouille mais avec la satisfaction de ne pas avoir eu à mentir. Il se rassura même à l'idée qu'il avait lancée comme une bouteille à la mer et que, peut-être, un jour ou l'autre, lui en viendrait une réponse. Dans les jours qui suivirent, quitte à délaisser quelque peu sa fenaison, il s'ingénia à trouver mille prétextes de venir au pays et il ne manqua pas une occasion de répéter sa question. Au point qu'il finit par intriguer ses interlocuteurs.

« Mais qu'est-ce que tu lui veux donc, à cet éleveur de chèvres ? lui demanda-t-on avec de plus en plus d'insistance.

– C'est rien, c'est rien, se contentait-il de répondre. C'est qu'il faut que je le rencontre, cet homme-là, voilà tout. »

On ne se satisfit évidemment pas longtemps de cette réponse évasive. Elle ne cadrait pas avec l'obstination qu'il mettait à relancer sa recherche. Pauvre Youssef ! il n'était évidemment pas fait pour ce genre de manœuvre. Il ne sut pas doser ses effets et, en fin de compte, à trop insister et à ne pas assez expliquer, il s'enferra. On finit par perdre de vue la recherche de l'éleveur de chèvres pour ne plus penser qu'aux raisons qu'il pouvait bien avoir de le trouver. Il lui fallut se résoudre à en passer par ce malheureux mensonge qu'il avait préparé durant ses nuits d'insomnie.

« Une affaire ! s'exclama-t-il enfin, après qu'on lui eut une fois de plus demandé les raisons de son acharnement à dénicher cet oiseau rare. Imagine-toi ! un homme qui vient m'achcter deux biques. Bon. On tombe d'accord. Il embarque les biques. Il me donne la moitié du prix comme ça, de la main à la main, et il me dit qu'il n'a pas son chéquier sur lui, qu'il m'enverra le reste dès le lendemain... Va... Je ne suis jamais qu'une bête. Je ne me suis même pas méfié. Je sais, ce n'est pas malin, mais dis-moi le contraire : quand tu ne penses pas au mal, est-ce que tu le vois chez les autres ? Le voilà parti avec mes biques et depuis, eh bien ! Youssef, il attend. C'est pour ça ! Attends voir que je le retrouve ! Mince, un éleveur de chèvres, dans le coin, ça doit se trouver, non ?

– Et qu'est-ce qui te fait dire qu'il est du coin ?

– C'est lui qui me l'a dit. Il m'a même dit le nom du pays, mais… pfuitt ! Avec la tête que j'ai, plus moyen, je ne me souviens plus.

– Il t'a dit si c'est loin d'ici ?

– Non, il n'a pas dit, mais je pense, quoi… vingt, vingt-cinq kilomètres, pas plus.

– Eh ! oh ! Vingt-cinq kilomètres, est-ce qu'on connaît les gens à vingt-cinq kilomètres d'ici, nous ? »

Un silence accablé s'abattit sur les quelques consommateurs qui s'étaient installés autour d'une table, sur le trottoir, sous le grand auvent de toile. Ça les désolait sincèrement, tous ces braves gens, de ne pas pouvoir dépanner Youssef. Surtout que, mensonge pour mensonge, il en avait bien choisi la matière ! Rien de tel que les sous, surtout ceux d'un mauvais payeur, de surcroît étranger au pays, pour que soit sans délai proclamée l'union sacrée !

Au-delà de l'auvent sous lequel un très léger courant d'air entretenait une illusion de fraîcheur, le soleil à son zénith écrasait de chaleur la place du village. Le bitume dont on l'avait couverte réverbérait violemment une lumière d'une telle intensité que tout se noyait dans la même absence brutale de nuances. Seuls, sur la droite, derrière leur grille, les châtaigniers de l'artiste parvenaient à maintenir, au travers de leur feuillage épais, un doux camaïeu d'ombres et de lumière infiltrée dont le frissonnement léger captait tout ce qui restait de vie dans ce décor caniculaire.

« Tiens, justement, dit quelqu'un sans qu'on voie le rapport, voilà l'artiste qui vient payer sa tournée. »

Hervé poussait effectivement sa grille. Le bruit qu'elle fit en se refermant parut brièvement pulvériser le calme absolu de la place. Lorsqu'elle émergea de l'ombre des arbres, le soleil parut soudainement embraser la silhouette du sculpteur. Dans la torpeur générale, on n'aurait été qu'à moitié surpris de la voir tout à coup pirouetter sur elle-même, à la façon de ces fugaces colonnes d'air chaud qui s'élèvent parfois en tourbillonnant des champs surchauffés, et se volatiliser en laissant juste un nuage de poussière planer quelques instants sur la place.

Au lieu de quoi, il avançait tranquillement, d'un pas égal, en suivant la bordure du trottoir, vers la tablée où on lui tirait déjà une chaise.

« Eh bien ! et lui ! peut-être... Qu'est-ce qu'il fabriquait, avant d'échouer ici ? C'est pas des chèvres qu'il élevait ? C'est pas ça qu'il nous a dit, un jour ? »

Peu importait de savoir qui venait de parler. Déjà, il n'y avait plus d'attention que pour Hervé qui n'en finissait pas d'ignorer la brûlure du soleil et qui avançait vers eux avec une affligeante lenteur. Pourtant, on sut se retenir. On connaissait les usages. Il fit le tour de la table, serrant toutes les mains. Cela prit un temps qui parut infini. Il rejoignit la chaise qu'on lui avait préparée, s'installa. Les mots continuaient de s'échanger, mais n'avaient plus aucune importance. Il fallut encore qu'il commande et que, d'un geste circulaire, il indique au patron accouru de remettre la même chose à chacun. Seul Youssef couvrit son verre de la main. On le blagua, mais rapidement. Il y avait évidemment plus important.

« Dis donc, Hervé. »

La voix qui s'engouffra la première dans la brèche des convenances eut pour effet instantané d'éteindre toutes les autres.

« Dis donc, Hervé, répéta-t-elle, avant de débarquer par ici, tu ne nous as pas dit que tu avais fait l'éleveur de chèvres ? »

La question parut sidérer Hervé.

« Sûr, que je vous l'ai dit, reconnut-il. Mais, hé ! les mecs, vous me parlez d'un temps… »

Ce n'était pourtant pas si vieux que ça, mais il y a peut-être des souvenirs qu'on se plaît à rejeter le plus loin possible au fond de sa mémoire. Ce n'était d'ailleurs pas cet aspect des choses qui retenait l'attention de l'assemblée.

« Et c'était où, ça ? lui demanda-t-on.

– Ça vous intéresse ? s'étonna-t-il. Vous voulez vous y mettre, aux chèvres ? Ce n'est pas que je vous le recommanderais, mais enfin, c'est vous qui voyez, c'est votre problème.

– Ce n'est pas de ça qu'il s'agit, s'énerva un questionneur. Il était où, ton élevage de biques ?

– Vous ne m'avez pas répondu. Pourquoi ça vous intéresse ? »

Il fallut lui expliquer. Youssef, silencieux, tassé sur sa chaise, laissait faire en se contentant d'acquiescer discrètement de la tête. Hervé ne le quittait pas des yeux. Le vieux eut la sensation désagréable d'être percé à nu.

« Alors, il était où, ton élevage de biques ? répétait l'un ou l'autre. Maintenant qu'on t'a dit, tu vas te souvenir au moins ? »

Youssef eut la brûlante impression que le regard d'Hervé, toujours rivé au sien, devenait une impérieuse volonté de comprendre. Il lui suffisait heureusement de se taire. Il savait pertinemment qu'une seule question lui aurait fait perdre toute contenance. Mais on l'avait oublié et c'était mieux ainsi. On avait estimé qu'il n'était pas de taille à gérer une telle affaire. Sous prétexte de l'aider, même s'il ne l'avait pas demandé, on s'arrogeait le droit de décider pour lui. Surtout, on se régalait déjà de tout ce qu'on espérait apprendre et qui nourrirait pour longtemps les conversations.

Hervé, lui, n'interrogeait pas. Il questionnait. Ce n'est pas la même chose. Il y avait dans le regard, qu'il s'obstinait à enfoncer dans celui de Youssef, une attente ardente qui ressemblait à s'y méprendre à un appel au secours. Que pouvaient-ils faire, pourtant, l'un comme l'autre, séparés par une table chargée de verres vides et par quelques curiosités aussi malsaines qu'avides ?

« Oh ! tonna une voix. C'est tout ce que tu as à dire, Hervé ? D'abord, ces biques-là, elles existent encore ou pas ? »

Il y eut dans le regard d'Hervé comme une lueur d'excuse à l'adresse de Youssef. Il était trop tard. Il ne pouvait plus éluder. Il confirma d'un mouvement du menton.

« Et elles sont où ? »

Il soupira profondément et s'adossa à sa chaise. Maintenant, il n'y avait plus qu'à dire.

« À vingt ou trente kilomètres d'ici, dans un hameau perdu.

– Ça ne nous dit pas où. »

Il eut une dernière hésitation. Fallait-il tout dire ? N'était-il pas en train de se tromper grossièrement ? Et Youssef, en face de lui, dont le regard triste restait obstinément impénétrable… Allons, avait-il le choix ? Il sortit vivement un carnet de sa poche, en tira un minuscule crayon et gribouilla une adresse sur une page qu'il détacha. Il la tendit droit devant lui, en direction de Youssef, avec l'ultime espoir que celui-ci la saisirait assez vite pour que se rassure sa conviction, venue on ne sait d'où, que cette affaire devait absolument rester entre eux. Mais Youssef ne bougea même pas. Le papier fut happé par quatre mains et il s'en fallut de peu que chacune restât avec, entre les doigts, un morceau de l'adresse qu'Hervé y avait écrite.

Celui qui le récupéra la lut en faisant durer le plaisir. Puis il émit un long sifflement en hochant gravement la tête.

« Vieux, dit-il enfin, je comprends qu'on ne connaissait pas. Ce n'est pas la porte à côté, ton truc. Et par-dessus le marché, ce n'est pas le même département. On pouvait toujours chercher dans l'annuaire ! Mon pauvre Youssef, ça ne va pas te simplifier ton affaire, tout ça. »

Il consentit enfin à tendre le petit bout de papier au vieux.

« Qu'est-ce que tu vas faire ? Tu vas y aller ?

– Sûr que je vais y aller. »

Ils hochèrent tous la tête d'un air entendu.

« Tâche de bien te défendre.

– Compte sur moi.

– Si tu as besoin, tu n'as qu'à dire. On te donnera un coup de main.

– C'est gentil, merci, les gars. S'il le faut, je vous dirai…

– Bon, ce n'est pas tout ça, mais c'est l'heure de la soupe », eut la bonne idée de constater une voix.

On se leva dans un grand bruit de chaises raclant le bitume du trottoir. La somnolence de la place fut secouée un instant d'au revoir sonores, de rires, de portières claquées et de bruits de moteurs.

Hervé se dépêcha de trouver l'appoint de la tournée au fond de ses poches et fila vers chez lui. Il atteignit sa grille alors que Youssef, après avoir détaché Félicien, embarquait dans sa charrette.

« Attends ! Youssef », appela-t-il.

L'autre ne parut pas surpris. Il se contenta d'indiquer à son bourricot d'avoir à rester immobile et se figea, le regard fixé sur un point très lointain, droit devant lui. Hervé vint s'appuyer des deux mains à la ridelle délicatement ouvragée de la charrette.

« Ce gamin, dit-il sans détour, ce n'est pas ton petit-neveu. »

Youssef s'y attendait. Il ne cilla pas.

« Et le François Trichot, il ne t'a jamais acheté de chèvres. »

Youssef, les avant-bras sur les cuisses, les guides dans les mains, le regard toujours planté loin devant lui, restait impassible. Hervé hésita. Cette froide immobilité l'impressionnait. Il finit tout de même par estimer qu'elle pouvait avoir valeur d'acquiescement. Youssef ne l'aurait pas laissé dire si cela n'avait pas été la vérité. Alors, malgré ce qui lui en coûtait, il osa abattre sa dernière carte.

« Ce gamin, dit-il en secouant doucement la charrette, c'est… c'est le fils de Samanta. »

Youssef tourna vers lui un regard étonné.

« Connais pas », dit-il simplement.

Puis il parut se reprendre.

« Peut-être, admit-il.

– Sûr, dit Hervé d'une voix sourde. Il lui ressemble tellement. La première fois que je l'ai vu avec toi, ça m'a frappé, mais j'ai cru au hasard. Comment j'aurais pu penser ? Comment il est arrivé chez toi ? Tu ne connais même pas le nom de sa mère ? »

Youssef, une fois de plus, levait les yeux vers quelque lointain visible de lui seul.

« Allons ! Youssef, tu sais que tu peux me parler, à moi. Je ne dirai rien à personne, tu le sais bien. Et même que je ferai tout pour t'aider. Peut-être bien que tu en as besoin.

– J'ai rien fait de mal ! »

L'exclamation avait jailli du cœur sans que Youssef consente à se détourner de sa lointaine contemplation.

« J'en suis bien convaincu, Youssef, que tu n'as rien fait de mal, s'obstinait à plaider Hervé. Je sais bien que tu en serais incapable. Mais les autres... tu les connais, les autres. S'ils savaient ! Eux, tout de suite les idées tordues... »

Youssef dut en convenir. Il se détendit, baissa les yeux et là, assis sur le banc rustique de sa charrette, en quelques mots, il raconta à Hervé sa rencontre avec Julien au marché de la ville.

« Il n'avait qu'une idée en tête : retrouver son père. C'est pour ça qu'il s'est sauvé. Maintenant, il me reste à espérer...»

Hervé l'interrompit :

« C'est bien lui. C'est à François Trichot qu'il pense. C'est François Trichot, son père. Tu peux en être sûr. »

Soulagé, Youssef crut voir dans les paroles d'Hervé la fin de son tourment.

« C'est que je l'aime bien, ce gamin, crut-il nécessaire d'expliquer. Et puis lui, c'est qu'il se trouve bien chez moi. Il y resterait sans problème. Mais moi je sais que ça ne peut pas durer, qu'il faut vite le régler, ce problème-là. »

Hervé ne pouvait qu'acquiescer.

« Je te dirais bien que je vais l'emmener avec ma voiture. Mais... peut-être que ce n'est pas la bonne idée. François Trichot et moi... c'est que ça ne va pas trop fort entre nous. Il ne comprendrait pas. Ce serait encore des complications. »

Ce n'était vraiment pas ce qui troublait Youssef. Il rassura Hervé :

« Ne t'en fais pas, demain ou après-demain, j'aurai fini le foin. Alors, on attellera la bourrique et on ira ensemble, Julien et moi. C'est son plaisir, tu comprends, cette charrette-là ! Va, ce sera un beau voyage. »

Les choses étaient dites. Ils auraient pu en rester là. Déjà, Youssef se redressait et levait ses guides comme pour donner le signal du départ à Félicien. Hervé, pourtant, ne semblait pas se résoudre à lâcher la ridelle à laquelle il s'accrochait des deux mains.

« Attends ! souffla-t-il. Ce gamin… j'aimerais le voir, lui parler. Tu veux bien ? Tu permets que je vienne chez toi ? Ce soir, par exemple, ou demain… »

Il y avait dans cette demande pourtant tout à fait banale un tel ton de supplication que Youssef en parut sidéré.

« Bien sûr que tu peux, s'empressa-t-il. Viens quand tu veux. Tu seras toujours le bienvenu. »

Au petit trot de Félicien, l'attelage s'éloigna et disparut derrière la haie du premier virage. Hervé, immobile, le suivit des yeux autant qu'il le put et il resta encore longtemps ainsi perdu dans ses pensées. Puis il pivota lentement sur ses talons, enfonça les mains au fond de ses poches et, tête basse, il marcha vers chez lui.

X

IL ÉMANE DES ARBRES les plus anciens et les plus solides de puissants fluides dont la tradition veut qu'ils puissent être bénéfiques à qui sait les capter. Un vieux paysan auquel Hervé, à quelques années de là, demandait le secret de son étonnante verdeur, lui avait soutenu qu'il ne se trouvait nulle part ailleurs que dans le tronc du hêtre énorme qui ombrageait son jardin.

« Ce n'est pas tout de dire, avait-il ajouté. Il faut encore savoir. »

Devant l'incrédulité évidente du jeune homme, il n'avait pas hésité à lui faire une démonstration.

« Quand tu es fatigué ou que ça ne va pas, que tu es patraque, quoi, tu te mets comme ça, le dos à l'arbre, bien près, le plus près possible, la nuque contre l'écorce, les talons aussi, les mains derrière, bien à plat de chaque côté du tronc. Et puis tu y restes aussi longtemps que tu veux. Tu verras, ça durera, mais tu ne t'en apercevras pas, tellement tu es bien, tellement ça te fait du bien. »

Hervé avait essayé. À son tour, il s'était plaqué le dos contre le fût épais, dans la position indiquée par le vieux. Il s'était laissé aller, dans cette étrange posture, à une réelle décontraction dont il s'était tout de même lassé assez vite et dont il n'était pas sûr, si elle ne lui avait pas fait de mal, qu'elle lui ait apporté grand-chose ! Peut-être, après tout, lui manquait-il alors l'essentiel, c'est-à-dire la conviction !

En remontant lentement l'allée gravillonnée de son parc, l'envie lui prit soudain de retrouver la position indiquée par le vieux. Il était tellement bouleversé qu'il lui fallait toutes affaires cessantes trouver un moyen de laisser s'apaiser en lui le furieux bouillonnement des souvenirs et des émotions qu'avaient réveillés les quelques mots échangés avec Youssef. Il les croyait pourtant bien ensevelis, éteints à tout jamais. Il en avait fallu bien peu, en fin de compte, pour qu'ils resurgissent et le submergent sous un flot d'une telle violence qu'il en chancelait.

Il vint rechercher de tout son corps, depuis les talons jusqu'à la nuque, le contact rugueux du plus gros des énormes châtaigniers qui s'alignaient le long de la grille séparant sa propriété de la rue. Il aimait ses arbres et il se plaisait à dire qu'ils le lui rendaient bien. Depuis qu'il avait acheté la maison, il les avait nettoyés, avait payé un bûcheron un peu acrobate qui les avait débarrassés de leurs branches mortes. Il avait détruit la broussaille qui encombrait leurs pieds et, surtout, il ne se passait pas de matin sans qu'il pose sur chacun d'eux un regard d'affection.

Peut-être, avec le temps, s'était-il ainsi établi, entre ces paisibles géants et lui, le lien de connivence qui lui avait manqué, à l'époque, avec le hêtre de son vieil ami. Il ne chercha pas à savoir. Il se contenta de s'abandonner à la sensation d'apaisement dont il lui sembla qu'elle coulait en lui, ni plus ni moins qu'un liquide s'épanchant jusque dans les plus fines ramifications de son être, dénouant au passage la crispation qui lui faisait la respiration haletante, la démarche hésitante et surtout le rendait incapable de maîtriser le tourbillon de ses pensées.

Il terminait des études de droit et de gestion aussi brillantes que sans histoires lorsqu'il avait rencontré François Trichot. Rien, *a priori*, ne rapprochait les deux jeunes gens. Hervé n'avait même pas à se poser le problème de son avenir. Chef d'entreprise à la réussite bien assise, son père attendait avec impatience qu'il vienne le seconder puis le relayer. François, lui, n'avait jamais pu compter que sur lui-même. Fils de modestes employés, ce n'était que par passion du savoir et volonté acharnée qu'il en était, pour sa part, à la dernière étape d'un honorable parcours en littérature et en histoire de l'art.

Le fils de famille, qui n'avait jamais eu à compter et dont toutes les vacances se passaient dans les stations balnéaires ou de ski les plus cotées, n'en était pas moins tombé sous le charme de ce beau parleur totalement désargenté et néanmoins suffisamment débrouillard pour ne se refuser aucun des plaisirs que sa jeunesse avide voulait croquer à belles dents. Ils s'étaient rencontrés au hasard d'une réunion chez une amie commune autour de laquelle papillonnait ardemment tout un monde de prétendants. Ils étaient plus parés les uns que les autres de cette incomparable superbe que donnent les illusions encore intactes et la certitude de tenir la possession du monde à portée de main.

Ils se revirent dans l'arrière-salle enfumée d'un caboulot du boulevard Saint-Germain. François avait invité Hervé à venir participer à ce qu'il avait pompeusement appelé les « débats » d'un groupe d'amis qui se réunissait, selon l'occasion, chez l'un ou chez l'autre, à moins qu'une fortune passagère ne les autorise à quelques agapes dans un bistrot. François était sans conteste l'esprit fort de ce petit cénacle qui raclait consciencieusement les angles encore trop vifs de ses jeunes convictions à l'émeri d'interminables discussions passablement décousues. Elles leur laissaient à l'âme le goût délicieux de la conviction d'être nés pour refaire le monde et le sauver.

D'emblée l'esprit calme et naturellement réservé d'Hervé avait plu à François. Hervé savait écouter. François adorait discourir. Ils étaient faits pour s'entendre. Qu'Hervé, par-dessus le marché, n'ait jamais à s'inquiéter de la vacuité de son porte-monnaie et qu'il dispose d'une voiture n'était, bien sûr, que pour arranger les choses ! On ne vit bientôt plus l'un sans l'autre.

Toujours étroitement adossé à son arbre, les yeux dans le vague, Hervé, sortant progressivement de son trouble, souriait à ce passé dont il ne pouvait évidemment que garder un souvenir attendri. Sans se douter des redoutables conséquences que tout cela allait avoir, il avait vécu cette période comme la révélation d'un monde dont il n'imaginait même pas, jusque-là, qu'il puisse exister.

D'aussi loin que ses souvenirs lui permettaient de remonter, sa vie n'avait jamais été qu'un long ruban parfaitement homogène de certitudes énoncées par son entourage ou établies par ses études. Il ne s'agissait même pas des œillères d'une quelconque frilosité lui faisant éviter de regarder ailleurs. Dans la paisible conviction d'un avenir tracé d'avance, tout s'était simplement engrené, sans heurts ni questions inutiles, d'un bout à l'autre de son parcours scolaire puis universitaire, aussi bien que dans ses découvertes d'enfant puis d'adolescent.

Et voilà que lui était brusquement ouvert le monde du débat, de la contestation, de la diatribe. Il y croqua avec d'autant plus d'énergie qu'il y accédait sur le tard. Il intervenait peu, gardant de sa nature comme de ses origines une prudence un peu matoise qui lui faisait retenir pour lui-même tout ce qui aurait pu, de près ou de loin, apparaître comme un détour imposé à son chemin si bien tracé. Une sorte d'accord tacite s'était pourtant établi entre François et lui.

« Hervé, tu ne dis rien. Qu'est-ce que tu en penses ? » lui demandait de temps à autre son ami.

Hervé s'exprimait. On l'écoutait d'autant plus volontiers que ses interventions étaient rares et qu'il s'y livrait avec calme, évitant la polémique, et développant en général des analyses très froides et très pertinentes qu'admiraient les autres. Leur fureur de débattre reprenait vite le dessus et, à nouveau silencieux, Hervé s'amusait de les voir derechef dévier gaillardement de points de vue qu'ils approuvaient énergiquement l'instant d'avant.

Peut-être se serait-il lassé de ces forums sans cesse recommencés et n'aboutissant jamais si n'était pas apparue, un beau soir, une jeune femme d'une éclatante beauté dont il fut tout de suite évident qu'elle la mettait sans vergogne au service d'un caractère bien trempé et d'une intelligence nettement au-dessus de la moyenne. Elle était arrivée au bras de François, mais leur première soirée n'était pas achevée qu'il était déjà évident qu'elle allait lui disputer sans la moindre concession le rôle de maître à penser qu'il s'était arrogé.

Hervé voulut voir ça ! Il n'était pas indifférent au charme de la jeune femme, mais, à l'inverse de beaucoup d'autres mâles de leur groupe, c'était moins elle qui le captivait que l'effet que son intrusion n'allait pas manquer d'avoir sur le groupe.

Samanta terminait un doctorat de droit. Issue, comme Hervé, d'un milieu aisé, elle n'en travaillait pas moins déjà pour un cabinet d'avocats et avait donc sur eux l'avantage énorme d'une première expérience au-delà des bancs de l'école ou de la faculté. Ce n'était qu'un argument de plus qu'elle ajoutait avec beaucoup d'aisance à une panoplie telle qu'aucun d'eux, évidemment, ne faisait le poids. Tous ou presque eurent tôt fait de l'admirer exactement comme ils professaient leurs opinions, c'est-à-dire en faisant dans la plus totale démesure. Seul François, bien sûr, n'appréciait guère et tentait de la contrer sans beaucoup de succès.

Il éluda chaque fois qu'Hervé tenta d'aborder le sujet, mais il semblait évident qu'il devait regretter vivement d'avoir attiré Samanta dans leur groupe. Hervé ne sut jamais quelle était la nature exacte de leurs rapports. Il s'était d'abord imaginé qu'ils vivaient ensemble. Il ne les vit pourtant jamais quitter leurs réunions la main dans la main. Servant de chauffeur à François plus souvent qu'à son tour, il était bien placé pour savoir que celui-ci rentrait seul chez lui. Il n'approfondit d'ailleurs pas. Cela ne l'intéressait pas. Sauf qu'il se demanda longtemps, puisqu'ils étaient si peu liés, ce qui avait poussé François à l'amener parmi eux. Il était resté en admiration devant la capacité qu'avait son ami à jauger les gens avec beaucoup de pertinence et en fort peu de temps. Il n'avait donc pas pu ignorer le charisme de Samanta et le risque qu'il lui faisait courir.

Mais François ne résistait pas au charme d'une femme ! Peut-être, d'ailleurs, son ego assez bien dimensionné résistait-il encore moins à la tentation de briller et de susciter l'envie des autres en affichant ses conquêtes. Celle-là n'en était pas vraiment une, Hervé en était convaincu, mais François avait dû estimer qu'elle en présentait suffisamment les apparences pour qu'il puisse tenter l'esbroufe de se pointer, un soir, à une de leurs réunions au bras de cette pulpeuse beauté.

Il y avait là, si telle était la vérité, une telle présomption aveugle qu'Hervé en voulut presque à François. Il était pourtant ainsi fait qu'il ne lui retira rien pour autant de son amitié et qu'il souffrit souvent pour lui.

Cela avait atteint un point tel que, lorsque Samanta arriva, un soir, au rendez-vous qu'ils s'étaient donné dans l'arrière-salle d'un café où ils avaient leurs habitudes, avec un rouleau de documents sous le bras, l'attention fut immédiatement générale. Il allait se passer quelque chose, c'était évident, et tous s'étaient redressés pour ne rien manquer du spectacle. « Des badauds », se dit Hervé sans plaisir. François, lui, avait tout de suite froncé les sourcils.

« Qu'est-ce que c'est que ça ? » avait-il demandé d'un ton sec, vaguement méprisant.

Samanta ne s'était pas démontée.

« T'inquiète ! tu vas voir », s'était-elle contentée de répondre.

Il ne pouvait naturellement pas tolérer d'être traité comme n'importe lequel d'entre eux.

« Écoute, tu es bien gentille, mais tu nous encombres, avec tes paperasses. On n'est pas là pour traiter de tes problèmes. »

Le ton était volontairement cinglant. Elle n'y prit pas garde et déroula sur la table, sous leurs regards intéressés mais prudents, quelques plans grand format qui ressemblaient fort à des extraits de plan cadastral.

« Bon, écoute, Samanta, quand tu auras fini... »

Feignant toujours d'ignorer les propos de François et son ton volontairement acerbe, Samanta apparemment très calme, très sûre d'elle, lissait très délicatement, du plat de la main, les documents étalés devant elle.

« Voilà, dit-elle enfin, ça, ce sont les plans de la ferme de mon grand-père. »

Elle promena sur le groupe un regard circulaire. Pas un mot n'avait été prononcé, mais, hormis François qui s'était redressé et qui, les bras croisés sur la poitrine, affectait de considérer tout cela avec morgue, aucun des regards qui l'entouraient ne parvenait tout à fait à dissimuler l'étonnement un peu ironique que faisait naître cette introduction inattendue.

« Et alors ? demanda-t-elle. Qu'est-ce que ça a de drôle ? Oui, mon grand-père, il était paysan. Et même petit paysan, je n'ai pas peur de le dire, moi. Il est mort il y a trois mois, mon grand-père. Je ne vous en ai rien dit parce que ça ne regardait que moi. Perdre son grand-père, c'est à la fois presque normal, prévisible, et pourtant insoutenable. Il faut s'y attendre, c'est dans l'ordre des choses, mais quand ça arrive, on se rend compte qu'on n'avait rien prévu du tout, qu'on ne s'était pas le moins du monde préservé. On ne se préserve pas contre la peine de la perte d'un être si cher. J'avais une véritable adoration pour mon grand-père. Je crois qu'il me le rendait bien. Je passais toutes mes vacances chez lui. Il m'a tout appris de la campagne et de son métier. Quelques jours après sa mort, j'ai su qu'il m'avait légué sa ferme. Tout : la maison, les bâtiments, les champs, les prés. Depuis trois mois, je ne pense plus qu'à ça. C'est devenu comme une obsession. »

Hervé se trouvait en face de Samanta. Depuis qu'elle avait rejoint leur groupe et qu'elle y avait pris un tel ascendant qu'il venait à concurrencer celui de François, il nourrissait une discrète vénération pour cette fille dont l'intelligence, le caractère et la beauté la rendaient inaccessible à sa timidité et au peu de confiance qu'il avait en ses propres capacités de séduction. Tout en parlant et peut-être sans même le voir, elle posait sur lui un regard chargé d'émotion qui le bouleversait.

Elle ne cherchait nullement à convaincre. Elle énonçait simplement ce que trop longtemps elle avait dû garder pour elle seule. Il fallait que ce soit dit, comme doivent être dites les évidences dès lors qu'elles sont établies, et peu lui importait, visiblement, que son auditoire adhère ou pas. Sa résolution était prise. Elle l'aurait probablement exprimée de la même façon si cela n'avait concerné qu'elle. Il se trouvait qu'elle ménageait une place à l'intérêt de ceux que cela tenterait.

« C'est parce qu'on en a parlé ces jours-ci, expliquait-elle. Sans cela, je n'y aurais peut-être pas pensé. »

Sciemment ou pas, elle oubliait de rappeler que c'était elle qui avait amené le sujet des communautés nées des lendemains de mai 1968 sur le tapis sans fin de leurs palabres. Bien peu d'entre eux avaient encore à l'esprit ce qu'ils estimaient n'être que quelques avatars quasi anecdotiques d'événements auxquels ils affectaient de ne pas attacher plus d'importance qu'à de puérils jeux d'enfants.

Elle n'avait pourtant pas eu trop de mal à provoquer une de ces joutes passionnées qu'ils affectionnaient tant. En même temps qu'ils proclamaient très haut et très fort, les uns et les autres, que ces expériences de vie en commun relevaient de l'utopie la plus irréaliste qui soit, ils ne parvenaient pas à se détacher d'une sorte de fascination autour de laquelle le débat n'en finissait plus de rebondir.

« Alors, voilà, finit-elle par annoncer le plus posément qu'elle le put, ma décision est prise. Cette ferme, je ne vais ni la vendre ni la louer ; je vais aller m'y installer. Je vais la faire vivre et je vais en vivre… »

Ils se récrièrent :

« Tu n'y penses pas ! C'est de la folie.

– Et alors ? Ma chance, c'est qu'un choix me soit offert. Ou bien l'ennui sans bornes de la normalité, ou bien l'aventure du coup de folie. Ça a de la gueule, non ? »

François s'était contenté de hausser les épaules.

« Ton doctorat ? » s'inquiéta l'un d'eux.

Elle eut de la main un geste vif comme si le sujet était vraiment hors de propos.

« Je le passerai, bien sûr. J'y mettrai peut-être un peu plus de temps, voilà tout. Mais je le passerai. »

Elle entreprit tout à coup de se faire convaincante.

« C'est là où il ne faut pas se tromper, proclama-t-elle en tapant du plat de la main sur ses documents encore étalés sur la table. En 1968, ils ont cru pouvoir se passer de tout. Ils se sont imaginé qu'il suffisait de le vouloir pour pouvoir faire table rase de leurs études, de leur formation. Ils ont décrété bêtement qu'elles n'étaient que les effets pervers d'un monde capitaliste qu'ils vomissaient. Résultat : ils se sont plantés. J'y ai beaucoup réfléchi et je suis arrivée à la conclusion qu'une ferme, après tout, c'est une entreprise comme une autre. L'erreur serait de croire que, parce qu'elle a été gérée de façon empirique jusqu'à maintenant, elle ne peut pas être gérée autrement. Mon droit, j'en aurai besoin, dans ce que je vais entreprendre... »

Elle se tut et les considéra tous ou presque, l'un après l'autre, avec dans le regard quelque chose de méticuleux et de calculateur. Sidérés, ils attendirent.

« Tous, reprit-elle enfin, vous êtes à votre façon des spécialistes dont je vais avoir besoin. Pour conduire des chèvres au pré, d'accord, on n'a pas besoin de sortir de Sciences-Po. Pour gérer ces prés et ces bêtes, pour transformer leurs produits de telle façon qu'ils répondent le plus efficacement possible à la demande d'un marché, pour suivre celle-ci et pour la définir, ou bien on s'en remet à l'empirisme et on se contente du minimum, ou bien on recherche les compétences et les outils les plus performants pour tendre à la perfection. C'est ça que je veux faire. C'est cette perfection qui m'intéresse… »

Elle s'interrompit à nouveau comme si elle avait voulu leur laisser le temps de revenir de l'étonnement que ses paroles pouvaient légitimement susciter.

« C'est ça que je veux réussir, martela-t-elle quand elle eut estimé qu'ils avaient suffisamment assimilé le sens de sa proposition pour être à nouveau capables de la suivre. Je peux le faire seule, ajouta-t-elle. Ce sera plus dur parce qu'il est très difficile, dans ces conditions-là, de ne pas se laisser manger par l'empirique. Mais, si vous le voulez, nous pouvons le faire ensemble.

– Tu… tu… tu veux dire ?… bafouilla une voix dans l'assistance.

– Je dis que je vous propose de jouer le jeu avec moi. C'est simple, non ? » dit-elle si fermement qu'ils auraient dû se méfier.

Ils étaient trop stupéfaits. C'était d'ailleurs moins l'aspect totalement inattendu de la proposition qui les désarmait que l'obligation dans laquelle elle les mettait de dépasser l'abstraction habituelle de leurs débats. Ils n'y retrouvaient plus aucune de leurs certitudes pourtant si facilement et si hautement proclamées jusque-là. Comme autant de plongeurs le souffle court après une trop longue immersion, ils cherchaient désespérément le moyen de retrouver une capacité d'évaluation à peu près cohérente.

« Vous vous rendez compte ! jubila-t-elle. Réussir une communauté ! Démontrer par les actes qu'ils se sont trompés, les soixante-huitards, non pas dans l'énoncé de l'utopie, mais dans sa mise en œuvre. Prouver qu'un peu de rationalisme peut aider à la concrétisation des plus vieux rêves ! Mince, si ce n'est pas une motivation, ça ! »

S'il ne s'était agi que de donner leur point de vue, ils auraient assurément abondé bruyamment dans son sens. Mais, cette fois, ils étaient directement impliqués. De leurs réponses dépendraient leurs actes. C'était là une autre affaire qui les prenait totalement au dépourvu et leur imposait un silence déconcerté. Samanta était assez fine mouche pour comprendre leur désarroi.

Elle préféra les rassurer :

« Il n'y a pas le feu ! Pensez-y. On en parle quand vous voulez. La proposition est claire, non ? Disons que, si on veut sérieusement s'y mettre, il faudrait être sur le terrain d'ici à quatre mois… »

C'était fini. Ils s'ébrouèrent exactement comme ils le faisaient à la fin d'un cours. Des bruits d'étoffes froissées, de corps redevenus mobiles, de chaises grinçant sur le carreau, mais pas un mot plus haut que l'autre, à peine quelques brefs chuchotements vite réprimés. C'est alors seulement qu'Hervé eut l'idée de lever les yeux sur François qui se tenait toujours très droit contre le dossier de son siège, les bras croisés sur la poitrine, légèrement en retrait. Il n'avait pas bougé d'un pouce depuis que Samanta avait pris la parole, mais son attitude n'en avait pas moins totalement changé. À la sévérité sans nuance du reproche avait fait place une étonnante perplexité qui désarma encore un peu plus Hervé. Visiblement, les propos de la jeune femme avaient fini par atteindre François. De là à en déduire qu'il adhérait, il y avait un pas qu'Hervé se garda bien de franchir. Le seul fait pourtant que leur maître à penser puisse s'interroger ne contribua pas qu'un peu à l'influencer et à donner aux propos de Samanta un poids qu'il ne leur aurait pas accordé sans cela.

Ce soir-là, ils se quittèrent sans s'abandonner aux débordements d'effusions qui étaient dans leurs habitudes. Toujours adossé à son arbre, les doigts crispés sur les rugosités de son écorce, le regard perdu dans la contemplation de ses souvenirs, Hervé ébaucha un vague sourire plein de nostalgie. Il revoyait avec une précision saisissante cette scène de leurs au revoir sur le trottoir, devant le café au fond de la salle duquel Samanta venait en quelques mots de les expulser sans façon de leur univers d'abstractions. Méticuleusement, en prenant bien soin de n'oublier personne, les garçons déposaient des bises très conventionnelles sur les joues des filles, se serraient la main entre eux et l'on s'éclipsait après un rapide « bonsoir » collectif.

Trop ému pour comprendre sur l'instant la portée d'un geste dont il ne mesura toute l'importance que longtemps après, Hervé reçut comme un choc violent le regard intense que Samanta plongea très brièvement au plus profond du sien.

« Je n'ai pas été trop mauvaise ? » demanda-t-elle comme si, complice de ses propos, il pouvait en juger.

L'émotion que trahissait le vibrato de sa voix bouleversa Hervé.

« Bien sûr, tu en es », dit-elle encore en parvenant à lui adresser le plus beau sourire dont il ait pu rêver.

Leurs mains s'effleurèrent. Il eut à peine le temps de caresser ses doigts avant qu'elle file.

Totalement déboussolé, il était resté planté là, sur le bord de son trottoir, la regardant traverser la rue puis s'éloigner dans le fouillis ombreux des halos jaunâtres dessinés par les réverbères sur les murs des maisons, dans le feuillage des arbres, sur les rangées de voitures encombrant le bord du trottoir et sur les rares passants entre les silhouettes desquels elle finit par se perdre. Quand il revint de son émoi, il réalisa qu'il était seul au milieu d'une rue déserte.

XI

Enfin, Hervé se résolut à se détacher de son arbre. Il sentait s'estomper les effets de la tension extrême à laquelle il avait cédé lorsqu'il avait compris qui était Julien. Pour la première fois depuis qu'il vivait seul, il venait d'ouvrir la vanne de ses souvenirs et c'était, plus sûrement encore que le contact recherché de l'écorce de l'arbre, ce qui avait amené la décrue régulière, sinon paisible, de ses angoisses.

Les mains au fond des poches, tête basse, il traversa le jardin dans l'éblouissante lumière de midi. Il contourna le coin de la maison. Sans un regard, pour une fois, à l'immensité des collines sur lesquelles un long coteau d'herbe, s'enfonçant comme un coin entre les lisières des bois, lui ouvrait une rare perspective, il gagna l'ombre de la véranda et se laissa tomber dans un fauteuil de jardin.

La profonde torpeur de la nature, sous la caresse brûlante de l'heure la plus chaude de la journée, lui parut éminemment propice à la prolongation de sa rêverie. Pas un souffle d'air dans l'épaisseur des feuillages, pas un chant d'oiseau, pas même la silhouette d'une bête, dans les prés, pour détourner son attention. Il s'abandonna à nouveau à l'évocation de tous ses souvenirs.

La ferme du grand-père de Samanta, qui n'avait bientôt plus été que celle de la communauté, la rusticité bohème de leur installation, les débuts épiques de leur cohabitation avec les chèvres, leurs fous rires devant les résultats pour le moins hasardeux de leurs premiers essais de fabrication de fromages, mais aussi l'ambiance chaleureuse des débuts, dénuée de toute arrière-pensée ; tout cela et bien d'autres choses encore lui faisaient penser à ces boîtes à chaussures dans lesquelles s'empilent sans beaucoup d'ordre les photographies d'existences entières. On les oublie au fond d'un tiroir ou dans une vieille commode reléguée sous les toiles d'araignées du grenier, et, quand on les retrouve, tant d'années ont passé qu'elles sont comme un révélateur presque indiscret de l'inconstance de la vie.

C'était bien cela. Cette boîte-là n'avait évidemment pas été oubliée par mégarde. C'était délibérément et pourtant sans joie qu'il l'avait rangée au plus profond de sa mémoire, comme au coin le plus inaccessible, le plus sombre, le plus poussiéreux du grenier, à bien des années de là, lorsqu'il lui avait fallu se résoudre à tourner la page…

En fin de compte, il y en avait eu six de leur petite bande pour se laisser convaincre par Samanta. François avait commencé par afficher une prudente réserve. Hervé, qui l'observait et savait bien que sa propre décision dépendrait pour une large part de celle de son ami et modèle, comprit vite que la proposition de la jeune femme correspondait trop à ses plus secrètes aspirations pour qu'il ne soit pas tenté. Malin comme un singe, il ne voulait pourtant pas qu'il soit dit qu'il s'était précipité. Il savait bien ce qu'il pouvait y perdre de crédibilité lorsqu'il s'agirait d'affronter des difficultés dont il était probablement le seul à avoir une conscience à peu près claire. Il attendit donc que trois candidats, deux filles et un garçon, se soient déclarés pour sortir du mutisme indifférent dans lequel il affectait de s'enfermer dès qu'on abordait le sujet devant lui.

« Tu irais, toi ? » demanda-t-il laconiquement à Hervé un soir où celui-ci, au sortir d'une de leurs rencontres au cours desquelles on ne parlait plus guère que de cela, le reconduisait chez lui en voiture.

Hervé hésita. Il ne pouvait tout de même pas lui dire sans autre détour qu'il calquerait sa conduite sur la sienne.

« Je ne sais pas… peut-être… » se contenta-t-il de répondre.

François parut s'en satisfaire.

« Il faut être honnête, se mit-il à discourir sur le ton très professoral qu'il savait si bien prendre. Elle nous a pris au mot, Samanta, tout simplement. Depuis le temps qu'on palabrait sur le sujet, depuis le temps que, les uns et les autres, nous jetions sur la table des certitudes plus définitives les unes que les autres… Maintenant qu'elle nous propose de passer aux actes, pas facile de nous défiler… Du moins pour ceux qui y croyaient… »

Il était sans conteste le premier de ceux-là.

« Alors, comme ça, tu irais ? » lança-t-il encore à Hervé comme si c'était une chose pratiquement acquise.

Il mesurait très précisément l'effet que ses paroles pouvaient avoir sur son ami. Pas dupe, celui-ci se détourna un instant de sa conduite pour lui adresser un sourire amusé.

« Si tu y vas… » consentit-il.

Dès lors, ce fut chose admise. Sous prétexte de vacances entre amis, le départ de Paris se déroula sans trop de difficultés. Lorsque, plusieurs mois plus tard, les familles comprirent qu'il s'agissait de bien autre chose, il était trop tard. Ils étaient bien installés dans leur communauté et l'euphorie des premiers temps leur donna toutes les audaces pour tenir bon. S'étaient ensuivies quelques dramatiques explications épistolaires, quelques visites impromptues et malvenues, mais aucun n'avait cédé.

Ils étaient tellement convaincus de la limpide évidence de leur démarche ! Leur enthousiasme n'avait bien entendu d'égal que l'indigence de leurs moyens. Mais qu'à cela ne tienne ! L'avenir allait leur donner raison, cela allait de soi. D'ailleurs, si ce n'était pas plus dur que ça de devoir se priver... Ils trouvaient tant de compensations à cette vie nouvelle, au partage de tous leurs instants, à se voir affranchis de toutes les contraintes qu'ils en rajoutaient à plaisir au non-conformisme, au déni de toute convention.

Ils choquaient les gens du pays, mais n'en avaient cure. Bien au contraire, persuadés qu'ils étaient que viendrait bientôt le temps où l'on jalouserait leur réussite, ils provoquaient les airs effarés que faisaient naître leurs excentricités et s'en amusaient grandement.

Dès les premiers jours, sans qu'ils y attachent la moindre importance, leur groupe s'était évidemment structuré. François en était devenu le leader d'autant plus naturel qu'il l'était déjà auparavant et qu'il avait derrière lui une solide expérience des jours de vaches maigres. Gérer l'inexistant et pourtant parvenir à trouver des solutions, il savait faire mieux que personne et il n'en fut aucun parmi eux, bien sûr, pour lui disputer ce qu'ils considéraient tous comme d'insupportables corvées !

Se soucièrent-ils de la première ambiguïté que fit naître le rôle de Samanta ? Après tout, ils n'étaient que ses hôtes. Cela aurait pu fort bien ne poser aucun problème si la jeune femme n'avait pas eu le caractère bien trempé qu'ils lui connaissaient et si, surtout, l'affrontement qui l'avait opposée à François n'avait pas laissé des traces. Elle n'était pas femme à renoncer si facilement aux bénéfices d'une victoire. Or, quelles qu'aient été les formes qu'il y avait mises, François avait fini par se rendre à ses raisons. Elle ne voyait donc pas pourquoi, étant de surcroît chez elle, elle aurait dû déférer.

Dans l'enthousiasme des premiers temps, il n'y parut guère. On avait d'ailleurs trop à faire pour s'arrêter à de tels détails. Le temps n'était plus aux grandes joutes oratoires. Il était aux actes et Hervé se souvenait sans déplaisir de ces quelques mois où il n'y eut aucune fausse note dans l'ardeur qu'ils mirent tous, non sans un certain mérite, à bâtir ce qu'ils estimaient encore être les bases de leur réussite future.

Les vraies difficultés n'apparurent qu'avec les frimas. L'équipement de la maison, en matière de chauffage, était pour le moins rudimentaire. Il était en fait à la mesure des anciens occupants, les grands-parents de Samanta, qui savaient parfaitement se contenter de quelques bûches dans la cuisinière. À vrai dire, la jeune femme avait peu fréquenté la ferme durant les mois d'hiver. Si elle en gardait quelques souvenirs, c'étaient ceux d'heures douillettes passées au coin de ladite cuisinière en compagnie de la grand-mère qui veillait bien à ce qu'elle ne s'éloigne pas. Certes, il lui arrivait de suivre le grand-père dans ses étables, mais ce n'étaient que de brèves incursions, bien emmitouflées, le cache-nez noué serré et le manteau hermétiquement clos. Il n'avait évidemment jamais été question de se saisir d'une fourche et encore moins d'abreuver les bêtes à coups de seau d'eau glacée.

Ils avaient bien fait provision de bois, mais il s'avéra vite que celui qu'on leur avait fourni était d'une qualité tout à fait médiocre et que, de toute façon, il en aurait fallu beaucoup plus pour tenir jusqu'au printemps. L'état de leurs finances étant ce qu'il était, on dut marcher à l'économie. L'humeur ne tarda pas à s'en ressentir.

Sortir à heures fixes, quel que soit le temps, tôt le matin et, le soir, à la nuit noire, pour aller s'occuper des bêtes devint vite une corvée. L'apprentissage de cette immuable régularité avec laquelle leur petite troupe de chèvres réclamait leurs soins s'apparenta vite, pour eux, à une nouvelle forme d'esclavage. Inflexible, François, pourtant, veillait scrupuleusement à ce que rien ne soit laissé au hasard. C'était là une épreuve normale, expliquait-il inlassablement, et il était d'autant plus impératif de savoir la surmonter qu'il y allait de l'avenir de leur affaire.

Il avait raison, bien sûr, et tout le monde devait en convenir d'autant plus qu'il prenait largement sa part de tous ces désagréments. Les résolutions les plus fermes, pourtant, pesaient de bien peu de poids lorsque, déjà passablement frigorifiés par quelques heures d'inaction dans une maison à peine chauffée, il fallait se résoudre à franchir la porte, à plonger dans l'obscurité et le froid humide pour aller faire les litières, nourrir et abreuver les bêtes.

Si encore avaient pu continuer les belles heures des chantiers divers qu'ils avaient entrepris avant l'hiver ! Outre le fait qu'ils avaient dû y renoncer à cause du mauvais temps, ceux qu'ils auraient pu entreprendre dans la maison, ne serait-ce que pour augmenter leur confort, avaient été remis à plus tard, faute de moyens pour en financer les matériaux. Ils tournaient donc en rond et toutes les raisons de se diviser, qu'avait occultées le bel enthousiasme des premiers jours, refaisaient insidieusement surface.

Bien qu'il souffrît autant que les autres des difficultés d'une existence à laquelle il n'était pas préparé, Hervé tenta autant qu'il le put de se tenir à l'écart de ces redoutables fermentations qu'il sentait monter au sein de leur groupe. Il gardait les yeux résolument braqués sur François, qui continuait de lui servir de modèle, et, autant qu'il le pouvait, essayait d'entretenir en lui la solide résolution qu'affichait son ami. Ce n'était évidemment pas chose facile et cela le devint moins encore lorsqu'il prit conscience de ce qui était en train de se nouer entre Samanta et lui.

Dès le début, bien sûr, d'énergiques courants d'attirances mutuelles avaient parcouru leur petite communauté. Rassembler ainsi trois garçons et trois filles en s'imaginant qu'ils resteraient indifférents les uns aux autres aurait été pour le moins irréaliste. Très franchement, ils avaient abordé le sujet avant même de se jeter à l'aventure et avaient cru l'avoir réglé en proclamant haut et fort une règle de liberté sexuelle absolue à laquelle chacun et chacune avaient dû souscrire. C'était là évidemment une théorie qui faisait peu de cas des innombrables et fort complexes situations qui pouvaient se présenter !

Là encore, Hervé, toujours très sage en la matière, avait pu sans trop de difficultés se tenir à l'écart du frénétique jeu de séduction qui s'était rapidement instauré. Il n'avait pas fallu longtemps pour que se révèle une sorte de carte du tendre d'un nouveau genre ! Il avait été admis tacitement dès le début que Samanta était intouchable et, pour tout dire, une sorte de chasse gardée de François. Hervé se tenant plus ou moins à l'écart de ce petit jeu, le troisième larron ne semblait pas se plaindre du choix qui lui était laissé !

En admettant qu'une laissée-pour-compte ait pu se satisfaire de son triste sort, on aurait pu en rester là s'il ne s'était pas peu à peu avéré que les rapports entre François et Samanta n'étaient pas du tout aussi limpides qu'on l'avait un peu trop vite décrété. Leurs fortes personnalités avaient paru, dans les premiers temps, les rapprocher. En réalité, elles n'avaient fait que les démarquer du reste du groupe. Tant qu'avait duré l'état de grâce des premiers enthousiasmes opportunément servis par un temps plutôt agréable, Samanta avait pu jouer sans problème de la supériorité que lui conféraient, dans les apparences, sa grande connaissance des lieux et ce qu'elle appelait avec suffisance l'enseignement de son grand-père. Adroitement, elle avait su faire oublier presque totalement le fait qu'ils n'étaient, après tout, que ses invités. Ils lui en avaient su gré et lui avaient d'eux-mêmes reconnu un rôle au moins égal à celui de François.

Pour tout le monde, il allait de soi qu'ils formaient le couple le plus homogène qui soit et le plus apte à conduire leur communauté sur la voie du succès qu'ils se promettaient encore. Même les gens du village voisin avaient admis que la belle Samanta, qu'ils connaissaient bien, était mariée à ce grand escogriffe un peu trop sûr de lui et facilement provocateur à qui ils faisaient porter la responsabilité de toutes les turpitudes et débauches dont ils rendaient coupables les éleveurs de chèvres. Ils n'en savaient rien mais n'en étaient pas moins convaincus...

En fait, si Samanta connaissait effectivement très bien la ferme et ses champs, ce n'était évidemment pas pour y avoir beaucoup travaillé. Elle les avait simplement suffisamment courus, à la suite de son grand-père, ou au cours de ses jeux d'enfants, pour avoir gardé un souvenir précis de leur topographie. Et si le vieil homme avait manifestement trouvé un grand plaisir à lui raconter son travail et mille détails de l'existence de la ferme et de la nature environnante, elle n'avait jamais mis en pratique cette expérience didactique ! Elle récitait tout cela comme une leçon bien apprise, mais n'était pas plus adroite que les autres lorsqu'il s'agissait d'établir une clôture à l'épreuve des chèvres ou de traire ces maudits animaux !

Les choses n'en furent que plus dures pour elle lorsque le mauvais temps vint à les compliquer. Elles le furent d'autant plus que François fut intraitable. Il parut éprouver un malin plaisir à ne rien lui passer, à se montrer d'autant plus exigeant à son égard qu'elle avait, un temps, donné l'illusion d'être celle qui détenait le vrai pouvoir de décision.

Bien sûr, elle se raidit. Elle prétendit ne rien laisser paraître de la profonde détresse dans laquelle elle s'enfonçait, mais il fut vite perceptible que cette même force de caractère, dont on s'était un peu vite imaginé qu'elle les rapprocherait, était en train de les opposer chaque jour un peu plus.

XII

IL FALLUT ENCORE de longues semaines à Hervé pour qu'il finisse par réaliser qu'une étrange complicité muette était en train de naître entre Samanta et lui. Qu'elle vienne se réfugier près de lui, dans ses moments de plus grande détresse, que ce soit de lui et de nul autre qu'elle sollicite de l'aide quand la tâche était au-dessus de ses forces lui parut longtemps simplement normal et ne procédant de rien d'autre que de la plus franche amitié.

Hervé était de ces hommes au naturel avenant et à la capacité d'écoute si vaste que tout le monde, lui le premier, depuis toujours, s'était habitué à ce qu'il soit l'oreille compatissante et au besoin secourable de toutes les misères. En un temps après tout pas si lointain, cela lui avait valu d'être chaque année l'heureux récipiendaire d'un premier prix de camaraderie qui ne lui laissait pas que de bons souvenirs. Il y a aussi une grande solitude à être celui que l'on sait toujours disponible et dont on finit par oublier qu'il peut parfois lui peser de l'être.

Il en vint vite à porter une attention toute particulière à la jeune femme dont il savait qu'elle était certainement, d'eux tous, celle qui souffrait le plus de devoir exécuter des tâches pour lesquelles elle n'était évidemment pas faite. On prit l'habitude de les voir faire équipe et personne ne parut s'en étonner ou tenter d'y trouver à redire.

On s'engageait dans l'hiver. À l'humidité poisseuse et déjà bien pénible de novembre ne tarda pas à succéder le gel. Malgré la température toujours aussi modeste de la maison, le grand beau temps étonnamment lumineux qui présida à ses premières offensives leur fut un répit. Chacun fit un petit effort et l'ambiance redevint supportable. Pour un peu, on se serait cru revenu aux bons moments des lendemains de leur installation.

François, pourtant, ne participa pas à l'euphorie d'ailleurs toute relative de ces quelques jours d'apaisement. Il s'était installé dans son rôle de chef et n'entendait visiblement pas le remettre en question. Il ne relâcha rien de l'hostilité vaguement hargneuse qu'il manifestait maintenant ouvertement à Samanta et ne consentit plus à user, avec les uns et les autres, d'autre chose que d'un ton de commandement qui eut tôt fait d'exaspérer. Ce n'étaient pas là leurs conventions initiales. On était bien loin des théories égalitaires proclamées dans l'enthousiasme de leurs dernières réunions, avant qu'ils se lancent à l'aventure.

À plusieurs reprises, Hervé dut se défendre de l'impression qui lui venait que François s'acharnait particulièrement contre lui. Un jour pourtant, alors qu'il peinait à manipuler à mains nues d'énormes balles de foin mal rangées, il sentit une présence derrière lui. Il se retourna vivement. François se tenait debout au coin du hangar et faisait peser sur lui un regard qui le glaça. Cela ne dura que quelques très brefs instants. Sans un mot, François pivota sur ses talons et disparut derrière le bâtiment. Comme à son habitude, Hervé voulut se persuader qu'il n'y avait là rien d'anormal, qu'il avait mal vu ou mal interprété... François était soucieux, voilà tout. Ce regard dur, presque méchant, ne lui était évidemment pas destiné. C'était le hasard...

Leurs rapports, pourtant, n'étaient déjà plus les mêmes. S'ils affectaient l'un et l'autre d'être toujours liés par l'amitié la plus solide, ils s'évitaient sans trop vouloir l'admettre. Leurs échanges se réduisaient au strict nécessaire et Hervé, toujours soucieux de ne pas créer de remous, s'ingéniait à se fondre dans le groupe des quatre autres, comme si rien n'avait existé de plus fort, par le passé, entre François et lui.

La neige survint à la mi-décembre. Elle tomba en abondance toute une nuit. Ils en furent d'abord émerveillés. Ils cédèrent à la tentation d'une grande bataille au cours de laquelle on rit beaucoup, on se dépensa sans compter, on évacua quelques trop-pleins de tensions et de misères. Mais lorsque se calma leur euphorie un peu enfantine, ce fut le froid qui prit le dessus. Et lorsqu'il fallut affronter ce nouvel ennemi dans l'accomplissement quotidien de leurs tâches d'éleveurs, ils en vinrent vite à regretter les jours de novembre qui leur avaient pourtant paru si rudes.

Par malchance, la neige s'installa. Il en tombait un peu chaque nuit, mais il ne gelait pas assez pour qu'ils n'aient pas, dans la journée, à patauger dans un mélange infect de boue et de neige sale. Comme ils ne parvenaient pas à se réchauffer convenablement, lorsqu'ils retrouvaient une maison où la vieille cuisinière du grand-père somnolait en consommant un bois parcimonieux et humide, l'ambiance devint de plus en plus exécrable.

Le seul motif d'union qu'ils réussirent à trouver, durant ces jours de galère, fut de se liguer pour obtenir de François qu'il accepte de faire l'achat de trois modestes chauffages d'appoint. Il commença, bien sûr, par refuser tout net, prétextant l'état de cachexie de leurs finances. Selon lui, une telle dépense était un investissement somptuaire et totalement hors de propos. Ils ne cédèrent pas. Le débat aurait très vite dépassé son motif initial pour tourner à l'épreuve de force si François n'avait pas senti à temps qu'à trop s'obstiner il risquait de tout perdre. Il consentit donc, non sans leur faire valoir avec insistance la responsabilité qui serait la leur si, malgré la rigueur de sa gestion, ils venaient à se trouver sans le sou. Ils refusèrent de culpabiliser.

Hervé fut chargé d'aller acquérir les trois radiateurs et d'en profiter pour faire quelques courses indispensables.

« Je vais avec toi », décréta tout à coup Samanta, ce matin-là, pendant qu'ils prenaient leur petit déjeuner.

Cinq regards stupéfaits se détachèrent de leur café au lait pour converger sur elle.

« Ben oui, quoi ! s'exclama-t-elle. J'ai pris rendez-vous chez le coiffeur. Je veux bien qu'on vive comme des sauvages, mais ce n'est pas une raison pour ressembler à une sorcière. »

En parlant, elle se passait une main rougie par le froid dans une tignasse hirsute qui aurait horrifié ses amies de jadis.

« Et qui va faire ton travail ? » demanda François sur un ton glacé.

Elle eut un geste d'insouciance.

« Pour ce que j'arrive encore à faire… Je ne vous manquerai pas trop. Et puis, je rattraperai. On n'est pas des bêtes de somme, tout de même. »

Ils avaient tous plongé le nez vers leurs tartines et leurs bols. Seul François, très droit, la fixait sans la moindre aménité. Elle s'appliquait à faire tous les gestes normaux de chaque matin, comme si elle eût voulu démontrer qu'il n'y avait pas là de quoi fouetter un chat.

François hésitait. Il était évident que l'envie le taraudait de lui interdire purement et simplement d'accompagner Hervé. Il avait pourtant estimé à sa juste importance le front commun qu'ils avaient su lui opposer dans l'affaire des radiateurs. Bien sûr, cette fois, il ne s'agissait que de Samanta. Il aurait pu tenter de la jouer contre les autres. Mais il savait que la lassitude avait fait naître chez chacun d'eux des envies similaires d'évasion. Pour préserver leurs propres chances de pouvoir à leur tour s'échapper un peu, il les crut capables de prendre le parti de la jeune femme. Il préféra renoncer. Pour sauver la face, il tenta tout de même de les prendre à témoin.

« Vous autres, dit-il, qu'est-ce que vous en dites ? Après tout, chacun de nous est concerné.

– C'est son droit. On n'a même pas à en discuter. »

Il accusa le coup. La repartie était venue sans la moindre hésitation de celle des deux autres filles dont il l'attendait le moins et comme, autour de la table, les regards, soulagés, n'exprimaient que leur accord avec ce qui venait d'être dit, il se leva, alla déposer son bol dans l'évier et préféra sortir.

Ce fut comme une récréation. Sitôt que la ferme eut disparu, elle éclata de rire. Elle s'était littéralement pelotonnée dans le siège de la voiture d'Hervé comme s'il lui suffisait de ce contact pour retrouver le confort de la vie qu'elle avait laissée derrière elle.

« Pauvre François ! s'exclama-t-elle, trahissant ainsi l'incapacité dans laquelle elle se trouvait d'échapper à la suggestion de l'épreuve qu'ils vivaient. Ça va lui faire tout drôle ! » ajouta-t-elle.

Hervé détourna brièvement les yeux de la route pour poser sur elle un regard surpris.

« Qu'est-ce qui va lui faire tout drôle ?

– Tu crois, toi, qu'il va accepter comme ça de ne plus être le chef ? Il va falloir qu'il comprenne. Ça va être dur pour lui. C'est ça qui va lui faire tout drôle. »

Hervé subissait moins durement que la jeune femme les tensions qui commençaient à fissurer sérieusement le vernis de leur entente. Il avait su s'en tenir le plus possible à l'écart. Fidèle à ce parti pris de prudence, il préféra changer de sujet. Elle accepta volontiers. En fin de compte, à s'abandonner comme ils le firent à la facilité de propos sans importance, la vingtaine de kilomètres de routes plus ou moins enneigées qu'ils avaient à parcourir jusqu'à la ville leur parurent presque trop brefs.

Lorsque Hervé vint rechercher Samanta à la sortie de chez son coiffeur, il ne put s'empêcher d'émettre un discret sifflement d'admiration dont elle ne songea évidemment pas à s'offusquer. Le sourire lumineux qu'elle lui adressa était bien un vibrant remerciement. Elle se retrouvait femme et que le geste, comme le regard, d'Hervé lui confirmât, par-dessus le marché, qu'elle était toujours une très belle femme ne pouvait que la combler d'aise et lui jeter sur les joues le rose délicat et sensuel de la coquetterie reconnue. Elle posa vivement la main sur son bras et serra doucement. Elle ne dit pas un mot, mais ce fut au tour d'Hervé de laisser son regard exprimer tout le bonheur qu'il ressentait à avoir été si bien compris.

Avant de repartir, ils s'offrirent le luxe d'un long moment dans l'ambiance chaude et animée d'un café. Assis face à face au milieu des allées et venues incessantes des consommateurs dont la plupart étaient des lycéens sortant de l'établissement voisin, ils se faisaient l'impression d'être comme des convalescents. L'effervescence joyeuse de toute cette jeunesse qu'ils retrouvaient les grisait. Et leurs regards en se rencontrant brillaient du plaisir secret de se reconnaître dans le pétillement léger et à leurs oreilles infiniment délicat de toute cette insouciance. Ils s'interdisaient encore de penser à la communauté et à la rude existence vers lesquelles ils allaient devoir remonter.

Il leur fallut reprendre la route. Il faisait bon dans la voiture qu'Hervé conduisait avec toute la prudence que réclamait l'état des routes. Avant même d'avoir quitté la ville, ils retrouvèrent le plaisir paisible d'une conversation un peu décousue qu'ils nourrissaient, cette fois, des plus menus faits de leur bref séjour urbain. L'atmosphère n'était pourtant plus la même qu'à l'aller. Les rires fusaient plus rarement. Ils n'en prenaient pas moins un grand plaisir à se trouver ainsi isolés dans le cocon étroit de l'habitacle. Sans qu'une allusion y soit faite, ils savaient que ce n'était qu'un dernier répit avant l'usante nécessité de devoir chacun de ses instants au groupe.

Quelques kilomètres avant qu'ils atteignent la ferme, Samanta surprit Hervé en le faisant changer de route.

« Tiens, lui dit-elle. Ralentis. À la prochaine, tu prends à droite. Ne t'inquiète pas. C'est une toute petite route. Elle n'est pas déneigée mais ça va passer. C'est bon.

– Pourquoi tu veux me faire passer par là ?

– T'occupe ! tourne. C'est là. »

Le sourire de la jeune femme, qu'il entrevit avant de s'engager sur ce qui lui parut être plus une allée qu'une route, l'étonna. Elle était transfigurée. C'était comme si, tout à coup, une grande flamme s'était allumée en elle.

« Roule, dit-elle. Il y en a pour deux petits kilomètres. »

Ils les firent en silence. Les arbres de la forêt bor-laient leur chemin de si près que, ployant sous le oids de la neige, leurs branches formaient au-lessus d'eux une voûte d'une beauté à couper le ouffle. L'impression de solitude était poignante. 'lus ils avançaient, plus il semblait que se refermait ur eux un univers vierge de toute vie.

« Voilà, dit tout à coup Samanta. On y est.

– Où ? ne put s'empêcher de demander Hervé.

– Tu vas voir », dit-elle.

Ce fut à peine s'il eut le temps de s'étonner des ibratos d'émotion qu'il avait perçus dans la voix e la jeune femme. Ils débouchaient dans une vaste airière au milieu de laquelle se dressait une éton-ante bâtisse. C'était une grande construction sans iarme, à un étage, qu'on avait affublée à ses iatre angles de tours hérissées de faux mâchi-oulis. Ses toits pointus étaient tels que se devaient en exposer les maisons de maître à la fin du xe siècle. Au milieu de la façade, un double perron 'né de rampes en fer forgé incroyablement tara-scotées donnait accès à une porte monumentale our l'heure aveuglée par d'épais volets.

Ainsi dressée au milieu de ce paysage de neige, rnée de bois sombres, cette apparition avait ielque chose de surréaliste qui laissa Hervé un ig moment stupéfait, solidement accroché des ux mains à son volant, bouche bée et yeux écar-illés.

« Viens, je vais te montrer ! dit Samanta en bondissant hors de la voiture.

– C'est quoi, ça ? demanda-t-il.

– Ça, comme tu dis, c'était aussi à mon grand-père. Maintenant, c'est à moi. Mais ils ne savent pas. Il ne faudra pas leur dire.

– C'est dingue, cette bicoque !

– C'est laid, hein ? »

Elle eut un léger haussement d'épaules.

« Que veux-tu, il paraît que c'était la mode. Ça doit être mon arrière-arrière-grand-père, ou quelque chose comme ça, qui l'a fait construire. Il s'était enrichi, à l'époque du second Empire. Mon grand-père m'a expliqué. Il avait de grandes étables pleines de bœufs. Il les envoyait faire du débardage de bois dans les forêts de l'Est ou bien pour les labours et la moisson dans les grandes fermes du Bassin parisien. Les pauvres gars qui les menaient – on les appelait les galvachers – étaient de vrais crève-la-faim. L'aïeul, lui, il a gagné des sous, avec ça. Il a dû aussi pas mal trafiquer dans le commerce du bois. Et voilà ! il est devenu tellement riche qu'il s'est fait construire son château. On ne peut pas dire que ce soit de très bon goût, mais enfin… c'est une époque. Viens, on va visiter.

Son regard pétillait. Hervé se fit la remarque qu'il ne se souvenait pas l'avoir vue aussi gaie. Il pensa à une petite fille tout à la joie de montrer ses plus beaux jouets. Elle lui tendit la main, il la prit. Ils traversèrent ainsi la cour. Le gravillon que couvrait la neige crissait sous leurs pas.

« Attends ! » lui dit Samanta alors qu'ils atteignaient le perron.

Elle disparut sous la volée de marches de gauche et réapparut presque aussitôt en brandissant triomphalement une clef.

« Depuis le temps qu'elle est cachée là, dit-elle en riant, les gens du pays qui ne le savent pas, c'est vraiment qu'ils le veulent bien ! »

Elle esquissait déjà le geste d'introduire la clef dans la serrure lorsqu'elle parut se raviser.

« Tiens, regarde. »

Elle se retourna et tendit le doigt vers les bois.

« Tu vois, cette allée, là ? »

Hervé devina plus qu'autre chose la perspective d'une longue échappée entre les arbres.

« Allons ! dit-elle, quoi ? Deux kilomètres, trois, pas plus et on est à la ferme !

– Mais, par la route… s'étonna-t-il.

– Oui, bien sûr, par la route c'est bien plus long, parce qu'on contourne la colline. Là, on passe au-dessus, tout simplement ! »

Il lui semblait qu'elle accumulait les détails, qu'elle lui donnait des indications, mais dans quel but ? Pour quelle satisfaction ? Il ne comprenait pas encore et se contentait de se laisser conduire.

Plongé dans la pénombre, le hall, immense, était glacé. Il en frissonna. Rapidement, elle ouvrit la porte de gauche – « La salle à manger », dit-elle –, puis celle de droite – « Le grand salon ». Ce fut à peine si Hervé eut le temps d'apercevoir de grandes pièces tristes encombrées de meubles recouverts de housses blanches qui leur donnaient des allures de fantômes.

« Viens », répéta-t-elle.

Dédaignant l'escalier monumental à la rampe de chêne ouvragée qui menait à l'étage, elle disparut dans un étroit couloir plongé dans l'obscurité la plus totale. Il la suivit à tâtons. Une porte s'ouvrit, la silhouette de Samanta se découpa vaguement dans la lueur grise qui perçait entre les lames des persiennes.

« Le petit salon, dit-elle. La pièce que je préfère. Qu'est-ce qu'on est bien, ici ! »

Elle voulut allumer, en vain.

« Ils ont coupé l'électricité, les vaches ! s'exclama-t-elle. Ce n'est rien, on n'en a pas besoin. Tiens, regarde. Je savais bien qu'il y aurait le nécessaire. »

Du même geste, elle rafla une boîte d'allumettes qui attendait au coin du beau linteau de marbre blanc d'une cheminée monumentale, et elle s'accroupit devant le foyer. Il fallut plusieurs essais pour qu'enfin une flamme un peu tremblotante jaillisse au bout de ses doigts. Dans le modeste halo de lumière jaune qu'elle produisit, Hervé vit le petit bois déjà posé sur quelques pages de journal froissées. Il devait être un peu humide. Il commença par se consumer en dégageant une fumée âcre avant qu'une belle lumière blanche consentît à s'élever. Samanta se redressa d'un bond.

« Tu vas voir, jubila-t-elle. Tu vas voir comme on est bien. »

Debout devant la cheminée, ne quittant pas des yeux le feu qui prenait lentement de la vigueur, elle lui parut frémissante d'une sorte d'ardeur juvénile dans laquelle il ne reconnaissait ni l'étudiante en fin de cycle soucieuse de s'imposer, ni surtout la fausse paysanne un peu dérisoire, vaincue par des travaux trop durs pour elle. Dans un panier à bois, à gauche de la cheminée, attendaient quelques belles bûches de chêne bien sec. Lorsqu'elle estima que le petit bois était assez enflammé, elle en disposa deux sur les chenets. Déjà, ils sentaient la douce chaleur qui s'élevait du foyer en rejetant l'atmosphère glacée vers le fond de la pièce.

« Aide-moi. »

Elle alla se saisir de l'accoudoir d'un canapé qui dormait sous sa housse entre les fenêtres aux persiennes closes. Il s'attela à l'autre bout du meuble et ils l'approchèrent de la cheminée. Sans prendre le soin de le découvrir, elle s'y laissa tomber avec un profond soupir d'aise. De la main, elle frappa la toile à côté d'elle.

« Viens là », dit-elle.

XIII

SANS QU'IL EN PRENNE conscience, la peine s'était inscrite sur le visage d'Hervé. Il y avait trop de contrastes entre le bonheur de ces instants passés et cc qu'il y avait de douloureux à les évoquer, à plus de dix ans de là. Yeux fermés, les mains crispées sur les accoudoirs de son fauteuil de jardin, il n'avait plus conscience d'être dans sa véranda largement ouverte sur l'opulence verdoyante des prés, des bois et des collines, pas plus que de l'étouffante chaleur qui les écrasait.

Il savait bien qu'il lui faudrait aller jusqu'au bout. On n'arrête pas le cours des souvenirs dès lors qu'ils ont rompu la digue derrière laquelle on croyait naïvement les contenir à jamais.

Il n'avait pas sitôt répondu à son invitation de s'asseoir près d'elle, sur le canapé, devant la cheminée, que Samanta s'était pelotonnée contre lui et qu'elle avait enfoui la tête dans son épaule. La surprise avait été, bien sûr, de courte durée. De son bras, il lui avait enserré les épaules. Ils étaient restés longtemps ainsi, captivés par le spectacle des flammes et par l'écoute des émotions qui s'éveillaient en eux. Elle avait levé sur le sien un regard épanoui du plus beau sourire qu'il pût imaginer. Il s'en reput longuement.

Il avait donc fallu que s'écoulent plus de dix ans pour qu'il prenne enfin la juste mesure de tout ce qui, en cet instant précis, avait changé en lui. Ce n'était pas le plaisir qu'ils brûlaient déjà de se donner qui était en cause. Ce n'était pas le délice clandestin de l'instant d'évasion. En se penchant sur ses lèvres qu'elle lui tendait, Hervé, sans en avoir la moindre conscience, jaillissait littéralement de la coquille de modeste réserve dans laquelle, jusque-là, il s'était complu. Ce n'était pas la belle et fière Samanta qui condescendait, c'était lui qui quittait l'ombre des autres, qui se projetait en pleine lumière et ne se connaissait plus de raison de déférer.

En s'offrant à lui, sur ce canapé, dans la lueur dansante du foyer, elle gommait d'un coup tout ce que la nature d'Hervé avait eu, jusque-là, de trop effacé. En lui offrant la jouissance, il se hissait dans sa propre estime au point d'oublier que, durant si longtemps, de loin, il avait admiré sans concevoir qu'il puisse être admiré.

À plusieurs reprises, dans les semaines qui suivirent, en jouant de ruses dont seuls les gens qui s'aiment savent user, ils parvinrent à se fixer d'invraisemblables rendez-vous dans le petit salon du château. Le premier arrivé allumait la cheminée. Ils s'étreignaient follement, s'accordaient quelques instants de tendresse, puis filaient à nouveau, chacun de son côté, pour ne laisser paraître, le soir venu, lorsqu'ils se retrouvaient tous dans la grande salle rendue un peu moins invivable par le chauffage d'appoint, qu'un visage parfaitement lisse, indifférent. Ils parvenaient même, malgré le bonheur dans lequel ils baignaient, à se mettre à l'unisson des tensions et des crispations dont les courants brutaux n'en finissaient plus de secouer leur groupe.

Les fêtes de fin d'année furent une période particulièrement dure à passer. Bien sûr, depuis longtemps, il avait été admis qu'on ne pouvait traiter Noël et le réveillon qu'avec le plus grand des mépris. Fêtes puériles, traditions de petits-bourgeois, triomphes détestables de la pire des sociétés de consommation... On n'avait pas trouvé d'épithètes assez définitives pour flétrir toutes ces futilités. Il est vrai que c'était au temps où l'on se contentait de palabrer, chez l'un ou chez l'autre, à moins que ce ne soit autour d'une table de café.

Un autre temps, une autre vie dans laquelle l'essentiel pouvait paraître banal. Personne, au cours de ces débats passionnés, n'aurait eu l'idée saugrenue d'évoquer les souvenirs. Souvenirs de Noël, souvenirs de nouvel an, souvenirs d'illusions soigneusement entretenues pour le seul bonheur d'y croire encore, souvenirs de chaleur humaine, souvenirs de sourires, de caresses, souvenirs en miel !

Chacun, ces soirs-là, se retrouva pourtant en tête à tête avec eux. Jamais les veillées ne furent aussi brèves. On se bredouilla le bonsoir, on s'éclipsa et on alla, chacun dans son coin, mâchouiller son amertume et ses regrets tout en se repassant le film intact des Noëls et des réveillons « petits-bourgeois » dont la nostalgie brûlait encore au cœur de ces six enfants qui s'étaient pris pour des adultes.

Samanta et Hervé s'étaient promis quelques instants de bonheur au château dans l'après-midi du 1er janvier. Ils parvinrent à s'éclipser sans attirer l'attention. Quand Hervé pénétra dans le petit salon, la jeune femme était accroupie devant la cheminée dont elle attisait doucement la flamme. Il vint la serrer dans ses bras. Elle lui adressa un lumineux sourire sans pour autant interrompre le mouvement de va-et-vient de son soufflet. Un long moment, ils restèrent ainsi immobiles, se laissant pénétrer par la chaleur de la flambée. Puis elle se leva vivement, lui prit la main et l'entraîna sur le canapé.

Ils étaient décidés à prendre leur temps, à s'aimer plus que jamais, à ne pas se séparer avant que soient assouvis tous leurs désirs de tendresse, à ne plus céder à l'inquiétude d'une trop longue absence. À plusieurs reprises, Hervé alla remettre une bûche sur les chenets, puis il se hâtait de venir la rejoindre sous la couverture qui leur tenait lieu de literie. C'était alors des caresses à n'en plus finir, des embrasements, des passions qu'il fallait consumer jusqu'à la dernière braise.

Quand ils se résolurent à reprendre le chemin de la ferme, le jour baissait. Ils faisaient en général une partie du chemin ensemble. Au sommet de la côte qui dominait la ferme, Hervé laissait Samanta prendre suffisamment d'avance pour qu'elle ait réintégré la maison lorsque lui-même se montrait dans la cour.

Tout de suite, pourtant, ce soir-là, il comprit que les choses ne se passeraient pas aussi facilement. Des traces de pas d'homme se superposaient aux siennes. Quelqu'un était venu par là depuis qu'ils s'étaient retrouvés dans le petit salon. Il préféra ne rien en dire à Samanta et attendit d'être seul pour s'intéresser de plus près à ce qui ressemblait fort à une filature. Lorsqu'il eut constaté que, comme il le redoutait, les mêmes empreintes d'épaisses semelles à crampons étaient repassées par là, dans le même sens qu'eux et probablement très peu de temps avant eux, il n'eut plus de doute et il regretta aussitôt de ne pas avoir prévenu Samanta. Le piège pouvait se refermer sur elle sans qu'elle le voie venir. Il pressa le pas.

En arrivant à la ferme, après avoir fait un crochet par la maison où tout semblait calme, il se dirigea directement vers la bergerie où il savait ce qu'il avait à faire. Il ne l'atteignit pourtant pas. La silhouette de François parut naître de l'ombre d'un mur dans laquelle il se dissimulait. Il vint se planter devant Hervé et, sans avertissement, se saisit brutalement de son anorak. Dans la lumière crue de la lampe de la cour, il faisait peur à voir. La bouche tordue de colère, il dardait sur Hervé un regard un peu fou au fond duquel brillait la haine.

« Recommencez votre petit manège une fois, une seule, éructa-t-il, et je vous tue. Tu entends bien, Hervé ? Je vous tue ! À toi de la prévenir. »

Lâchant tout à coup sa prise, il fit demi-tour et voulut réintégrer l'ombre d'où il était venu. Hervé fut plus rapide. Il lui attrapa le bras et l'obligea à lui faire face. Jamais il n'avait senti brûler en lui une telle détermination.

« De quel droit ? cria-t-il. De quoi te mêles-tu ? Le droit de cuissage... c'est ça ? Monsieur veut rétablir le droit de cuissage à son bénéfice ? C'étaient ça, nos conventions ? Tu perds les pédales, mon pauvre François. »

De son bras resté libre, François frappa si fort et si vite qu'Hervé ne put esquiver le coup. Il tituba en s'efforçant de se mettre hors de portée, puis, aveuglé par la douleur et par la rage, il fonça.

Il fallut les séparer. Pour y parvenir, il ne fut pas de trop de l'énergie de ceux qui, alertés par leurs cris, s'étaient précipités depuis la bergerie où ils étaient déjà occupés au pansage du soir. Le mal, de toute façon, était fait. Dès qu'un minimum de lucidité lui revint, Hervé sut qu'il ne pouvait plus rester une heure de plus à la ferme.

« Voilà le travail, dit-il avec amertume. Tu es content ? Je serai donc le premier à me casser. C'est ce que tu voulais, non ? On avait peut-être une toute petite chance de réussir. Tu auras tout gâché, François. Et tu ne pourras t'en prendre qu'à toi-même. »

Secouant son bonnet qu'il avait ramassé dans la boue, il s'éloigna vers la maison. Frémissant de colère, François restait devant les deux autres qui le surveillaient, de peur qu'il ne s'élance à la poursuite d'Hervé.

« Eh bien quoi ? glapit-il. Vous allez rester plantés là longtemps ? Et le boulot ? Qui c'est qui va le faire ?

– Tu ne crois pas que tu attiges un peu ? osa, très calme, l'un d'eux. On n'a pas signé pour que tu joues les gardes-chiourme. D'ailleurs, on n'a rien signé du tout. Et moi, je commence à en avoir ma claque. Alors, si Hervé se casse, je profite de la voiture. »

Ainsi finit la belle épopée d'un des derniers phalanstères néo-soixante-huitards rêvés, comme tous les autres, par quelques jeunes utopistes persuadés, après tous les autres, d'avoir compris, eux, ce par où tous les autres avaient péché…

Hervé pourtant ne parvint pas à décider Samanta de le suivre.

« Je suis chez moi, ici, répétait-elle. Si quelqu'un doit partir, c'est lui, François, pas moi. Je ne veux pas abandonner comme ça la ferme que mon grand-père m'a donnée. »

Les jambes ramenées sous elle, elle se tenait assise à l'extrême bord d'un vieux fauteuil qu'ils avaient installé au fond de la salle, entre la cuisinière et le chauffage d'appoint. Les bras croisés sur sa poitrine et le dos voûté, elle semblait frigorifiée. Longtemps, assis sur une chaise en face d'elle, Hervé avait tenté de la convaincre. Elle n'avait rien voulu entendre. Sa seule concession avait été deux grosses larmes qui lui barraient les joues sans même qu'elle pense à les essuyer.

« Va, lui dit-elle. C'est vrai, ta place n'est pas ici. Tu as mieux à faire.

– Toi aussi, tu ne dois pas rester ici. Toi aussi, tu as mieux à faire, s'obstinait-il.

– D'abord, je sauverai la ferme. Après… Après, on verra. »

Pas un seul instant elle n'émit l'idée qu'ils puissent se retrouver un jour. En s'éloignant, Hervé put croire que leur brève idylle s'était fracassée dans le même ultime cataclysme qui venait d'emporter ce qui restait de leur communauté. Elle en avait été la cause et la victime.

Aussitôt rentré à Paris, il lui écrivit. Elle lui répondit. Ils entretinrent ainsi, durant plusieurs mois, une correspondance relativement suivie, mais qui en vint vite à s'ennuyer elle-même du peu qu'ils trouvaient à se dire. Ils tournaient en rond et perdaient, lettre après lettre, l'envie de s'abandonner à ces longs couplets un peu délirants par lesquels, dans les premiers temps, ils évoquaient les heures volées devant la cheminée du petit salon, au château.

Elle lui annonça un jour tout à fait incidemment qu'elle venait d'avoir la visite de gens qui s'étaient entichés de la grande bâtisse et de ses tours. Ils parlaient de la louer.

« Ils aiment ! lui écrivit-elle. Ils trouvent ça beau. Que veux-tu y faire ? Tous les goûts sont dans la nature. »

Elle ajoutait, sans paraître y attacher la moindre importance : « Je suis allée remettre de l'ordre dans le petit salon. J'ai réinstallé le canapé contre le mur, entre les deux fenêtres… »

L'été était revenu. Hervé, la veste sur l'épaule, suivait sans se presser les grilles du parc Monceau. À l'ombre de ses arbres, il faisait délicieusement bon. Il avait lu la lettre de Samanta en marchant. Sans se soucier d'étonner les passants qui le croisaient, il prononça à haute voix chacun des mots des deux dernières phrases. Ils résonnaient douloureusement en lui. De l'ordre ! elle était allée remettre de l'ordre… C'était donc la fin d'un désordre ? C'était donc le dernier coup de balai ? Toute leur histoire se résumait-elle à cette géographie étonnante d'un canapé voyageant, avec les dernières scories d'une passion, des abords chaleureux d'une cheminée à la froide bonne tenue de la place qu'il devait occuper, le long du mur, entre deux fenêtres ?

Lentement, méthodiquement, il froissa la lettre de Samanta. Il la réduisit à l'état d'une petite boule de papier et la laissa tomber au passage, d'un geste indifférent, dans une poubelle.

XIV

« AH BON ? » se contenta de répondre Julien lorsque Youssef lui annonça qu'il venait de retrouver son père.

Très occupé à jouer avec un cabri né de huit jours, il ne parut pas particulièrement ému à l'idée d'atteindre enfin le but de son aventure. Manifestement, depuis que Youssef l'avait récupéré, il se trouvait suffisamment bien chez le vieil homme pour que soit passée au second plan l'ardente résolution qui l'avait pourtant jeté sur les chemins.

« Demain soir, si Dieu le veut, j'aurai fini les foins, n'en continua pas moins Youssef. Après-demain matin, on prend Félicien et on y va. Ça te va ? »

Il y eut un bref silence. Julien s'obstinait à lui tourner le dos.

« Si tu veux », consentit-il enfin sans le moindre enthousiasme.

Que le gamin se plût à ce point chez lui emplissait Youssef d'aise, mais, en même temps, il se désolait du peu d'empressement qu'il mettait à admettre l'inévitable. Cette affaire-là ne pouvait plus durer. Allons ! tout serait bien qui finirait bien lorsque ce voyage serait accompli. Laissant le gosse à ses jeux, Youssef se remit avec ardeur à son travail.

Ce fut là que le trouva Hervé.

« Il est où ? » s'inquiéta-t-il avant même d'avoir rejoint le vieil homme qui s'épongeait le front près du tombereau sur lequel, à bout de fourche, il montait d'impressionnantes quantités de foin.

Il ne put que hausser les épaules, l'air contrit.

« Si seulement ! dit-il. Je n'ai plus pensé. Je ne croyais pas que tu allais venir si tôt. Et maintenant, où c'est qu'il est parti ? Tu comprends, au début, il a dit qu'il allait m'aider… Mais, le foin, ce n'est pas ce qu'on croit. Il en a vite eu assez. Alors, pendant que je me dépêche, il s'occupe. Ce qu'il y a de bien, avec lui, c'est qu'il n'est pas du genre à s'ennuyer. Il a toujours quelque chose à faire. Avec le chien, avec le chat, avec les chèvres… Peut-être bien… Peut-être bien qu'il est parti à sa maison. Il y va encore assez souvent. Peut-être que tu pourrais aller jusque-là.

– Sa maison ?

– Oh ! une vieille bicoque à moitié en ruine, dans les bois. Il aime bien ce coin-là. Va savoir pourquoi…

– C'est loin ? »

Youssef lui indiqua.

« C'est bon. J'y vais. »

La modeste maison que Julien avait découverte le premier jour des foins avait évidemment bien peu de rapport avec le château aux tours rococo cher aux souvenirs d'Hervé. Au bout de la longue allée que lui avait indiquée Youssef, lorsqu'il déboucha dans la vaste clairière au milieu de laquelle elle dressait sa décrépitude, le jeune homme ne put pourtant s'empêcher de trouver une étrange similitude entre les deux décors. Pas de neige ni de gravillons craquant sous les pas, pas de tours ni de mâchicoulis, mais la même impression d'écrasante solitude, de renoncement, laissée, probablement, par l'abandon des derniers occupants. Se pouvait-il que le gamin ait élu ce lieu étrange comme cadre de ses jeux et de ses rêveries d'enfant ?

« Julien ! » appela-t-il.

Ce furent les aboiements d'abord furieux puis joueurs de Kicouillou qui lui répondirent. Il fallut qu'il reçoive dans les jambes l'assaut de la boule de poils réclamant qu'on s'occupe d'elle toutes affaires cessantes, avant qu'apparaisse au coin de la maison la silhouette prudente du gamin.

« Tu me reconnais ? Je suis Hervé, préféra-t-il prévenir. On s'est déjà vus, au village. C'est Youssef qui m'a dit que tu étais là. »

À moitié rassuré, Julien fit quelques pas en direction d'Hervé.

« Pourquoi ? demanda-t-il.

– Je voulais te voir, simplement. Je voulais qu'on parle. Tu veux bien ? »

Ils s'étaient rejoints au milieu de la clairière, mais le gamin se tenait sur la réserve. Il s'était arrêté à trois pas d'Hervé.

« Pourquoi tu veux qu'on parle ? » insista-t-il, méfiant.

Les trois marches bancales qui menaient à la porte de la maison étaient à l'ombre.

« Viens, dit Hervé, on va s'installer là. On sera mieux pour parler. »

Il eut beau faire, l'inviter à s'asseoir près de lui, Julien resta debout, intrigué mais ne cédant rien de ses préventions. Hervé estima qu'il était inutile de tourner autour du pot.

« Tu sais, dit-il en se penchant vers le gosse, je connais très bien ta maman… »

Julien eut un mouvement de recul prévisible.

« Mais tu n'as rien à craindre, se dépêcha d'ajouter Hervé. C'est Youssef qui m'a tout expliqué. Parce que, Youssef, il sait bien que, tout ça, ça restera entre nous.

– Youssef, il ne la connaît pas, ma maman. »

La repartie était pleine de bon sens. Hervé préféra pourtant faire celui qui ne l'avait pas entendue.

« C'est moi qui lui ai donné l'adresse de François Trichot.

– Tu connais aussi mon papa ?

– Bien sûr que je le connais. »

Cette fois, le gamin était ébranlé. Un long moment, il resta songeur, ne quittant pas Hervé des yeux, mais se demandant visiblement comment il devait réagir à tout cela.

« Et pourquoi tu les connais ? » finit-il par demander.

Question piège ! Comment lui présenter tout ce passé sans détourner la vérité mais en lui épargnant ce qu'elle avait eu de dramatique ? Hervé choisit de n'en révéler qu'une part bien étroite.

« Tout simplement parce que j'ai travaillé avec eux, il y a très longtemps.

– Avec les chèvres ?

– Avec les chèvres.

– Je ne t'y ai jamais vu.

– Comment tu aurais pu me voir ? C'était bien avant ta naissance. On ne parlait pas encore de toi. »

Tout cela avait fini par convaincre Julien. Il consentit à venir s'asseoir sur la marche médiane, en dessous d'Hervé sur lequel il levait un regard curieux.

« Et tu n'es pas resté ? s'étonna-t-il.

– Eh non ! »

Hervé, au fond de lui, n'aimait pas la réponse trop brève qu'il venait d'avoir. Il redoutait surtout les questions qu'elle allait nécessairement amener.

« Pourquoi tu n'es pas resté ? »

C'était inévitable. Quittant le gamin des yeux, il laissa son regard se perdre au loin, dans l'ombre épaisse de la futaie. Il dut admettre que, sauf à mentir, il allait lui falloir occulter une bonne partie de la vérité.

« Oh ! tu sais, finit-il par dire, dans la vie, quelquefois, on a autre chose à faire. On ne peut pas toujours rester au même endroit. »

La réponse, à l'évidence, n'avait qu'à moitié satisfait le gamin.

« Tu avais quoi à faire ? » voulut-il savoir.

Hervé n'avait plus le choix. Il ne pouvait que persister dans ses demi-vérités, avec un pénible sentiment de dissimulation.

« Mes études ! dit-il. J'étais étudiant. Il fallait que je finisse mes études.

– Après, tu aurais pu revenir, s'entêta Julien.

– Après… après… j'ai eu autre chose à faire. Maintenant je suis sculpteur. Les chèvres, ça n'a pas besoin d'un sculpteur ! » voulut-il blaguer.

Julien en rit brièvement. Il ne perdait pourtant pas le fil de sa réflexion. Cette étonnante fenêtre qui s'ouvrait sur l'univers de la ferme dont il avait si longtemps rêvé, il voulait l'explorer jusqu'au bout.

Il aurait voulu qu'Hervé lui en parle indéfiniment, mais l'autre ne semblait pas bien loquace.

« C'était bien, les chèvres ? hasarda-t-il.

– Oh ! oui, c'était bien, préféra confirmer Hervé sans beaucoup de risque. Mais, tu sais, c'était au début. Il y avait beaucoup de travail et c'était très dur.

– Je sais qu'il y avait beaucoup de travail. Mon papa et ma maman, ils étaient toujours à travailler. Surtout ma maman, elle était toujours fatiguée. »

Ils restèrent un long moment silencieux, plongés dans la nostalgie de souvenirs qui, pour avoir le même objet, n'en étaient pas moins bien différents. Ce fut Julien qui, n'y tenant plus, rompit le premier leur silence.

« Tu habitais où ? demanda-t-il brusquement. À la maison, pas au château. »

Le choc fut dur pour Hervé.

« Parce que tu connais le château ? ne put-il s'empêcher de demander.

– Bien sûr que je connais le château ! Ma maman, elle m'y emmenait souvent. On allait dans le petit salon. Tu ne connais pas le petit salon, toi ! Il y a une grande cheminée. Elle y faisait du feu. On était bien ! »

Pour dissimuler son trouble, Hervé se pencha vers le chien, qui dormait roulé en boule à leurs pieds, et lui glissa deux longues caresses le long de l'échine.

« Et ton père ? parvint-il à demander. Il y venait aussi ton père ?

– Non, jamais. Jamais il n'y est venu. Je me souviens, ma maman, elle disait que le château, c'était pour nous deux et rien que pour nous deux. »

Allons ! il fallait rompre. Hervé, déjà, se reprochait de trop se laisser aller aux émotions faciles et inutiles de tous ces souvenirs brutalement resurgis.

« Bon, dit-il, ta maman, quand tu la retrouveras, tu lui diras que tu m'as rencontré. Tu lui diras des tas de choses de ma part et tu lui feras une grosse bise pour moi. Tu veux bien ? Tu me promets ? »

Le regard scrutateur et grave que Julien posa sur lui faillit faire craquer Hervé.

« Et mon papa ? Je lui dis aussi, à mon papa ? »

Il aurait dû s'y attendre. Cette fois, Hervé, pris de court, ne put dissimuler son émoi. Le gamin ne s'y trompa pas. Il laissa simplement traîner quelques interminables instants de silence. Puis, comme Hervé ne trouvait toujours pas les mots qui auraient pu le sortir d'embarras, il se leva et, les mains au fond des poches, il s'éloigna.

« T'inquiète, lança-t-il par-dessus son épaule. Je lui dirai, à ma maman. Et à mon papa, je ne lui dirai rien. C'est ce que tu préfères, non ? »

XV

COMME À SON HABITUDE, Samanta claqua vigoureusement la porte de son appartement en la repoussant du pied. Elle jeta son sac à main sur une chaise. En soufflant et en s'éventant de la main, elle traversa la salle de séjour à grandes enjambées et se rua sur son répondeur. Bien sûr, la petite lumière rouge clignotait frénétiquement.

Il faisait une chaleur étouffante. Paris marinait dans son jus de pollution. Les radios, la télévision, les journaux n'en finissaient plus d'en faire leurs choux gras. Les mesures les plus drastiques et les plus vaines tombaient les unes après les autres, des fois qu'on aurait pu reprocher aux pouvoirs publics de ne pas s'intéresser. Mais rien n'y changeait. La ville se traînait lamentablement au long de ses jours et de ses nuits les plus pénibles à vivre.

Samanta se débarrassa vivement de la veste légère mais très stricte que lui imposaient ses fonctions et la jeta sur le dossier d'un fauteuil qu'elle manqua. La veste glissa en boule sur la moquette. Elle s'en désintéressa, s'effondra dans les coussins du canapé et appuya sur le bouton du répondeur.

« Salut ! c'est moi ! » claironna la petite voix haut perchée de Julien.

La jeune femme, exaspérée, haussa vivement les épaules. Ça l'horripilait, cette façon qu'avait son fils de jouer avec ses nerfs. Comme si ça ne suffisait pas d'avoir fait une fugue, il fallait encore qu'il se moque d'elle en refusant catégoriquement de l'appeler sur son portable ou aux heures où ils auraient pu converser normalement Ce n'était pourtant pas faute de savoir jongler avec tous ces nouveaux outils de communication. Il les manipulait d'ailleurs bien mieux qu'elle. Il le faisait exprès, c'était évident.

« Tu ne devineras jamais où je suis ! continuait-il, triomphant. Va sur ton ordinateur. Je t'ai passé un mail. »

Le comble ! Comme si ce jeu du chat et de la souris avec le téléphone ne suffisait pas. Où avait-il pu dénicher un ordinateur ? Il connaissait donc son adresse électronique par cœur ? Ça, c'était nouveau. Rageusement, elle coupa le sifflet au répondeur qui s'apprêtait sagement à lui délivrer tous ses autres messages. Elle traversa l'appartement en trombe, abandonnant au passage ses chaussures dans le couloir, et vint interrompre sans ménagement la veille de son ordinateur portable qui trônait, en équilibre instable, sur la pile de dossiers encombrant son bureau.

Le message qui s'afficha la figea de stupeur. Comment cela pouvait-il être possible ? Fébrilement, elle chercha ses lunettes. Bien sûr, elle ne les trouva pas. Il lui fallut se souvenir qu'elle arrivait à peine de son bureau et que ces maudits ustensiles qu'elle n'arborait que contrainte et forcée ne pouvaient pas être ailleurs que dans son sac. Elle retraversa l'appartement en trombe, shootant au passage dans ses chaussures à la dérive au milieu du couloir, faillit retourner ledit sac sur le parquet de l'entrée, finit tout de même par extirper l'objet de sa recherche d'entre bien d'autres choses et se rua à nouveau vers son bureau, manquant une fois de plus de s'étaler dans le couloir par la faute d'une de ces maudites chaussures. D'un coup de pied rageur et néanmoins bien appliqué, elle l'envoya droit dans la porte du Frigidaire, au fond de la cuisine. « But ! » ne put-elle s'empêcher de s'exclamer.

Elle se penchait déjà sur l'écran de l'ordinateur. Les lunettes ne purent que lui confirmer ce qu'elle avait fort bien vu. L'adresse électronique ne laissait aucun doute : « r.f.trichot… » Il y avait bien ce « r » par lequel cela débutait qui l'intriguait. Mais, pour le reste… « f. trichot », elle n'en connaissait qu'un. Comment ce chenapan de Julien se retrouvait-il en train de jouer les internautes sur l'ordinateur de François Trichot ? Comment cela pouvait-il être possible ? Elle réalisa tout à coup que sa stupéfaction tenait presque autant au fait que François puisse avoir un site que de voir Julien réapparaître chez lui. Dieu que tout cela était compliqué. Comme s'il ne suffisait pas...

« Voilà ! Tu sais où je suis », écrivait le gamin.

Tout de même, elle se rengorgea et ne put dissimuler un sourire ravi. Elle n'était pas peu fière des performances scolaires de son fils et, surtout, de ses étonnantes capacités à s'exprimer par écrit dans un style que beaucoup d'adultes auraient pu lui envier. « Ce gosse est un petit génie ! » se disait-elle parfois sans oser, bien sûr, exprimer pareille opinion à haute voix devant ses amies. Pour qui l'aurait-on prise ? Chacune d'entre elles étant convaincue de l'exceptionnelle précocité de sa progéniture, elle se serait encore fait pas mal d'ennemies et on l'aurait accusée, par-dessus le marché, de vouloir se faire remarquer... une fois de plus ! Elle n'en persistait pas moins à se délecter secrètement de cette idée. En somme, c'était comme un acte de contrition par lequel elle s'absolvait elle-même de toutes les occasions qu'elle trouvait de considérer le génie en question particulièrement encombrant.

Et le voilà qui fuguait chez François ! Mais qu'avait-elle fait au bon Dieu ? En soupirant, elle s'obligea à lire la prose apparemment abondante de son fils, bien qu'elle la jugeât parfaitement superfétatoire, dès l'instant où elle pouvait enfin le localiser.

Tu parles d'une aventure ! continuait Julien. *On est partis avant-hier matin, très tôt, de chez Youssef. Ben oui, quoi, Youssef, tu sais bien : c'est chez lui que j'habitais. Si tu savais ce qu'il est gentil, ce monsieur-là. On a attelé Félicien – l'âne – à la charrette. D'abord, Youssef, il ne voulait pas que Kicouillou – c'est le chien, Kicouillou – vienne avec nous. J'ai tellement insisté qu'il a fini par céder. Quand j'insiste, il cède toujours, Youssef ! Et puis, là, il savait bien que j'étais un peu triste de quitter sa ferme. Alors, il a accepté !*

Au début, ça allait bien. Il faisait frais. On était bien dans la charrette. Félicien, en pleine forme, trottinait bien tranquillement. On a traversé des forêts, des prés, des vallées et puis encore des forêts. J'aurais jamais pensé que ça puisse être si loin. Quelquefois, il y avait des villages. Les gens riaient en nous voyant passer, dans notre charrette tirée par Félicien. Ça ne plaisait pas à Kicouillou. Il grognait sous le banc et j'étais obligé de lui donner des tapes pour le faire taire. Même une fois, il y a des gamins qui nous ont couru après. C'est bête, tu ne trouves pas ?

Et puis, il a commencé à faire chaud. Ça s'est mis à cogner d'une force ! Ce pauvre Félicien, lui qui est d'un si beau gris, il en était devenu presque noir tellement il transpirait. Mais crois-tu qu'il ralentissait ? Il est courageux, tu sais, notre Félicien.

Au début, on a parlé, avec Youssef. On a parlé de toi. Je lui ai dit que je t'aimais beaucoup (c'est vrai, tu sais !), mais que tu travaillais énormément et que je ne te voyais pas trop souvent. Je lui ai raconté la maison, comment je savais me débrouiller tout seul, l'école, les copains, tout, quoi ! Lui, il m'a parlé de son pays. Il n'est pas d'ici, Youssef. Il vient du désert. Je n'ai pas bien compris pour quoi il l'a quitté, son pays. J'aurais voulu qu'il m'explique mieux, mais j'ai senti qu'il n'en avait pas trop envie. Il m'a tout de même décrit le désert. Ça doit être drôlement beau. Un jour, quand je serai grand, j'irai dans le pays de Youssef. Longtemps, il m'a parlé de Clémence et d'Alfred, les gens qui étaient à la ferme avant lui et qui l'ont accueilli quand il ne voulait pas aller travailler en usine. C'étaient des braves gens, Clémence et Alfred. J'ai bien vu que Youssef les aimait beaucoup. Et puis on a parlé de la ferme, des bêtes, des gens du village… Tiens, au fait, au village, il y a un monsieur qui te connaît drôlement bien. Je te dirai. Fais-moi penser.

Youssef, lui, il sait bien qu'il n'est pas vraiment du pays. Les gens sont gentils avec lui. Mais c'est tout. "Bonjour, bonsoir", comme il dit, rien de plus. Ils le tiennent tout de même un peu à l'écart.

Remarque, peut-être que c'est un peu de sa faute. Il ne cherche pas trop à se lier. Il est comme ça, Youssef. Peut-être, il est timide. Ou alors c'est qu'il n'aime pas trop discuter avec les autres. Mais alors, avec moi, qu'est-ce qu'il a été gentil !

Je ne sais pas comment il a fait, mais c'est lui qui a retrouvé papa. Moi, je ne me souvenais plus. C'est pour ça que j'étais chez lui. Je te raconterai. Tu verras : tu ne pourras pas dire que je ne me suis pas bien débrouillé !

Youssef, il a fini ses foins il y a deux jours. Tu sais, c'est un sacré travail, les foins. Et puis, pour toutes ses bêtes, il ne s'agit pas qu'il n'en ait pas assez. Qu'est-ce qu'il leur donnerait à manger, l'hiver ? Alors, il a fallu qu'il attende d'avoir tout rentré pour qu'on puisse entreprendre le voyage avec la charrette, Félicien et Kicouillou. C'est que c'est encore assez loin, de là où habite Youssef jusqu'ici.

On a marché longtemps, longtemps… tu ne peux pas savoir. Enfin, c'est Félicien qui a marché. Parce que, nous, on était dans la charrette, à se laisser traîner. Mais il faisait chaud ! Ça devenait insupportable. Alors, je dois le dire, je me suis un petit peu endormi. Remarque, ça faisait déjà un moment qu'on ne parlait plus, Youssef et moi. Alors, c'était devenu monotone.

On devait être presque arrivés parce que c'est à peine si j'ai fermé les yeux et brusquement j'ai été réveillé par Youssef qui parlait et Kicouillou qui menait une vie de voleur de dessous son banc. J'ai ouvert tout grands les yeux. Et alors, là, on était où ? À la Joncheray ! J'ai reconnu tout de suite. Et puis qui c'est qui venait vers nous, celui avec qui Youssef parlait déjà ? Devine ! Papa, bien sûr !...

Samanta en savait assez. Le reste, elle le lirait plus tard, à tête reposée. Rapidement, sans trop y prendre garde, elle lança l'impression de ce texte comme elle n'en avait jamais reçu. Accessoirement, il constituait une preuve éclatante de ce qu'elle maintenait : son fils était exceptionnellement doué. Écrit-on comme ça, quand on a dix ans et qu'on n'est pas exceptionnellement doué ? Mais là, à vrai dire, n'était pas l'essentiel de son souci du moment. Évidemment, de savoir Julien en lieu sûr la rassurait, mais qu'il n'ait rien trouvé de mieux que d'aller se percher chez François n'était naturellement pas fait pour la réjouir.

Il fallait, par-dessus le marché, qu'elle apprenne ça du gamin lui-même. C'était un peu fort ! François aurait tout de même pu prendre la peine de la prévenir. Il devait bien se douter qu'elle se faisait un sang d'encre. Elle se remit à son ordinateur.

« Tu aurais pu tout de même m'avertir que Julien était chez toi », tapa-t-elle rageusement. Et, d'un « clic » triomphant, elle envoya le message.

C'était comme une vengeance. De rédiger la formule la plus sèche qu'elle ait pu trouver, ça l'avait soulagée. Elle se leva vivement et traversa une nouvelle fois son appartement jusqu'à la salle de séjour où elle se trouva tout à coup totalement désœuvrée. Que faire ? Il y avait certainement mille choses à entreprendre, mais elle ne savait par quel bout commencer. Ce gamin, il faudrait bien le récupérer. Mais aller le chercher chez François ? Ça, jamais ! La page tournée à plus de cinq ans de là était vraiment trop lourde pour qu'elle puisse seulement envisager d'y revenir, aussi peu que ce soit. Et puis, d'ailleurs, elle avait bien trop de travail en ce moment, bien trop de rendez-vous qu'il faudrait annuler, déplacer… Et les dîners, les soirées, les cocktails depuis si longtemps programmés… Que dirait-elle à toutes ses amies ? Debout à toucher le voilage de la large baie qui s'ouvrait sur le balcon, elle poussa un profond soupir. Puis elle fit prestement demi-tour, alla jusqu'à la chaîne stéréo. Berlioz, la *Symphonie fantastique.* Le CD était resté engagé sur la platine. Va pour la *Symphonie fantastique…* Le tout était d'occuper l'espace, de le meubler pour que cesse de l'emplir son exaspération.

Au fait, les autres messages sur le répondeur ! En deux enjambées, elle y fut. Elle appuya sur le bouton, en vint tout de suite au second appel. Et ce fut à nouveau la voix aigrelette de Julien qui s'éleva.

« Coucou ! devine où je suis ! »

Elle ne put ni ne voulut réprimer un geste d'agacement. Comment pouvait-elle deviner ? Il l'énervait, à la fin, avec ses devinettes idiotes !

« Au château ! n'en continuait pas moins le gamin. J'ai trouvé la clef. Elle est toujours au même endroit. Et là, je suis où ? Je te parle d'où ? Du petit salon, bien sûr ! Je suis dans le canapé, devant la cheminée. Elle est éteinte, rassure-toi. Il fait assez chaud comme ça ! J'ai pensé à toi, évidemment, ma petite maman, en venant ici. Tu sais, je me souviens bien quand tu m'y emmenais, et puis quand on se mettait tous les deux devant le feu que tu venais d'allumer et que tu disais que c'était pour nous deux et rien que pour nous deux.

« Alors, j'ai voulu te le dire. Et puis aussi, il y a autre chose. Ne dis pas à papa que j'ai utilisé son ordi pour te passer un mail. Je crois qu'il n'aimerait pas. J'ai profité qu'ils n'étaient pas là. Et puis, tout de suite après, je l'ai mis à la corbeille, pour qu'il ne voie pas. Du coup, j'ai oublié de te dire : tu sais, le monsieur du village de Youssef qui te connaît bien, il m'a chargé de te faire une grosse bise. Il s'appelle Hervé. C'est un ami à Youssef. Tu te souviens de lui ? »

Il y avait encore d'autres messages. Une fois de plus, Samanta les fit attendre. Pendant que Julien parlait, elle s'était à nouveau laissée tomber dans les coussins du canapé. Cette fois, c'était un gros coup d'émotion qui la chavirait. Le château, la clef sous le perron, le petit salon, la cheminée... Diable de Julien ! Et Hervé pour couronner le tout... Il y avait tant de choses à la fois, dans les paroles innocentes de son fils, qu'elle douta un instant que tout cela puisse exister simultanément. Elle relança le répondeur, sélectionna rapidement le message du gamin et se pencha vers l'appareil pour ne rien en perdre. Elle avait donc bien entendu. Elle se laissa aller au fond du canapé et ferma les yeux.

Hervé ! combien de fois avait-elle regretté d'avoir laissé se distendre leurs rapports ! C'était lui, bien sûr, qui n'avait pas répondu à la dernière de ses lettres. Mais quelle importance ? C'était peu de temps avant qu'elle craque, qu'elle quitte une fois pour toutes la Joncheray. D'un coup, la fiction s'était effondrée.

Pendant cinq ans, elle s'était cramponnée. Elle avait voulu avoir raison. Elle avait tout nié, tout détruit pour bâtir le château de cartes de ce qu'elle aurait voulu que soient les faits. Elle avait grimé la triste réalité, elle l'avait maquillée avec tant de soin et d'adresse que jamais Hervé n'avait douté. Peu à peu, elle avait créé le mirage de sa liaison avec François. Sans jamais aller à l'intime, comme si elle eût voulu lui éviter cette peine, par allusions, elle avait en quelque sorte prévenu ses questions en jouant le rôle de la compagne d'abord appliquée à faire oublier ses escapades vers le canapé du petit salon, puis de plus en plus attachée à la réussite de leur affaire.

Comment se serait-elle étonnée, après cela, qu'Hervé, un beau jour, ait décidé de s'effacer ? En somme, elle était arrivée à ses fins. Elle l'avait amèrement regretté et ne pouvait s'en prendre qu'à elle-même.

Lorsque la coupe eut suffisamment débordé et qu'elle eut enfin compris l'absurdité de la situation, elle était allée trouver le notaire et l'avait chargé de rédiger un contrat de fermage que François n'eut guère d'autre choix que de signer. Elle était déjà à Paris et tentait de reprendre contact avec Hervé. Ses courriers revinrent avec la mention « n'habite plus à l'adresse indiquée ». Elle parvint à joindre ses parents. Ils furent de glace et lui maintinrent qu'ils ne savaient pas où était leur fils…

Samanta se leva en haussant les épaules. « Quel gâchis ! » pensa-t-elle. Hervé… Que faisait-il là-bas ? L'idée même de le retrouver ne parvenait pas à prendre en elle la moindre consistance. Et il fallait que ce soit Julien qui renoue les fils…

Elle était revenue dans son bureau et, machinalement, elle ouvrit la boîte de réception de ses courriels. François avait déjà répondu.

Pour te prévenir, il aurait fallu que j'aie tes coordonnées. Or, ton vieux rat de notaire suit tes instructions à la lettre, il est aussi causant qu'une tombe, celui-là. Quant à ton fils, il a refusé catégoriquement de me les donner. Encore aurait-il mieux valu que tu le surveilles d'assez près pour qu'il ne fugue pas. Je compte sur toi pour venir m'en débarrasser le plus vite possible. J'ai autre chose à faire que de m'occuper de lui.

Au fait, comment t'es-tu procuré mon mail ?

« Aimable, ça fait peur… » grogna Samanta.

La guerre n'était donc pas finie. Pour récupérer Julien, il allait donc falloir livrer bataille. L'essentiel était qu'elle ne tourne pas à l'avantage de François…

XVI

JULIEN PRIT BIEN SOIN d'éteindre son téléphone portable. Maintenant que sa mère savait où il était, cela avait évidemment moins d'importance, mais il ne tenait tout de même pas à ce qu'elle le rappelle trop rapidement. Mieux valait, selon lui, qu'elle s'explique d'abord avec son père. Il ne se faisait plus d'illusions. Son séjour à la Joncheray serait inévitablement plus court que ce qu'il avait espéré, et, à la réflexion, c'était peut-être mieux ainsi. L'accueil n'avait pas été à la hauteur de ses rêves, c'était le moins qu'on pouvait en dire.

Avant même que la charrette de Youssef se soit immobilisée, il en avait sauté et s'était précipité dans les bras de son père. Il n'y avait pas été reçu avec la chaleur qu'il attendait. Certes, François avait répondu à son élan en lui déposant deux baisers claquants sur les joues, mais les effusions en étaient restées là… C'était debout au milieu de la cour qu'il avait écouté, l'œil sévère et peu engageant, les explications de Youssef.

Un peu décontenancé, mais se rassurant en se disant que c'était là l'effet de sa fugue, dont François ne pouvait sûrement pas le féliciter, Julien était allé chercher sa petite valise à l'arrière de la charrette et il attendait sagement que les deux hommes aient fini de s'expliquer en caressant l'encolure de Félicien. C'est alors qu'il avait vu apparaître sur le perron de la maison une forte femme au teint rougeaud qui s'essuyait les mains à un grand torchon blanc bordé de lisérés rouges. En fronçant les sourcils, elle portait sur eux un regard peu amène qui mit Julien mal à l'aise.

Cette situation embarrassante s'éternisa tant qu'il ne sut bientôt plus où se mettre. Tantôt il s'accroupissait auprès de Kicouillou et lui prodiguait de démonstratives marques d'affection, tantôt il s'appliquait à lisser le poil de Félicien hérissé par la transpiration, tout en jetant des regards implorants sur François et Youssef qui n'en finissaient pas de discuter.

« Bon ! le soulagea enfin François en se tournant vers lui. Il va bien falloir qu'on te garde. Ce n'est pas que ça nous arrange, mais pas le moyen de faire autrement... J'espère que ta mère va se manifester. Allez ! viens. »

Ce n'était certes pas là les mots que Julien attendait. Désemparé, il se tourna vers Youssef. Le vieux bonhomme, l'air désolé, demeurait là, debout devant son âne comme s'il ne savait quel parti prendre.

« Tu restes ? » demanda-t-il à mi-voix alors que François s'éloignait déjà vers la maison.

Julien avait tellement peu imaginé qu'il puisse en être autrement que la question de Youssef finit de le désarçonner. Il eut un très bref instant d'hésitation.

« Alors ? tu viens ? » s'impatienta François.

Julien eut une moue un peu résignée. Il haussa les épaules et fit le geste d'emboîter le pas à François. Puis il se ravisa.

« J'étais bien, chez toi, dit-il en se jetant dans les bras de Youssef.

– Eh ! je n'ai pas que ça à faire, moi ! appela encore François.

– Tu viendras me voir ? »

Il y avait comme de la buée dans les yeux de Youssef lorsqu'il se redressa et poussa doucement Julien vers François. La gorge nouée, le gamin ne put que confirmer d'un geste du menton. Vite, il déposa une dernière caresse sur l'encolure de Félicien, une autre entre les deux oreilles que lui tendait Kicouillou, puis il se hâta vers le perron du haut duquel continuait de le surveiller le regard froid de la forte femme qu'avait rejointe François.

« Voilà, dit celui-ci d'un ton sévère avant même que Julien ait atteint la première des trois marches au sommet desquelles ils se tenaient. Je te présente monsieur Julien, le fils de Samanta. Il n'a rien trouvé de mieux que de fuguer. C'est ce type avec sa charrette qui l'a récupéré et qui nous l'amène. Et qu'est-ce que je vais en faire, moi, maintenant, de ce gamin ? Je n'ai même pas l'adresse de sa mère. Et ce n'est pas le notaire qui va me la donner. Elle le lui a interdit.

– Eh bien ! tu n'as qu'à l'appeler. Il se chargera de la prévenir, lui. »

Debout au pied des marches, Julien attendait. Du coin de l'œil, il vit la charrette à âne qui disparaissait dans le chemin. Il n'avait pas envie de pleurer. Cette grosse femme qui, manifestement, ne désirait pas l'accueillir, ne pouvait pas empêcher qu'il se sente là chez lui. Il était décidé à le lui faire entendre.

« Le temps qu'il le fasse, on a ce gamin-là sur les bras pour un bon moment, commentait François. Bon, eh bien ! qu'est-ce que tu veux, il faudra faire avec… Mais au fait, le téléphone de ta mère, tu dois connaître son numéro ? Donne-moi ce numéro. Je vais l'appeler tout de suite. »

Et puis quoi encore ? Ils s'imaginaient que Julien avait fait tout ce chemin, vécu toutes ces aventures, pour se laisser mener ainsi par le bout du nez ? Ils pouvaient toujours courir ! D'ailleurs, Julien n'avait pas aimé cette façon qu'avait eue François de parler de « ce type ». Youssef, un « type » ? Ils ne l'auraient pas, ce numéro-là ! Il se composa la mine la plus butée qu'il puisse trouver.

« Je ne le sais pas », mentit-il avec aplomb.

François, bien sûr, n'en crut pas un mot. Il dut pourtant prendre la juste mesure de la détermination du gamin. Il préféra ne pas insister.

« C'est bon, dit-il. On se débrouillera autrement. En attendant, je te présente Raymonde, ma femme. Tâche de lui obéir. Tu feras la connaissance tout à l'heure de Robin et Mariette, nos deux enfants. Ils sont bien plus petits que toi, c'est donc à toi de donner l'exemple. Et j'y compte. »

On se désintéressa de lui. Il put tout à son aise réaliser l'étendue de sa déconvenue. Sa valise une fois posée près du lit qu'on lui affecta, dans une chambre minuscule et qui sentait le renfermé, il n'eut rien de plus pressé que de filer dans la ferme à la recherche de ses souvenirs. Il en dénicha quelques-uns, se complut à se retrouver tel qu'à cinq ans de là, à imaginer sa mère près de lui, mais ne put se défaire de la lourde impression de fête gâchée que lui laissait l'accueil de François et de Raymonde.

Robin et Mariette arrivèrent juste avant l'heure du déjeuner dans la voiture d'une dame qui devait être une amie, à en juger par l'accueil joyeux qu'on lui fit, mais à qui on se garda bien de présenter Julien. Les deux enfants, qui devaient avoir, à peu de chose près, l'âge de Julien lorsqu'il avait quitté la Joncheray, commencèrent par le fuir. Il se fit une raison. Durant tout le repas, serrés contre leur mère, ils lui jetèrent des regards en dessous et ne lui adressèrent pas la parole. D'ailleurs, personne ne lui adressa la parole. Ce fut comme s'il n'existait pas.

Dès qu'il le put, il s'enfuit dans la cour. Il y avait bien un chien dont il espéra un moment se faire un ami, mais l'animal ne connaissait que François. Julien eut beau faire, il ignora ses avances. Alors, le gamin se sentit vraiment très seul. Il s'éloigna pour qu'on ne puisse pas voir ses larmes, trouva derrière un bâtiment l'ombre discrète où blottir sa détresse et s'y abandonna.

Que n'était-il reparti avec Youssef ! Déjà, il regrettait. Mais pouvait-il s'attendre à un tel accueil ? Pourquoi, comme en ses rêves, n'était-il plus chez lui à la Joncheray ? Pourquoi était-il si mal venu ? Longtemps, il pleura. Cela lui fit du bien. Il dut même s'assoupir. Lorsqu'il reprit conscience, ce fut pour décider fermement qu'il ne se laisserait pas faire. Ils ne voulaient pas être gentils avec lui ? Eh bien ! il ferait comme à Paris, quand sa mère l'abandonnait seul des mercredis entiers dans leur appartement. Après tout, la solitude, il connaissait, il avait l'habitude. Et puis, au moins, ici, il y avait la ferme, les chèvres, les prés, les bois… le château !

Mais oui, bien sûr, le château ! Pourquoi n'y avait-il pas pensé plus tôt ? Pas un seul instant il douta de le retrouver exactement comme ils l'avaient laissé, sa mère et lui, la dernière fois qu'ils y étaient venus avant que Samanta renonce et qu'ils remontent vers Paris. Il en prit aussitôt le chemin.

La clef était toujours au même endroit, derrière une pierre descellée, sous le perron. Le gamin retrouva les lieux parfaitement conformes à ses souvenirs. Sans se soucier de l'ombre glacée du hall, il enfila en courant le petit corridor aveugle au bout duquel il trouva sans difficulté la porte du petit salon. Même la pénombre dans laquelle était plongée la pièce lui parut plus douce.

« Je vais téléphoner à maman », jubila-t-il. Il s'installa sur le canapé et trouva un infime rai de lumière infiltré entre les lames des persiennes pour éclairer le cadran de son petit appareil.

Le château devint son refuge. En prenant bien garde qu'on ne le voie pas s'engager dans la longue allée qui le reliait à la ferme, il y venait presque tous les jours. Il y passait des après-midi entiers, s'inventant mille histoires plus merveilleuses ou fantastiques les unes que les autres, allant de pièce en pièce, de découverte en découverte. Il osa même s'aventurer dans les greniers. Lorsqu'il se fut habitué à l'ombre, plus épaisse encore ici que dans le reste de la maison, s'ouvrirent devant lui des trésors poussiéreux et fanés dont son imagination ravie faisait les atours et les décors merveilleux d'assemblées prodigieuses ou de flamboyants tournois.

Pourvu qu'il soit là quand on avait besoin de lui, et ce n'était guère qu'aux heures des repas, jamais personne, à la ferme, ne s'inquiéta de savoir ce qu'il faisait de ses journées. Raymonde, d'ailleurs, ne cachait nullement qu'elle se souciait peu d'avoir à s'occuper de lui. Il n'avait affaire qu'à François, et encore celui-ci, toujours occupé de sa ferme, ne lui accordait que le minimum d'attention nécessaire. Quant aux deux enfants, Julien était pour eux un « grand » qui les intéressait d'autant moins qu'ils sentaient leurs parents peu disposés à lui faire une place, si modeste soit-elle, dans le cercle familial.

Solidement campé sur sa résolution de tenir bon, Julien s'y fit. Pour l'aider, il y avait bien sûr le château et le domaine secret qu'il s'y était vite constitué, et puis il y avait la conviction que sa mère, enfin prévenue de l'endroit où il se trouvait, finirait bien par venir le rechercher. Il ne s'impatientait d'ailleurs pas trop, compensant sans mal le manque d'affection par les immenses bonheurs qu'il s'inventait aussi bien au château qu'en courant les champs et les prés entourant la ferme.

Youssef, Kicouillou, Pépette, Félicien et les chèvres étaient ce qui lui manquait le plus. Bien sûr, François avait lui aussi des chèvres, mais c'était un vaste troupeau d'une soixantaine de bêtes. Rien ne les intéressait que l'heure de leur repas et de la traite. Elles se précipitaient alors en masse vers la porte de la chèvrerie que leur ouvrait François. Le reste du temps, trop occupées de leurs affaires et d'elles-mêmes, indifférentes aux caresses dispensées par un petit garçon, elles l'ignoraient superbement et avaient même tendance à s'éloigner lorsqu'il se mêlait d'approcher leur troupe de trop près.

Il n'insista pas et resta avec sa nostalgie de la petite ferme de Youssef où chacun connaissait tout le monde et où les rôles affectifs étaient si bien distribués. Il lui arrivait de rester des heures durant pelotonné contre l'accoudoir du canapé du petit salon, à se laisser bercer par les souvenirs de ces quelques jours étranges passés chez Youssef. Il aurait aimé qu'un Kicouillou partage avec lui les instants de bonheur qu'il vivait dans la solitude du château, exactement comme il avait été heureux de faire partager ses rêves autour de la vieille maison abandonnée au fond des bois au chien de Youssef.

Mais il était seul. C'était à la fois une peine lourde à porter pour son cœur d'enfant et, malgré tout, une sorte de plaisir que lui procurait l'univers qu'il avait su se créer et d'où il tirait la force de tenir bon, en attendant qu'arrive sa mère.

XVII

JULIEN SURSAUTA. En expédition dans l'univers gris du grenier, il inventoriait méticuleusement le contenu d'une vieille malle que l'ombre du pignon lui avait jusque-là dissimulée. Il l'avait traînée jusqu'à l'aplomb d'une tabatière. Grimpé sur l'objet de ses investigations, il lui avait encore fallu chasser l'épais rideau de poussière qui obstruait la minuscule ouverture pour qu'un peu de jour lui permette de juger de son intérêt. Émerveillé, lorsqu'il l'avait ouverte, il avait découvert tout un univers de jouets d'une autre époque qu'on y avait jetés pêle-mêle. Poupées chauves aux robes longues défraîchies, voitures en bois ou en tôle aux couleurs éraflées et délavées, passablement cabossées, animaux de ferme invalides d'une ou plusieurs pattes, soldats de plomb au fusil tordu… Il y avait même, renversée sur le tout, une curieuse trottinette en bois que Julien aurait bien expérimentée s'il ne lui avait pas manqué une roue !

Absorbé par ses découvertes, il n'avait pas prêté attention au bruit de moteur qui s'approchait du château. Il ne dressa l'oreille que lorsque les pneus d'une voiture firent crisser le gravillon de la cour. Une portière, puis une autre qui claquèrent le figèrent d'angoisse. On venait ! On allait le surprendre dans le château. Dressé au milieu de son trésor éparpillé autour de lui, sur le plancher du grenier, il tendait l'oreille. Étouffés par la distance et l'épaisseur des murs, il y eut des bruits de pas et de conversation, puis une exclamation. Il n'eut pas besoin de l'entendre clairement pour comprendre que l'absence de la clef dans sa cachette habituelle et la porte ouverte venaient de le trahir.

Incapable d'un geste, les yeux écarquillés de peur, il attendait que le monde s'effondre sur lui. Qui cela pouvait-il être ? Les voix qui résonnèrent soudain dans le hall le firent se recroqueviller sur lui-même comme s'il attendait un coup.

« Il y a quelqu'un ? »

D'abord, il n'y crut pas. Il fallut que la même voix s'élève à nouveau, claire et nette, portée par la cage d'escalier dont il avait laissé la porte ouverte, pour que la réalité, pour stupéfiante qu'elle soit, commence à lui apparaître.

« Il aura oublié de refermer. Tu parles d'un galopin ! Et la clef ? Va savoir où il l'aura laissée traîner. »

Lentement, très lentement, au rythme de l'évidence qui peinait à s'imposer à lui, Julien se remit à bouger. Évitant soigneusement les jouets dispersés autour de lui, il fit trois pas vers l'escalier.

« On verra ça plus tard, viens ! » reprit la même voix qu'il ne pouvait plus, cette fois, ne pas reconnaître.

Il aurait fallu se précipiter, se jeter dans les bras de sa mère, mais une force étrange le retenait. Qu'allait-elle dire ? Comment allaient-ils se retrouver ? Lui ferait-elle des reproches ? Et puis, à qui parlait-elle ? Qui était avec elle ? Ce n'était pas comme cela qu'il avait imaginé leurs retrouvailles. Il s'en voulut de se faire surprendre dans une situation qui lui semblait propre à compliquer encore les choses. Cela aurait été si simple si elle était arrivée à la ferme. Il n'aurait eu qu'à se réfugier dans son camp. L'autre, celui de François et de sa femme, était assez hostile pour que, nécessité faisant loi, la mère et le fils fassent tout de suite alliance. Les inévitables explications auraient pu être remises à plus tard. Alors que là... Devant un étranger, par-dessus le marché...

Julien descendit sans bruit jusqu'au palier qui dominait le hall. Il était vide. On n'entendait plus un bruit. Il n'avait pourtant pas rêvé. Prudemment, toujours aussi silencieusement, il atteignit le rez-de-chaussée. Au bout du corridor obscur, la porte du petit salon était ouverte. Il s'approcha et, sans quitter l'ombre complice, il avança un nez prudent. Au milieu de la pièce, entre la cheminée et le divan, un homme qu'il voyait de dos tenait sa mère enlacée et ils s'embrassaient avec fougue.

Horrifié, Julien se jeta en arrière. Il aurait fui si, dans la précipitation de son geste, il n'avait pas accroché la vasque d'une fontaine en cuivre. Elle roula sur le sol dans un épouvantable tintamarre. Sur l'instant, sa mère fut devant lui, dans l'encadrement de la porte. Totalement pétrifié, il levait sur elle un regard bouleversé que les larmes inondaient déjà. Elle s'y méprit.

« Julien ! s'exclama-t-elle en s'agenouillant devant son fils et en le prenant dans ses bras. Ne pleure pas, voyons. Je ne vais rien te dire. Que veux-tu que je te dise ? Tu as fait une bêtise, d'accord, et après ? Est-ce que tu pouvais savoir ? On se retrouve, c'est l'essentiel. Tu vas en avoir, des choses à me raconter ! Et puis, tu as vu ? Regarde qui est avec moi. »

Elle était nerveuse, fébrile. Julien n'aimait pas ça. Elle s'écarta légèrement de lui. Il leva les yeux. Hervé se tenait debout derrière Samanta et lui souriait. Il n'aima pas plus ce sourire. Il lui sembla qu'il n'était là que pour dissimuler ce qu'il venait de lui voler.

« Viens, lui dit sa mère. Viens nous raconter. »

Elle le prit par la main et l'entraîna jusqu'au canapé. Il se retrouva assis entre eux.

« Alors ? demanda-t-elle. Raconte-moi. C'était si bien que ça, chez ce monsieur Youssef ? »

Était-ce le hasard ou avait-elle eu délibérément la bonne idée de commencer par là ? À moins qu'Hervé… Bien sûr ! c'était Hervé qui lui avait dit. Il n'empêche ! dans le désordre complet de tout ce qui venait de lui arriver, Julien entrevit comme un espace de paix et de bonheur vers lequel il suffisait de se tourner pour que tout le reste, tous les émois malsains qu'il sentait grouiller en lui soient éteints, effacés, du moins tant qu'il raconterait.

Alors, il raconta. Il se grisa de ses propres paroles. Il n'en finit plus d'évoquer Youssef, Kicouillou, Pépette, Félicien, les chèvres, la charrette de Félicien, le foin… Parfois Samanta l'interrompait, jouait l'étonnée, faisait celle qui doutait. Il savait bien que c'était un jeu. Il ne s'y arrêtait pas. Il expliquait, détaillait et passait à autre chose. Il sentait bien qu'ils échangeaient de longs regards au-dessus de lui. Cela ne lui plaisait pas beaucoup, mais il faisait comme s'il ne remarquait pas. Il s'appliquait aux mots qu'il voulait dire pour que ne resurgisse pas le cataclysme dans lequel avait sombré le rêve qu'il s'était fait de l'instant où il retrouverait sa mère.

Samanta n'était pas parvenue à se décider. Retourner à la Joncheray et y retrouver François lui semblait au-dessus de ses forces. Par sa faute, elle le savait bien, les souvenirs de ses grands-parents et des jours merveilleux qu'elle avait vécus là dans son enfance seraient irrémédiablement brouillés, parasités, tant que François y habiterait.

De loin, depuis l'univers très « clean » qu'elle s'était reconstitué à Paris, les choses reprenaient leur ordre chronologique. Il y avait la Joncheray heureuse de ses jeunes années, et puis, distincte, différente, presque sans lien, il y avait celle, de souffrances, de peines, d'amertume et de colères, de ces quelques mois durant lesquels ils s'étaient aventurés, les uns et les autres, sur des chemins d'utopie pour lesquels ils n'étaient pas faits.

Curieusement, le souvenir d'Hervé y avait peu de place. Elle ne cherchait nullement à l'effacer. Simplement, pour elle, il était différent, ailleurs, peut-être trop beau et trop vite perdu pour pouvoir être confondu avec ces jours si noirs qu'elle répugnerait toujours à mettre les pieds à la Joncheray tant que François serait là pour les lui rappeler.

Et il avait fallu que ce soit là que Julien réapparaisse. Les raisons de son geste lui restaient un mystère. Il serait bien temps de chercher à comprendre lorsqu'elle l'aurait récupéré. Pour l'instant, l'urgent était de trouver le moyen d'y parvenir sans avoir à affronter ce passé dont jamais, dans son amertume, elle aurait pu imaginer que le gamin en garde une telle nostalgie. Car il fallait bien que le rêve de le retrouver soit solidement chevillé en lui pour qu'il ose se jeter dans une telle aventure.

Si les premières heures de sa disparition avaient été pour elle un vrai cauchemar, les messages qu'il avait eu la bonne idée de lui laisser très régulièrement sur son répondeur l'avaient vite dissuadée d'intervenir trop brutalement. Pour lui avoir peut-être trop rapidement laissé la bride sur le cou, elle savait son fils capable de se débrouiller tout seul.

Elle n'en avait d'ailleurs pas trop bonne conscience. S'était-elle jamais vraiment souciée de ce gamin ? L'avait-elle envisagé autrement que comme un obstacle à l'hyperactivité mondaine et professionnelle de son existence ? Elle avait la chance inouïe qu'il s'y soit fait et qu'il ait, peut-être par réaction, fait montre dès son plus jeune âge d'une rare capacité à s'organiser seul et à savoir vivre sereinement dans l'attente toujours paisible de ses retours. Elle s'en était évidemment trop facilement accommodée. Ce qui arrivait là n'était qu'un juste retour des choses. Elle ne pouvait s'en prendre qu'à elle-même. Elle eut la lucidité d'en convenir. Avec la conscience encore assez vague des belles résolutions qu'il lui faudrait bien prendre lorsqu'ils seraient réunis, elle avait assez culpabilisé pour se résoudre à vivre dans l'attente angoissée des messages de Julien jusqu'à ce que les fils puissent être renoués.

Elle ne s'attendait évidemment pas à ce qu'ils le soient ainsi ! Non seulement, en réapparaissant à la Joncheray, il lui jetait littéralement au visage toute une période de son existence sur laquelle elle s'obstinait, depuis des années, à maintenir l'obscurité totale d'un voile d'oubli, mais encore il fallait que ce soit au détour d'un de ses messages qu'Hervé resurgisse.

Par quel étonnant miracle s'était-il trouvé à rencontrer Julien ? Et comment avait-il pu faire le rapprochement ? Depuis que ses parents lui avaient sèchement répondu qu'ils ne savaient pas où était leur fils, l'envie de le retrouver était parfois revenue à Samanta. Ses tentatives, toujours aussi vaines, s'étaient faites de plus en plus rares, de moins en moins convaincantes. Elle n'avait pas vraiment renoncé. Elle s'était simplement laissée prendre par le cours de l'existence. Elle n'était pas du genre à vivre dans la vénération d'un souvenir... Chaotique et décousue, sa vie sentimentale l'avait entraînée sur bien d'autres chemins...

Et voilà qu'Hervé chargeait Julien de l'embrasser ! Samanta s'était étonnée de la violence de l'émotion qui l'avait saisie. Remettant à plus tard l'audition des autres messages recelés par son répondeur, elle s'était abandonnée à la caresse des souvenirs. À sa plus grande surprise, elle les retrouvait en elle intacts et toujours aussi chauds.

Ainsi envisagée, l'expédition pour aller récupérer Julien prenait un tout autre sens ! Pas un seul instant la jeune femme pensa se dissimuler qu'elle partait en fait au-devant d'Hervé. Cette idée la stimula. En s'aidant du Minitel, elle eut tôt fait de trouver son adresse. Elle hésita à l'appeler. Après tout, il n'était peut-être pas seul. François, selon ce que lui disait Julien, était bien marié et père de famille. Elle finit par estimer que c'était un risque à courir. Elle en serait quitte, au besoin, à jouer le rôle de la vieille copine qui passait par là en tout bien tout honneur !

Elle dormit mal, se leva tôt et ne se sentit libérée qu'en quittant le périphérique à la porte d'Orléans pour s'engager sur l'autoroute du Sud. Il n'était pas encore 11 heures lorsque, sur la place déjà écrasée de soleil d'un minuscule village somnolent, elle fut en droit de se demander qui interrogeait l'autre, d'elle ou d'un fort gaillard à la mine réjouie, qu'elle avait hélé depuis sa vitre ouverte. Il eut peu de peine à lui indiquer la grille de la maison d'Hervé, mais sut si bien, d'un seul regard, envisager tout, de la voiture, de ce qu'elle contenait et même de sa conductrice, que Samanta, un peu exaspérée, n'eut plus le moindre doute quant à la teneur des conversations, ce midi, à l'heure de l'apéro ! Pour un peu, elle se serait crue revenue au temps où leur communauté défrayait d'autant plus la chronique locale, à vingt ou vingt-cinq kilomètres de là, qu'ils prenaient un malin plaisir à en rajouter et à la provoquer.

En se garant à l'ombre des grands châtaigniers, elle s'efforça de chasser cette idée de son esprit. Si ça les amusait ! Il suffisait de ne pas en tenir compte, voilà tout. C'est alors seulement qu'elle prêta une attention suffisante à la maison qui s'élevait, au-delà des grands arbres, au milieu d'une cour gravillonnée que prolongeait une vaste pelouse impeccablement tondue. C'était donc là que vivait Hervé. Elle eut une moue admirative. Eh bien ! à s'en tenir aux apparences, il s'en était plutôt bien sorti, le petit Hervé ! Que pouvait-il bien faire, dans ce pays perdu, avec tous ses diplômes de gestion et d'économie ?

Son bagage à la main, elle poussa la grille, traversa la cour à grandes enjambées, contourna la maison. Une grande véranda agréablement ombragée s'ouvrait largement sur un somptueux paysage. Samanta apprécia. Elle alla frapper à la porte, elle aussi grande ouverte, d'une vaste salle de séjour carrelée de terre cuite blonde. On ne répondit pas. Elle insista. En vain. Perplexe, elle hésita quelques instants, puis, jugeant qu'elle venait d'assez loin, dans l'espace comme dans le temps, pour ne pas rester sur cet échec, elle se décida à poursuivre ses investigations. Il devait bien y avoir quelqu'un. On ne s'éloigne pas en laissant ainsi une maison ouverte à tous les vents.

Celle-ci se prolongeait par un bâtiment bas et long qui s'ouvrait sur la campagne par de larges fenêtres à châssis métalliques. On s'y activait. En s'approchant, elle entendit le bruit sourd et répété d'un maillet dont on usait à petits coups répétés. Elle risqua un œil au coin d'une vitre poussiéreuse et resta saisie d'étonnement. Juste devant elle, posées sur des billots de bois, s'alignaient de superbes formes. Certaines étaient encore à l'état brut, d'autres laissaient la lumière jouer sur les nuances blondes, rousses ou presque noires d'élancements à la surprenante élégance que les veines du bois semblaient draper. La plupart étaient de pures abstractions, mais il n'en était pas une dont n'émanait pas une idée de lascivité alanguie.

Plus loin, au-delà de toutes ces œuvres alignées, penché sur son travail, un homme en blouse grise fouillait méticuleusement de son ciseau une grande pièce de bois dressée devant lui. Il tournait le dos à Samanta mais elle ne douta pas, malgré la surprise d'une telle reconversion, qu'il ne s'agisse d'Hervé. Elle l'observa quelques instants. Il se redressa, dégagea de la main quelques copeaux, prit un peu de champ, se tourna légèrement. Très brièvement, elle le vit de profil. C'était bien lui. Un nœud se forma dans la gorge de la jeune femme. Elle frappa au carreau.

Hervé levait déjà son maillet pour reprendre son travail. Il s'immobilisa, tendit l'oreille. Elle cogna encore deux ou trois fois, de l'index replié, sur la vitre poussiéreuse. Il tourna lentement sur lui-même, à la recherche de l'origine de ce bruit inattendu. Enfin, il l'aperçut. Il fronça les sourcils. Il n'aimait pas qu'on vienne le déranger dans son atelier. Elle tenta un sourire et un petit geste aimable de la main qui ne parurent pas le dérider. Il posa ses outils et, sans se presser, en époussetant sa grande blouse grise, il vint vers la porte.

Luttant de toutes ses forces contre l'émotion qui continuait de lui barrer la gorge et qu'elle trouvait parfaitement ridicule, Samanta s'écarta légèrement et attendit, debout au milieu de l'allée gravillonnée, à trois pas de la porte. Elle s'entrouvrit. Hervé ne prit même pas la peine de sortir.

« Vous me cherchez ? demanda-t-il d'un ton sec.

– Ben… oui… »

Ce fut tout ce qu'elle trouva à dire. Il n'en fallait pourtant pas plus.

« Samanta ! »

Hervé avait jailli en pleine lumière et, stupéfait, se tenait planté devant elle sans trop savoir quelle contenance prendre. La fine poussière blonde du bois qu'il travaillait lui farinait la figure et lui faisait des cheveux et des sourcils poivre et sel. Cela lui allait bien. Elle fit un pas vers lui.

« Attends », dit-il.

Il redisparut dans son atelier et n'en ressortit que débarrassé de sa blouse informe.

« Samanta ! » répéta-t-il.

Cette fois, il vint résolument vers elle et la prit dans ses bras. Elle posa la tête sur son épaule comme on s'abandonne au repos après un trop long effort.

« C'est Julien... » dit-elle.

Sa voix parvint à Hervé étouffée par l'étoffe de sa chemisette dans laquelle elle avait enfoui le visage. Il eut un sourire extasié.

« Sacré Julien ! »

Elle rit en relevant sur lui un regard lumineux. Il y plongea le sien. Ils restèrent un long moment ainsi, dans le soleil, étonnés de tout ce qu'ils retrouvaient, intact, au plus profond d'eux, et qu'ils réveillaient au seul plaisir de croiser leurs enchantements. Puis, lentement, il se pencha sur elle et posa ses lèvres sur les siennes.

XVIII

Ça n'avait évidemment pas manqué. Avec pour point de mire la belle voiture immatriculée à Paris garée à l'ombre des châtaigniers, les propos avaient été égrillards, à la terrasse du café-tabac, à l'heure de l'apéritif !

« Il ne s'emmerde pas, le Hervé ! avait-on commenté après que le héros du moment, celui auprès de qui Samanta s'était renseignée, eut raconté par le menu, et peut-être plus encore, sa brève rencontre avec la jeune femme.

– C'est pourtant pas souvent que ça lui arrive, mais alors là dis donc !

– Pas souvent ? Jamais, tu veux dire. Depuis qu'il est là, tu lui en as connu une, toi ?

– Même qu'on aurait pu se poser des questions !

– Ben tiens, là, pour le coup, tes questions, elles l'ont, leur réponse ! Il nous a bien eus, le Hervé.

– Et puis alors, tu verrais la gonzesse… Et puis alors, sapée, il faut voir ! en rajoutait celui que le hasard d'un gosier trop sec avait fait se diriger vers le comptoir du café juste au bon moment. Pas n'importe qui, cette fille-là, moi, je te le dis. Et puis la bagnole. T'as vu la bagnole ?

– Moi, je l'ai toujours pensé. Ce mec-là, le Hervé, il ne nous a pas tout dit. Tu ne m'ôteras pas de la tête que ce n'est pas avec ses bouts de bois qui ne ressemblent à rien qu'il a pu se payer le château et tous les travaux qu'il y a faits.

– Remarque, les premiers temps, quand il est arrivé, ce n'était pas trop reluisant.

– C'est justement. Pourquoi tout d'un coup c'est le fric en veux-tu, en voilà ? Avec ses bouts de bois ? Tu y crois, toi ? Mon œil, oui. C'est trafic et compagnie, tout ça. Moi, je te le dis. »

Le silence qui s'établit était embarrassé. C'était qu'on l'aimait bien, tout de même, le Hervé qui payait si gentiment sa tournée à l'occasion et qui savait si bien parler avec les uns et les autres. Il n'était pas fier, ce petit gars-là. Alors, l'imaginer se perdant dans quelques-unes de ces sombres affaires dont les plus humbles se sentent toujours les victimes toutes désignées…

« Et puis, après tout, si ça l'arrange… Du moment que, nous, ça ne nous dérange pas. »

On ne sut jamais si ces propos d'un sage traitaient des opérations opaques suggérées par les uns ou de l'élégante visiteuse, objet de la gouaille des autres... Le sujet, à l'évidence, ne faisant plus l'unanimité, on préféra en changer.

« Et le Youssef ? lança quelqu'un. Ça fait une éternité qu'on ne l'a plus vu, celui-là.

– C'est pourtant vrai.

– Peut-être que depuis qu'il fait la bonne d'enfant, il a décidé de ne plus fumer ! »

On rit, mais sans trop. Que savait-on, au fond, du vieux bonhomme en dehors de ses habitudes ? Raison de plus pour qu'il n'en change pas. Déjà qu'il fallait gober qu'il héberge un enfant dans son gourbi, si, par-dessus le marché, il venait à échapper aux quelques rares bornes dont on devait se contenter pour jalonner son existence...

« Tu y crois, toi, à son histoire de petit-neveu ?

– Des fois ! Pourquoi pas ?

– Et depuis le temps, c'est la première fois ? Ça m'étonne, moi, tout de même.

– Alors quoi ? Il ne l'a tout de même pas enlevé, cet enfant-là ! Même qu'il a l'air d'être bien heureux, avec le Youssef.

– Tu ne m'ôteras pas de l'idée...

– Allons ! depuis combien ? quarante ans peut-être qu'il est dans le pays, et ce serait maintenant seulement qu'il se déciderait à faire un mauvais coup ?

– Est-ce qu'on sait ? »

Le soleil peut-être, l'étouffante chaleur qui écrasait le pays. La vieille méfiance, la peur du coup tordu qui, quoi qu'on fasse, ne sommeille jamais que d'un œil au cœur des hommes. Sait-on bien ce qu'il en est de ces gens qui ne sont pas d'ici, qu'on n'a pas vus grandir, qu'on veut différents à ce titre et à ce seul titre ?

« Marche, reprit tout de même celui qui avait endossé le rôle du modérateur nécessaire à la contradiction, il le sait bien, le Youssef, qu'il n'a pas intérêt à faire le mariole. Il sait qu'on l'aime bien, mais que ce n'est pas une raison. Il ne faut pas le faire plus bête qu'il n'est.

– Parce que, pour toi, il faut être bien malin pour vivre une vie comme la sienne ? À faire son foin à la main, à faucher avec des bœufs, à courir toutes les semaines au marché avec sa bourrique ! À quoi ça ressemble ?

– Si ça lui plaît… L'Alfred, il le faisait bien.

– Ah oui ! mais, l'Alfred, ce n'était pas la même chose. D'abord, c'était dans un autre temps. Et puis, l'Alfred, il était du pays, lui. »

L'irréfutable argument ! Être ou ne pas être du pays, tout est là ! Pierre angulaire de toutes les considérations, attendu incontournable de tous les jugements ; selon que l'on en est ou que l'on n'en est pas, tombent les sentences.

On en resta là pour cette fois. On avait tout le temps. Ainsi le ressac régulier des commentaires et des allusions reprenait-il indéfiniment, sur la grève de leurs péroraisons, les galets polis par l'usage des plus infimes événements. Inlassablement, il les roulait, à chacune des deux marées quotidiennes de l'apéro, au gré de leurs humeurs, de leurs peurs et de leurs maigres certitudes.

Les mêmes, aux mêmes places, sous l'auvent qu'on n'avait pas replié bien que le soleil s'en soit allé, reprenaient mollement les mêmes propos, plus occupés, pour une fois, à jouir enfin d'un semblant de fraîcheur, le soir venu, qu'à refaire le monde. La belle voiture immatriculée à Paris avait disparu de sous les châtaigniers d'Hervé. D'où on avait conclu que ces commentaires-là allaient devoir s'essouffler. Déjà, ils n'intervenaient plus que comme de lointaines réminiscences dont on alimentait une blague plus ou moins délicate, de temps à autre.

« Je te le dis, le Hervé, avec les femmes, il y a quelque chose qui cloche ! »

On voyait sa voiture, dans la cour du château. C'était donc nécessairement que la belle n'avait fait qu'un passage éclair et de peu de conséquence. Une fois posé qu'Hervé n'avait pas su la retenir, il n'y avait plus grand-chose à en dire. La journée avait été trop chaude, trop épuisante. On respectait une sorte de trêve de la médisance.

Tout le pays, d'ailleurs, semblait plongé dans la même apathie. Les derniers tracteurs étaient rentrés depuis longtemps. Les gazouillis prudents et un peu fatigués de quelques mésanges, dans les châtaigniers, étaient à peu près tout ce qui troublait le silence. L'heure était au repos.

« Et demain, ça recommence », lança tout de même quelqu'un d'une voix morne.

Tous les yeux se levèrent vers le coq du clocher qui, depuis des semaines, s'obstinait à indiquer le même vent d'est porteur de toute cette chaleur.

« À croire qu'il est bloqué. Attends que je prenne le fusil ! »

Le silence se serait refait, toujours aussi profond, presque déprimant, si un bruit de moteur n'était pas né, là-bas, vers l'entrée du pays. Personne ne bougea, mais l'attention se fit extrême, palpable.

Qui ? Ce n'était pas une voiture du pays. Elles étaient toutes rentrées. D'ailleurs, ça se savait qu'elle n'était pas d'ici, celle-là, rien qu'à la façon qu'elle avait de négocier le virage, derrière l'église. Elle parut, de l'autre côté de la place. Tous, d'un même geste, se redressèrent. Lentement, comme quelqu'un qui ne connaît pas, elle la contourna, passa au ras de la terrasse, juste sous leur nez, et alla se garer sous les châtaigniers, exactement à l'endroit qu'elle occupait le matin même.

« Oh !

– Tu as vu ça !

– La meilleure de l'année !

– Alors, celle-là, si je m'attendais…

– Quand je vous le disais que le Hervé…

– Qu'est-ce que tu nous parles d'Hervé ? Tu as vu qui est avec eux ?

– Ben oui. Et alors ? Qu'est-ce que ça change ?

– Son petit-neveu qu'il disait, le Youssef.

– Ça ne prouve rien. Ce gamin, il peut être le petit-neveu de Youssef et se promener avec Hervé. On le sait qu'ils sont plutôt copains, ces deux-là. Les étrangers ensemble, ça se connaît.

– Tu y crois, toi ? »

Aucun n'y croyait, bien sûr, mais il fallait que continue ce petit jeu de la contradiction pour que s'engrènent les rouages compliqués de l'interminable débat dont ils pressentaient qu'ils venaient de cueillir la précieuse matière. Ce n'était pas rien, une affaire comme celle-là. Il ne s'agissait pas de la gâcher. Ce qu'il en fallait de patience pour que ça se trouve !

« Attends voir qu'il se pointe, le Youssef. Il aura peut-être quelques explications à donner. »

XIX

DE LOIN, en se cachant derrière la voiture dont il venait de descendre, Julien observa autant qu'il le put la terrasse du café. Il n'y vit pas Youssef et en fut contrarié. Depuis que sa mère et Hervé l'avaient surpris au château, la pensée de son vieil ami ne le quittait plus et il mourait d'envie de le retrouver.

Il n'avait attaché que très peu d'importance à l'épisode, pourtant tendu, qu'ils avaient été obligés de vivre en passant à la Joncheray. Il fallait bien récupérer ses affaires et confirmer à François qu'il était enfin débarrassé de ce fardeau.

À en juger par sa retenue et l'évident parti pris qu'il afficha de ne faire montre d'aucune agressivité, il devait en être bigrement soulagé. Le face-à-face entre Samanta et Raymonde évita ainsi de tourner à l'affrontement direct, même si l'on sentait que l'une comme l'autre réprimaient à grand-peine la formidable envie qui les brûlait d'exprimer de pleines charretées de griefs.

L'intermède ne dura que quelques instants, le temps pour Julien d'enfourner à la hâte ses quelques affaires dans sa petite valise sous l'œil vigilant de Samanta qui trouvait ainsi le moyen d'échapper à la gêne de ne rien avoir à dire ni à François ni à sa femme. Avec un bref sourire triomphant, Julien prit tout de même le temps de brandir son téléphone portable sous le nez de sa mère avant de l'engloutir dans son bagage.

Hervé, tendu et inquiet, n'avait pas quitté la voiture. François fit ostensiblement celui qui ne le voyait pas.

« Ouf ! » fit Samanta en quittant la ferme.

Sur le siège arrière, Julien pensait déjà à Youssef. Durant tout le temps qu'il avait passé à la Joncheray, il n'avait évidemment pas oublié le vieux bonhomme, sa ferme et ses animaux, mais ses préoccupations étaient ailleurs. Parce qu'il était déçu par un accueil bien différent de celui dont il avait rêvé, mais aussi parce qu'il attendait sa mère, il s'était arc-bouté sur sa résolution de tenir bon. Il n'avait plus eu que cette idée en tête. Même le petit salon du château, qu'il avait été si heureux de retrouver, en lui offrant un refuge à ses rêves et à son goût de la solitude, n'avait été qu'un argument de plus à ériger contre l'indifférence glacée de Raymonde et de François.

Il lui était bien arrivé de s'abandonner à une pensée émue pour les heures lumineuses qu'il avait vécues chez le vieux Mzabite, mais cela n'avait été que passager. Il s'était vite repris. Se persuadant que viendrait sans trop tarder le jour où il retrouverait la petite ferme et son drôle de fermier, il s'était résolument concentré sur la gestion bien difficile, pour un gamin de dix ans, d'un quotidien plutôt sombre.

Il n'avait pas craqué. Sa mère avait un peu tardé à venir et leurs retrouvailles avaient été bien différentes de ce qu'il avait imaginé. Quelle importance ! En somme, il était assez fier de lui et de la façon dont il s'était débrouillé.

Le problème étant réglé, il pouvait se permettre de se tourner à nouveau vers ce qu'il aimait et ce qu'il désirait faire. Pour l'heure, pendant que la voiture roulait vers chez Hervé, cela n'avait qu'un nom : Youssef ! Il se pencha entre les deux sièges avant.

« Dis, demanda-t-il à Hervé, on ira chez Youssef ?

– Youssef ? C'est qui, ça ? » s'interposa Samanta.

Décidément, sa mère était incorrigible. Elle avait déjà oublié ! Julien, l'air las, commença par pousser un profond soupir. Il allait devoir répéter ce qu'il lui avait expliqué tant de fois dans ses messages téléphoniques et même encore tout à l'heure sur le canapé du salon. Hervé ne lui en laissa pas le temps.

« Tu sais bien : c'est le brave homme qui l'a récupéré et chez qui il a vécu quelques jours.

– Ah oui… »

Samanta n'avait pas l'air enthousiasmée. Julien pinça les lèvres et se recula légèrement. Il connaissait sa mère et savait combien il était risqué de s'opposer à elle. Elle était capable d'une obstination qui dépassait tout ce que l'on pouvait imaginer.

« Youssef… ce n'est pas un nom d'ici, ça ? » demanda-t-elle, avec un rien de méfiance dans la voix.

À l'instant même où il escomptait récolter tout le bénéfice des efforts et des contraintes qu'il avait su endurer, Julien, effaré, voyait à nouveau un mur se dresser devant lui.

« Ben oui, quoi, ne put-il s'empêcher d'exploser. Je te l'ai dit cent fois : il est mzabite, Youssef. Et après ? Ça ne l'empêche pas d'être le plus gentil.

– Mzabite ? C'est quoi, ça ? » récidiva Samanta.

Julien réprima juste à temps un nouveau soupir d'une telle violence que sa mère ne l'aurait certainement pas apprécié. Il aima pourtant qu'Hervé vole à son secours. Youssef aurait certainement eu à redire sur la définition qu'il donna du Mzab, mais là n'était pas l'essentiel.

« C'est vrai, ce que dit Julien, ajouta-t-il fort heureusement. C'est vraiment un brave homme. »

Il eut pourtant la fâcheuse idée de vouloir en rajouter :

« Un peu original, d'accord, un peu sauvage, mais un brave homme tout de même. Je crois que Julien a été heureux chez lui. Pas vrai, Julien ? »

Le gosse eut beau confirmer, s'enthousiasmer, raconter une fois encore, rien n'y fit. Samanta était déjà passée à autre chose. Elle n'avait retenu des propos d'Hervé que ce qu'elle avait voulu entendre. Que Youssef ait récupéré son fils en perdition et qu'il lui ait offert une hospitalité dont il gardait un si beau souvenir ne pesait rien face à l'évidence : on ne fréquente pas un original par ailleurs sauvage et de surcroît…

« Comment tu as dit ? Mza… quoi ? »

Le gamin était au désespoir. Sa mère ne l'avait pas retrouvé depuis deux heures qu'elle remettait ça. Il le savait bien que ce n'était pas par méchanceté. Elle était même convaincue d'agir pour le bien de son fils qui n'avait décidément pas un caractère facile et qui l'obligeait à le gendarmer ainsi à tout bout de champ… Il connaissait la chanson par cœur et savait d'expérience qu'elle n'en varierait pas.

« À ce sujet, reprit-elle sans autre à-propos que la peur dans laquelle elle vivait d'être dépassée par les idées étonnantes de son fils, tu vas me promettre quelque chose, Julien. Je ne t'ai rien dit pour ta fugue, note-le. J'aurais pu… Mais non, j'ai préféré passer l'éponge. Seulement, maintenant, tu vas me promettre de ne plus t'éloigner sans nous en avertir, Hervé ou moi. N'est-ce pas, Hervé ? »

Sans conviction, Hervé acquiesça. Julien lui en voulut de ce qu'il estima être la plus basse des lâchetés. De quoi il se mêlait, celui-là ? Tout ça pour pouvoir embrasser sa mère en douce… D'ailleurs, c'était grâce à qui qu'il l'avait retrouvée, sa mère ?

« Alors, Julien, tu promets ? J'attends. »

Avait-il le choix ?

« Oui, je promets. Ça te va ?

– Mieux que ça. Main tendue. »

Il faillit refuser. Elle passait les bornes.

« J'attends, Julien. »

Il la voyait qui le surveillait dans le rétroviseur. « Elle va nous mettre au fossé ! » pensa-t-il. Il tendit la main droite.

« Je promets de ne pas m'éloigner sans te demander ou demander à Hervé, récita-t-il.

– C'est bien », dit-elle.

Elle détourna les yeux du rétroviseur juste à temps pour ne pas voir le haussement d'épaules exaspéré du gamin. Hervé n'avait rien dit. Il les vit échanger un sourire béat qui mit le comble à la conviction qui s'ancrait en lui qu'une fois de plus, elle le mettait à l'écart. Une fois de plus, elle lui échappait. Il s'en voulut de lui avoir transmis la commission d'Hervé.

Si seulement Youssef avait eu la bonne idée de venir prendre l'apéro avec les autres, à la terrasse du café… Mais non, il n'y était pas. Il dut suivre Hervé et Samanta qui, main dans la main, traversaient la cour et contournaient la maison.

« Chouette baraque ! » estima Julien en posant sa petite valise à l'entrée de la véranda.

Dans la salle de séjour, Samanta se laissait aller au fond d'un profond fauteuil de cuir ivoire en poussant un « ouf ! » de soulagement.

« Oh ! que ça fait du bien d'arrêter un peu ! dit-elle. Et puis, ici, il fait moins chaud. On est bien, là. Elle est délicieuse, cette pièce. »

Hervé s'activait déjà à préparer l'apéritif. Il arborait un sourire satisfait que Julien trouva parfaitement niais. Sans un mot, il tendit un verre à Samanta. Elle huma délicatement.

« Bourbon, dit-elle. Tu te souviens de mes penchants ! »

Il avait l'air tellement content de lui que Julien préféra se détourner. D'ailleurs, personne n'avait pensé à lui proposer un jus de fruits, ou à la rigueur une grenadine, n'importe quoi pourvu que s'éteigne en lui cette pénible sensation d'être déjà oublié. Il n'existait plus. Ils n'avaient d'yeux que l'un pour l'autre et se souciaient comme d'une guigne de savoir si cela l'arrangeait ou pas.

Il retourna sous la véranda, que gagnait l'ombre du soir, et disparut dans un grand fauteuil de jardin qui tournait le dos à la salle de séjour. Ainsi pourraient-ils finir de l'oublier sans qu'il perde un mot de ce qui allait se dire…

Il y eut d'abord un grand silence, si long que Julien fut tenté de passer le nez au coin du fauteuil pour voir ce qu'ils faisaient. Rien d'autre, apparemment, que d'apprécier le calme de l'instant car il fallut encore que s'écoule un long moment avant que s'élève enfin la voix de Samanta.

« Avec tout ça, dit-elle, on n'a même pas eu le temps de parler. Tu ne m'as pas expliqué. Comment as-tu fait pour devenir sculpteur ? »

La question devait venir, mais, curieusement, elle parut ne satisfaire Hervé que très modérément. Il s'était installé dans le coin du canapé, en face de Samanta. Il prit le temps de se saisir de son verre et de déguster une gorgée du liquide ambré dans lequel barbotaient deux glaçons.

« Un hasard, dit-il enfin. Un type un peu bizarre que j'ai rencontré et qui m'a montré. »

Un peu court ! Samanta restait sur sa faim.

« Comme ça ! ironisa-t-elle. Un type un peu bizarre qui te montre et, hop ! l'économiste, le gestionnaire distingué qui se fait artiste ! C'était quand, ça ? Au fait, tu ne m'as même pas dit : tes examens, en fin de compte, tu as fini par les passer ? »

Il acquiesça d'un geste du menton.

« Oui, je les ai passés. J'ai tous mes diplômes. Même que ça fait un paquet. Mais ils ne m'ont jamais servi. »

Elle se contenta de lever un sourcil interrogateur.

« Plus le goût… tenta-t-il d'expliquer. Une sorte de profonde lassitude, la conviction que tout cela était bien présomptueux et ne servait pas à grand-chose.

– Ton père ?

– Il n'a pas apprécié, tu t'en doutes. Ma mère non plus d'ailleurs. Ils ont mis ça sur le compte de notre malheureuse expérience de communauté. J'ai laissé dire…

– Ce n'était pas ça ? »

Hervé hésita. Le regard qu'il posait sur la jeune femme se fit lourd.

« Disons pas que ça.

– Quoi d'autre ? »

Un léger sourire un peu mélancolique lui éclaira le visage.

« Tu le sais très bien.

– Pourquoi tu ne m'en as rien dit ?

– Tu n'aurais pas voulu entendre. »

Elle dut admettre mais préféra ne pas insister, pas encore.

« Et alors ?

– L'atmosphère devenait irrespirable à la maison. Je m'étais plus ou moins lié d'amitié avec quelques joyeux lurons assez proches des Beaux-Arts. Peu à peu, j'ai pris l'habitude de squatter chez eux. C'est comme ça qu'un beau soir l'un d'eux qui commençait à se faire un nom dans les arts plastiques m'a donné rendez-vous à son atelier. Je suis arrivé un peu en avance, ou c'est lui qui a voulu finir quelque chose, je ne sais plus très bien. D'ailleurs, ça n'a aucune importance. J'ai traîné dix minutes, un quart d'heure au plus au milieu des copeaux. Ça a été un vrai coup de foudre, une révélation. J'ai compris que c'était ma voie. Je le lui ai dit. Ça l'a amusé. Il a accepté que je vienne bricoler avec lui quelque temps. »

Il se tut, comme si tout à coup les mots à prononcer devenaient brûlants.

« Voilà, voulut-il conclure. Voilà comment je suis devenu sculpteur sur bois.

– Ici ? » demanda-t-elle.

Il baissa les yeux sur son verre qu'il triturait des deux mains.

« Oui, dit-il. C'était devenu vraiment invivable, chez moi. Ils m'ont coupé les vivres. J'étais décidé à aller jusqu'au bout. J'ai trouvé une vieille baraque dans le pays. »

Il eut un rire étouffé.

« J'y ai bouffé pas mal de vache enragée, mais enfin, je n'ai pas à me plaindre. Ça s'est mis à marcher encore assez vite.

– Pourquoi ici ? »

Il leva les yeux sur elle. Leurs regards s'affrontèrent. Il eut envie de bondir, de la prendre dans ses bras. Il eut envie de son corps contre le sien. Il eut envie d'elle. Elle le sut, bien sûr.

« Pourquoi ici ? » insista-t-elle.

Il faudrait donc aller jusqu'au bout des mots. Il s'obligea à détourner les yeux.

« Parce que tu étais tout près, admit-il.

– Je n'en ai même rien su. »

Il releva brusquement sur elle un regard soudain creusé de toutes ses vieilles souffrances.

« Parce que longtemps j'ai cru qu'il me suffirait de te savoir à proximité, parce que quand j'ai compris que jamais je ne m'en contenterais, il m'a fallu encore un temps infini pour oser. Quand je me suis décidé, quand j'ai pris quelques renseignements, j'ai appris que tu avais un enfant. Je suis retombé dans mes hésitations. Peut-être avais-tu trouvé l'équilibre, peut-être m'étais-je trompé, peut-être ne serais-je pas le bienvenu, peut-être n'avais-je pas le droit… Peut-être… Peut-être… Peut-être… J'ai laissé filer le temps. Et puis un beau jour… enfin, un jour, j'ai appris que tu étais partie.

– Alors, tu as renoncé ? »

Elle jouait au chat et à la souris avec lui. À coups de pattes rapides, elle baladait son désarroi comme elle l'entendait pour mieux préserver l'écran qu'elle tendait devant ce qu'avait été le sien.

« Non, reprit-il. Je n'ai pas renoncé. Je n'ai jamais renoncé. Je n'ai pas su où te chercher, ce n'est pas la même chose. Si peu d'indications, si fragiles... »

Il parut hésiter. Lentement, son regard se détourna.

« Et puis toujours cette idée que, au fond, ce qui s'était passé entre nous, cela n'avait peut-être été que... comment dire... quelque chose de passager...

– Une aventure, quoi ! » l'interrompit-elle.

Il eut l'air désolé. Comment pouvait-elle bafouer ainsi de si beaux souvenirs ?

« Non ! se défendit-il. Pas une aventure. Je n'aime pas cette idée. Je savais très bien que ce n'était pas une simple aventure. Mais tu pouvais tout de même avoir tourné la page, avoir trouvé mieux, ailleurs...

– Avec François...

– Pourquoi pas ? Vous viviez ensemble, après tout. Et puis il y avait cet enfant... »

Elle rectifia pour la forme.

« Nous ne vivions pas ensemble. Nous habitions la même maison, la mienne, d'ailleurs. Là non plus, ce n'est pas la même chose.

– Vu d'où je me trouvais… Et puis, pour les gens du pays, c'était tellement évident que vous viviez ensemble. Pour eux, tu étais même sa femme et Julien, son fils.

– Il ne faut pas écouter les gens du pays. »

C'est alors seulement qu'il réalisa à quel point elle était blême, défaite. Peu à peu, elle s'était comme recroquevillée au fond des coussins de son fauteuil. Elle y semblait toute petite, comme rabougrie, comme si l'âge, déjà, l'écrasait. Il s'en voulut de ne pas avoir compris avant.

« Et toi ? demanda-t-il simplement.

– Moi aussi, j'ai cherché. Moi aussi, j'ai fini par croire que tu avais tourné la page. Comment imaginer ? »

Il ne l'écoutait qu'à moitié. D'autres idées couraient en lui. Les questions de Samanta étaient un piège. À trop le faire parler de lui, elle avait réussi à l'empêcher de penser à elle, à l'enfant. Il avait fallu qu'il lise son émoi sur ses traits bouleversés. Il fronça les sourcils.

« Mais alors… » bredouilla-t-il.

Elle se redressa vivement, tout à coup tendue comme une corde. Allait-il enfin comprendre ?

« Julien ! » appela-t-il.

Le gamin somnolait. Ces histoires de grands, compliquées à souhait et auxquelles il n'entendait pas grand-chose, l'ennuyaient profondément. Il se redressa. Enfin, on se souvenait qu'il existait !

« Ouais ! grogna-t-il sans prendre la peine de bouger.

– Tu as quel âge ? »

Et c'était pour ça qu'on le dérangeait !

« Dix ans. »

Il se pelotonna à nouveau au fond de son fauteuil et reprit instantanément ses songes là où il les avait laissés.

Hervé calculait. Au comble du trouble, il refit deux fois le compte. Pouvait-il encore douter ?

« Alors ? » balbutia-t-il.

Les mains crispées sur les accoudoirs de son siège, Samanta jeta la tête en arrière et ferma les yeux. L'impression lui vint d'un but, d'une oasis, d'un lieu d'une grande douceur auquel elle abordait après de si longues errances…

« Oui, prononça-t-elle enfin très distinctement et sans se soucier de qui entendrait. Julien est ton fils. »

XX

« LE BONHEUR M'A QUITTÉ », décréta Youssef alors que Félicien trottinait sur le chemin du retour. Kicouillou, comme pour ne pas la laisser trop vide, s'était installé d'autorité à la place qu'occupait Julien avant qu'ils l'abandonnent dans cette ferme si peu accueillante.

« Tu es brave, lui dit Youssef en lui glissant une caresse tout au long de l'échine. Mais tu ne peux pas le remplacer. Qu'est-ce que tu veux, c'est comme ça ! »

Il se faisait des reproches, Youssef. Il n'aurait pas dû. Il aurait fallu qu'il soit plus ferme, plus clair, qu'il ouvre les yeux au gamin, qu'il lui fasse voir qu'il n'était évidemment pas le bienvenu. Il aurait fallu qu'ils repartent ensemble. Il pouvait bien rester encore quelques jours chez lui, le Julien. Après un coup comme ça, sûr qu'il aurait accepté de prévenir sa mère. Et tout se serait arrangé. Au lieu de quoi…

Le moyen de faire autrement ? Il était quoi, lui, le pauvre Youssef avec sa bourrique, face à ce grand type qui jouait les importants ? Il n'était pas du même monde, celui-là. Trop arrogant, trop sûr de lui. Et sa femme, sur les marches de la maison ! « Vieux, tenta-t-il de s'en amuser, avec un gouvernement pareil, ça ne doit pas rigoler tous les jours, là-dedans ! »

Oui mais, ce pauvre Julien pris entre ces deux-là... Il en frémissait de crainte pour ce gamin auquel il s'était tellement attaché. Si seulement il avait su comment faire, il se serait renseigné, il se serait tenu à l'affût, prêt à intervenir si tout ça tournait mal. Mais il ne connaissait personne, dans ce pays-là. Qui lui dirait ? Revenir de temps en temps ? C'est que ça faisait un fameux bout de chemin. Il s'y serait résigné sans hésitation si cela avait pu être une solution, mais il savait bien que ce n'était pas à lui, le modeste Youssef, qu'on confierait les problèmes, si problèmes il y avait. À venir s'en mêler sans droit, il ne ferait qu'embrouiller les choses.

Et voilà que, bêtement, avec toute cette inquiétude qui le minait, il regagnait seul sa ferme. Il n'était pourtant pas bien haut, ce petit bonhomme, mais alors, c'était qu'il en avait pris, de la place ! Comment faire, maintenant, pour être encore heureux sans lui ? Il le savait bien, Youssef, que jamais plus il parviendrait à combler ce vide creusé dans sa solitude. Il s'en était si bien accommodé durant tant d'années. Il avait même trouvé une sorte de réel bonheur à vivre comme il l'entendait, sans avoir de comptes à rendre à qui que ce soit. Il ne le retrouverait évidemment pas, ce bonheur-là, car toujours il serait incomplet, écorné par l'absence de Julien.

Lorsqu'il atteignit enfin sa ferme, il avait tellement remué toutes ces sombres idées, il s'inquiétait tellement pour Julien et souffrait tant de son absence qu'il en était venu à penser que ce n'était pas seulement le bonheur qui l'avait quitté. « C'est le malheur, se persuadait-il, qui m'a rattrapé... »

Il fallut pourtant que la vie reprenne. Il s'occupa de ses animaux puis, pour ne pas céder aux idées sombres, il poussa jusqu'au petit champ de seigle qu'il entretenait non loin de la ferme. Il y avait là juste de quoi améliorer quelque peu la ration de ses bêtes durant l'hiver. Jusque-là, l'année avait été plutôt favorable. Le seigle avait bien levé sans que trop de mauvaises herbes viennent le concurrencer. Il est vrai que Youssef avait fait le nécessaire en ne ménageant pas sa peine ni celle de ses bœufs. Profitant d'un automne clément, il avait travaillé la terre avec obstination. Dans tous les sens, à la griffe, au rouleau et à la herse, il était repassé inlassablement. Il avait ainsi obtenu un grain si fin et si léger qu'aucune racine de chiendent ou d'autres adventices n'avait pu échapper à son attention lorsqu'il avait parcouru le champ méticuleusement, un sac à la main, pour en ramasser jusqu'à la moindre particule.

Il ne cachait d'ailleurs pas sa satisfaction lorsque ses yeux se posaient sur le résultat de tout ce travail. Il n'était pas bien grand, son champ de seigle, mais il faisait plaisir à voir. Lourds et serrés, les épis, sur leurs hautes tiges, ondulaient à la moindre brise avec une sorte d'élégance voluptueuse qui faisait penser au vieil homme au balancement des hanches d'une femme !

Il détacha précautionneusement un épi qu'il frotta énergiquement entre ses deux paumes. Il ôta les barbions, souffla doucement sur les balles qui jaillirent de sa main largement ouverte et scintillèrent brièvement dans le soleil avant de s'éparpiller sur le sol. Le grain était comme il l'aimait, bien rond, dru, presque joufflu. Il en prit un, le porta à sa bouche, croqua. Il résista.

« C'est bon, se dit Youssef. On va pouvoir s'y mettre. »

Il en ressentit un profond soulagement. Sa moisson était bien sûr modeste, mais il la faisait seul, comme les foins. Elle allait l'occuper au moins aussi longtemps. Ensuite, il faudrait battre. Autant de temps pendant lequel il aurait autre chose à faire que de penser…

Dès le lendemain, il attela ses bœufs à la faucheuse. Par précaution, bien que le temps ne soit pas menaçant, il n'en coupa pas plus du quart. Puis il se mit à botteler. On riait, dans le pays, de le voir faire encore ce travail à la main, à l'aide de liens de paille préparés à l'avance, alors qu'on entendait un peu partout le grondement sourd des moissonneuses-batteuses. Youssef n'en avait cure. Pas plus qu'Alfred avant lui, il n'avait jamais dépendu de personne et ce n'était pas à son âge qu'il allait s'y mettre. D'ailleurs, y seraient-elles seulement entrées, leurs machines monstrueuses, dans son petit champ en forme de mouchoir de poche ?

Il lui fallut tout de même près d'une semaine pour venir à bout de ce travail. Dressée par dix bottes, sur l'éteule, la dernière coiffant les neuf autres, les épis en bas, comme un chaume sur lequel la pluie, si elle était survenue, aurait glissé sans autre dommage, sa récolte avait belle allure. Il se complut à l'admirer, mais pas trop longtemps.

Le ciel restait invariablement d'azur et le vent, bien orienté à l'est, garantissait ce qu'il fallait encore de belles journées pour que tout puisse être rentré à l'abri de la grange sans qu'il y ait à se précipiter. Mais Youssef se sentait incapable de la moindre inactivité. Aussitôt, son esprit filait vers Julien. Où était-il ? Que faisait-il ? N'était-il pas trop malheureux ? Pensait-il à lui ? Et sa mère ? Était-elle venue le chercher ? Il n'en pouvait plus de toutes ces questions qui le harcelaient sans qu'il puisse leur trouver l'ombre du début d'une réponse.

L'idée lui était bien venue d'aller parler de tout ça à Hervé. Il semblait bien au courant, le Hervé. Peut-être… mais il n'osa pas. Que penserait de ses questions cet homme étrange dont on ne savait pas trop ce qu'il faisait et qui, surtout, était si différent d'eux ? Bien sûr, il avait été aimable et même gentil avec Youssef quand il avait compris qui était Julien. Il aurait pu compliquer les choses, lui faire des reproches. Il n'en avait rien été, mais Youssef avait senti qu'Hervé ne lui disait pas tout et celui-ci ne lui avait pas caché qu'il était loin d'être en bons termes avec ce François Trichot. Trop d'ombres, trop d'inconnues, trop de sous-entendus, Youssef préféra garder son souci pour lui.

Il ne prit même pas le temps d'aller chercher au pays sa ration hebdomadaire de tabac. Il en acheta deux paquets à la ville, lorsqu'il descendit au marché. Ce fut d'ailleurs pour lui un moment sans joie. Il eut beau faire, il ne parvint pas à retrouver le plaisir simple qu'il prenait ordinairement à ces expéditions qui étaient sa façon de ne pas s'encroûter totalement dans sa solitude.

Tout au long de la matinée, l'obsession le poursuivit d'un manque, d'un vide près de lui. Il en vint à soupçonner les « Salut Youssef ! », que lui lançaient les uns et les autres, de mille dissimulations. Ils étaient au courant, bien sûr. À la campagne, tout se sait. Ils faisaient mine, comme ça, en apparence, d'être aimables, mais ils le surveillaient, ils le tenaient au coin de l'œil. Ils n'attendaient que l'occasion pour fondre sur lui, lui reprocher ses mensonges, le rendre responsable, qui sait, de ce qui était peut-être arrivé à Julien.

Il avait été si mal accueilli, ce pauvre gamin. Comment tout cela avait bien pu tourner ? Il était le seul à ne pas savoir, bien sûr. Il se persuadait que tous ceux-là qui lui lançaient de sonores bonjours étaient au courant. Ils savaient, eux. Leur amabilité n'était qu'un moyen de plus de le persécuter.

Il avait pourtant tellement aimé cette jovialité sans fard. Sur le marché dont il était devenu, à la longue, un personnage incontournable, elle lui conférait une sorte d'importance dont il était bien incapable de tirer quelque vanité que ce soit. Elle lui indiquait juste qu'il existait encore. C'était le bonheur simple de cette espèce de chaleur qu'il était venu chercher, semaine après semaine, sur ce marché.

Et voilà qu'elle se retournait contre lui. Pas un instant il ne parvint à se persuader que ce n'était que dans sa tête que tout avait changé. La mine revêche, il fit ses courses le plus rapidement possible.

« Vrai, le Youssef, il n'a pas l'air commode, ce matin ! lui lança même un forain. C'est donc qu'il y a quelque chose qui ne va pas comme tu veux ? »

Il eut beau compatir, tenter d'être aimable, rien n'y fit. Youssef ne desserra pas les dents. Il fila aussi vite qu'il le put. Il savait bien qu'il suffirait d'un questionneur, d'un seul qui en vienne à oser les allusions qu'il redoutait pour que ce soit la curée, pour que tous les autres se précipitent et crient avec les loups.

Personne, ce jour-là en tout cas, ne les avait en tête, ces questions que Youssef craignait tant. Il aurait pu s'en convaincre, mais la panique était en lui. Elle le déboussolait totalement. Il se crut perdu lorsque, d'un groupe dans lequel il reconnut quelques têtes du village, on l'interpella :

« Alors, Youssef ? Et le petit-neveu, il est reparti ? »

En grimaçant un sourire, il bredouilla une vague confirmation et s'empressa de se perdre dans la foule.

Il n'était plus capable de répondre à autre chose qu'à ses impulsions désordonnées. Sa solitude devenait le pire de ses tourments. Jusque-là, il était seul avec lui-même et s'en était toujours fort bien accommodé. Sans autre vraie raison que celles qu'il s'était mises en tête, il se retrouvait tout à coup seul face aux autres. Et rien n'aurait pu le faire revenir de l'idée qu'ils lui étaient tous hostiles.

Revenir vers Félicien et sa charrette aurait pu être un soulagement. Bien sûr, il ne put éviter que s'impose à lui l'image du gosse qu'il avait trouvé, à quelques semaines de là, racontant ses misères à l'oreille de l'âne. Il repartit malheureux et, durant tout le chemin encore, ne fit que ressasser ses souvenirs de ce voyage avec, à ses côtés, ce gamin dont il ne savait pas encore qu'il allait lui manger sa vie.

Comme il l'avait fait le premier jour avec Julien, il évita soigneusement le village et, rentré chez lui, se jeta à nouveau dans son travail. Au moins lui occupait-il assez les bras et l'esprit pour lui éviter de tourner en rond au milieu de ses obsessions.

Rentrer sa récolte de seigle, en chargeant et déchargeant seul le tombereau que tiraient ses bœufs, lui demanda encore deux jours. Ceci étant fait, rien ne l'aurait empêché, comme il le faisait les autres années, de s'accorder un peu de répit avant de s'attaquer au battage. Il n'en eut même pas l'idée. Il dégagea l'aire de la grange, la balaya soigneusement et y déploya une grande bâche de forte toile grise qu'il réservait à cet usage. Du haut de son fenil, dont le seigle atteignait presque la poutre maîtresse, il y jeta le premier lot de bottes. Il les dénoua, les étendit en une couche épaisse et régulière, les épis vers lui, et le bruit mat et régulier du fléau commença de couvrir, dans le cœur de Youssef, celui de sa peine.

Il ne s'éteignait, à espaces réguliers, que pour lui laisser le temps d'évacuer la paille désormais veuve de ses épis. Il nettoyait soigneusement le grain et la balle, qu'il rassemblait au milieu de la bâche en les balayant. Puis il vannait, dans un grand nuage de poussière dorée. Avant de verser soigneusement le grain dans des sacs de jute, il s'assurait longuement qu'il n'y restait pas la moindre impureté. De son balai, il poussait la balle hors de la bâche, le long du mur de la grange. Il remontait sur son fenil, rechargeait son aire de battage et reprenait inlassablement sa rude besogne sans qu'un seul instant ne s'éteigne en lui son grand regret : « Ah ! si Julien avait vu ça ! »

De tous ces jours, l'idée d'aller jusqu'au pays ne l'effleura même pas. Ce n'était pas une fuite. Il savait bien qu'à un moment ou à un autre, il lui faudrait affronter ceux à qui il avait menti. Qu'ils aient découvert ou non le pot aux roses lui importait peu. Lui savait et cela suffisait à son tourment. Ce qui le tenait éloigné du village, pour l'instant, était d'une tout autre nature. Il voulait à toute force retrouver en lui ce simple plaisir de la solitude, non pas vis-à-vis des autres, mais tout bonnement de lui-même, au milieu de ses animaux et dans le cadre tant aimé de sa petite ferme.

Rien d'autre que le travail pouvait lui rendre ce bonheur et le tenir à bonne distance des sombres pensées que la moindre inaction réveillait en lui. Sitôt le battage terminé, et bien que l'incessant usage du fléau et du van lui ait occasionné de violentes douleurs dans les épaules, il décida qu'il n'était que temps de s'atteler au déchaumage de son champ de seigle et de quelques autres parcelles déjà récoltées.

Ordinairement, il ne s'attaquait à ces travaux d'automne qu'après l'arrachage et le ramassage de ses pommes de terre. Celles-ci n'étaient pas encore mûres. Elles pouvaient encore attendre près de deux semaines. L'idée de prendre du bon temps et d'occuper ces jours de semi-liberté à tous les petits travaux délaissés pendant les foins et la moisson, comme il l'avait fait durant des années et comme Alfred le faisait avant lui, ne lui convint pas. Il fallut qu'il se jette dans d'autres tâches assez lourdes pour qu'elles l'occupent longtemps et étouffent en lui la douleur de l'absence de Julien et de toutes les scories laissées dans son esprit.

L'été continuait d'être particulièrement sec. La terre n'était qu'un bloc figé et hostile qui commença par opposer une redoutable résistance à la pénétration des griffes de sa déchaumeuse. C'était une machine très ancienne, constituée d'un lourd châssis triangulaire en bois que portait une roue unique à l'avant et que prolongeaient à l'arrière deux mancherons qui servaient aussi bien, sans autre aide qu'une force physique considérable, à enterrer l'outil qu'à le relever.

Youssef s'obstina. Il pesa de tout son poids sur les mancherons et donna, par-dessus le marché, un terrible coup de reins pour augmenter encore la pression sur les étroites lames d'acier qui griffaient la terre sans parvenir à l'éclater suffisamment. Il dut s'y reprendre à plusieurs reprises pour que, enfin, le chaume commence à se soulever et à dévoiler ses racines. Mais il ne fallait surtout pas relâcher l'effort. S'il cessait l'espace d'un instant, les griffes remontaient et tout était à refaire.

Il ne voulut rien entendre et n'admit de reprendre son souffle et de laisser s'estomper les terribles élancements qui lui déchiraient les épaules qu'en atteignant le bout du champ. Il resta un long moment plié en deux sur un des mancherons de sa déchaumeuse, les joues en feu et des flammèches dansant devant les yeux. Quand il se redressa, une farouche détermination brillait dans son regard. Non, décidément, il ne renoncerait pas. Il alla fouiller dans la haie jusqu'à ce qu'il trouve une pierre à sa convenance. Il la fallait assez courte pour pouvoir être attachée à l'arrière du bâti, entre les mancherons, et suffisamment lourde pour lui apporter une aide significative.

Quand il l'estima convenablement arrimée, il fit tourner ses bœufs et les engagea à nouveau sur l'éteule. Les dents de la déchaumeuse ne pénétrèrent guère mieux dans la terre trop sèche. Youssef dut encore fournir un effort démesuré pour y parvenir, mais l'aide de la pierre devint plus appréciable dès qu'il ne s'agit plus que de les maintenir correctement enterrées.

Il tint bon. Lorsqu'il fut venu à bout d'un premier passage, il entreprit aussitôt de recommencer en prenant son champ par le travers. Certes, ainsi travaillées et mises à l'air, les racines allaient sécher. Elles ne risquaient pas de se réinstaller et de pousser de nouvelles tiges lorsque la pluie reviendrait.

Il lui fallut pourtant se résoudre à attendre celle-ci pour se mettre à ses labours. Ce ne fut pas faute d'avoir essayé, mais l'effort demandé à ses bœufs fut tel que ceux-ci, surpris, s'arrêtèrent. Il les encouragea de la voix. Les deux puissantes bêtes pesèrent de tout leur poids sur le joug. Cette fois, ce fut Youssef qui dut les arrêter. Il craignit que l'âme de sa charrue ne résiste pas.

Bien que ce soit là un travail d'hiver qu'on entreprend ordinairement à temps perdu et en profitant de l'absence de feuillages, il se rabattit sur les haies à tailler. Suant à grosses gouttes, il traînait à longueur de journée sur le feu qu'il allumait à proximité, les branches de frênes, d'aulnes et de noisetiers qu'il abattait des coups adroits de son croissant. Gorgé de sève, ce petit bois brûlait mal. Il lui fallait sans cesse relancer les flammes, pousser vers les braises les perches à demi consumées qui se seraient éteintes s'il n'y avait pris garde.

La chaleur du foyer, qui est un des charmes de ce travail lorsqu'on l'effectue par temps de gel, en s'ajoutant à celle presque caniculaire de cet été qui n'en finissait pas de le cuire, devenait intolérable. Il n'en eut cure. Sans même que l'idée lui en vînt clairement, il agissait comme s'il était à la recherche d'une sorte de curieuse rédemption. Les travaux dans lesquels il se jetait à corps perdu n'avaient pourtant rien que de très ordinaire.

On l'aurait bien étonné en lui parlant de masochisme. Sa démarche expiatoire n'était ni volontaire ni même délibérée. Simplement, il omettait de tenir compte du bon sens qui voulait qu'on ne se mette pas à déchaumer quand il fait trop sec ou à couper les haies quand il fait trop chaud.

Sans se l'avouer, il s'acharnait à ces travaux hors de saison avec pour seul objectif d'atteindre le jour où il pourrait se mettre à l'arrachage et au ramassage de ses pommes de terre. Comme la fenaison ou la moisson, c'était une des grandes dates de l'année. Il pourrait en toute quiétude y consacrer tout le temps nécessaire et peut-être même plus. C'était autant qui lui permettrait de repousser encore et toujours le moment où, inévitablement, il ne pourrait plus différer de se confronter à ses angoisses et au terrible vide laissé par le gamin.

Pouvait-il prévoir que « le camion » annoncerait son passage, cette année-là, avec plus d'un mois d'avance ? Et comment se permettre d'ignorer ce moment essentiel quand, durant toute une année, on a soigneusement noté toutes les bricoles, tous les petits outils, les vis, les clous, les prises électriques et les ampoules que seuls proposent encore ces marchands ambulants, depuis qu'ont disparu à tout jamais les droguistes et les quincailliers de village ?

Il avait trouvé le petit catalogue habituel glissé sous sa porte par le facteur. Il rentrait de ses prés où se consumait encore tout ce qu'il avait tiré de ses haies ce matin-là. La fraîcheur de la maison lui fit du bien. La petite brochure en main, il se laissa tomber sur le banc. Il la posa bien à plat devant lui, au coin de la table, et attendit que ses yeux se soient faits à l'ombre régnant dans la pièce pour en commencer la lecture.

Ce n'était pas tous les jours que le facteur prenait le chemin de sa ferme. Quand il avait à le faire, c'était, pour Youssef, une sorte d'événement. Le moindre pli était soigneusement détaillé même si, comme c'était le plus souvent le cas, il ne s'agissait que d'une publicité.

Lorsqu'il estima y voir assez clair pour entreprendre l'examen détaillé de toutes les merveilles étalées complaisamment au fil des pages hautes en couleur, la première chose qu'il remarqua fut bien sûr la date et les horaires à ne surtout pas manquer si l'on voulait profiter de l'occasion. Il en resta bouche bée. Avait-on idée de changer ainsi, sans raison apparente, de bonnes vieilles habitudes ancrées depuis des années dans les calendriers locaux ?

Il allait donc falloir qu'il se rende au village. Il fit la grimace. C'était inévitable, il le savait bien. On s'étonnerait de ne pas le voir participer au rassemblement que provoquait toujours le passage du camion. Plus sûrement encore, il se persuadait, à tort ou à raison, qu'il y en aurait quelques-uns pour en déduire qu'il se dérobait. Il était piégé. C'était du moins ce qu'il ressentait.

Il ne retourna pas à la taille de ses haies. Il alla voir ses pommes de terre qui allaient être bonnes à récolter. Il revint chez lui et se laissa à nouveau tomber sur le banc en face du catalogue resté ouvert sur la table. Il s'y tint longtemps, parfaitement immobile, les épaules basses, le regard sombre posé sur la double page des clefs et des tournevis dont il n'avait évidemment que faire, mais qu'il ne voyait pas.

Puis il se redressa. Sa résolution était prise. Puisque de toute façon il fallait y aller, pourquoi attendre ? Pourquoi rester là à se morfondre cinq jours encore avant que n'arrive ce satané camion ? Dès demain, il attellerait Félicien et irait jusqu'au pays, à l'heure de l'apéro.

XXI

QUE LES CHANGEMENTS intervenus dans l'existence quotidienne du « château » aient été d'ordre strictement privé n'y changeait rien. Dans la torpeur et l'ennui de ces jours d'été où rien d'autre ne se passait que l'enchaînement monotone de l'ordinaire, le séjour qui se prolongeait, chez Hervé, de la belle voiture immatriculée à Paris avait très vite fait l'effet d'une rafraîchissante bourrasque. On faisait et refaisait soigneusement le compte de tous les tenants et aboutissants. On escomptait déjà avec gourmandise les chances qu'elle avait de tourner à la véritable tempête. On rêvait sans trop le montrer des jours où l'on pourrait s'en repaître.

Un événement pareil, c'était tout pain bénit ! C'était des mois et des mois sans avoir à se creuser la cervelle, soirée après soirée, pour trouver quoi dire ! Pensez donc !

D'abord, il y avait le Hervé qui avait si bien caché son jeu. Même que, à en croire le beau-frère du cousin d'un gars du pays qui habitait là-bas, ce n'était pas qu'ils avaient laissé que des bons souvenirs, tous ceux-là, qui s'étaient installés en communauté, voici une bonne dizaine d'années, à la ferme de la Joncheray. Sûr qu'on se souvenait d'eux ! Surtout d'elle, cette belle femme dont on savait très bien qu'elle était la petite-fille du dernier qui avait tenu cette ferme-là. Si on avait pensé, avec un grand-père brave homme comme il était, qu'elle tournerait comme ça et qu'elle amènerait au pays une pareille bande de va-nu-pieds !

Et ce gamin ! petit-neveu du Youssef ? Où c'est que vous avez vu ça ? Fils au François Trichot, oui. En tous les cas, il l'appelait « papa ». Demandez donc à la femme du beau-frère du cousin. Elle s'en souvient bien, quand il venait le chercher, le François, à l'école maternelle. Parce que, le Julien, il y est allé, à l'école du pays. Un gentil petit gars. Tout le monde l'aimait bien, ce gamin-là. Et puis, un beau jour, pfuitt ! disparu, et celle qu'on appelait la femme au François avec. Depuis, plus de nouvelles.

Alors, votre petit-neveu au Youssef, vous repasserez ! Et ce Youssef, pendant qu'on en parle ! Encore un drôle d'oiseau, celui-là. Qu'est-ce que c'est que cette histoire de chèvres que François Trichot lui aurait achetées sans le payer ? Sûr que le François, ce n'est pas un personnage qu'on aime trop avoir à fréquenter. Il est fier cet homme-là, et puis, est-ce qu'on sait seulement d'où il sort ? Par contre, depuis qu'il est seul, qu'il n'a plus cette bande de bras cassés autour de lui, et puis surtout depuis qu'il a marié la Raymonde, une fille du pays, elle, il n'y a pas à en revenir, son affaire, il s'en occupe et elle tourne. Ses chèvres, d'abord, il les fait naître chez lui. Même plus de bouc : l'insémination artificielle… Chacun ses choix. Déjà, élever des chèvres… Enfin, il fallait être honnête, son troupeau, rien que des bêtes de bonne origine, pas des biques comme celles de votre Youssef…

Des nouvelles comme ça, d'abord, elles avaient fait l'effet d'une douche froide. Est-ce qu'on pouvait savoir ? À qui se fier ? Youssef ! si on avait pu penser…

Avait-on l'air malin, devant le beau-frère du cousin et tous les autres, d'avoir gobé des histoires comme celle-là ? On en était tout penaud et, pour dire vrai, on n'aimait pas ça ! Par un incontournable effet de ricochet, il allait bien falloir qu'en subissent les conséquences ceux sur le compte desquels on s'était mépris et par la faute desquels on avait l'air un peu ballot…

Pas le gamin, bien sûr. Pauvre gosse, qu'est-ce qu'il y pouvait ? Ce n'était pas de sa faute s'il avait des parents comme ça, des pas comme les autres, des marginaux, quoi ! Pas la belle dame de Paris.

Inaccessibles, intouchables des gens pareils. Le Hervé, à la rigueur, encore qu'on n'avait pas beaucoup de prise. Qu'est-ce que ça lui faisait, à l'artiste, qu'on parle dans son dos ? Il était si loin de tout ça ! Et puis, de toute façon, allez donc lui faire un reproche quand il vient payer sa tournée. La prochaine fois que ça arriverait, vrai, les sourires seraient encore plus larges que par le passé. C'était peut-être d'ailleurs là qu'il fallait se méfier. À force d'être trop aimable, on pourrait bien finir par lui mettre la puce à l'oreille !

Restait Youssef. Et là, c'était autre chose. Les affaires devenaient sérieuses. On ne rigolait plus. Les autres, après tout, ils n'avaient fait qu'agir bizarrement. D'accord, ils s'étaient conduits d'une drôle de façon, ils avaient choqué, mais, après tout, ils étaient faits comme ça. Peut-on en attendre plus d'étrangers ? Ils n'avaient pas cherché à dissimuler ce qu'ils étaient réellement. Ils n'avaient rien raconté qui puisse induire les gens en erreur. D'ailleurs, c'était moins par eux-mêmes qu'ils étaient différents que par leurs origines. Des gens de la ville, que voulez-vous ! Et puis, peut-être bien aussi – mais ça, l'un va avec l'autre – des enfants de bourgeois, qui n'ont même jamais eu à demander. Ça leur est tombé tout cuit.

Des choses qui se constatent, dont on parle comme ça, pour dire, mais qu'on ne reproche pas vraiment tant qu'ils restent entre eux. Comme une vieille réminiscence du temps pas si lointain où on portait chapeau bas à « notre bon maître » quand on le croisait, et où on n'en finissait pas, dès qu'il avait tourné ses guêtres, de jacasser sur la façon qu'ils avaient de se tenir, ces grands messieurs et ces dames du château…

Que pouvait-on y changer ? Ceux-là étaient intouchables. Alors que le Youssef… Non mais, attendez voir… C'était qu'il n'était pas d'ici, celui-là. C'était que ça changeait tout. Savait-on seulement d'où il sortait et comment il avait abouti là ? Ah oui ! le camp des harkis… Qui s'en souvenait ? Ça avait existé, sûr, mais en dire plus… Et puis d'ailleurs, est-ce que c'était une excuse ?

Depuis le temps, on avait été bien bon. C'était vrai, quoi, s'il était là, c'était qu'on le voulait bien. Il ne fallait peut-être pas l'oublier trop vite. Comment il s'y était pris pour rester après la mort de l'Alfred et de la Clémence, ça, c'était leur affaire. Encore que… Après tout, c'était aussi les affaires du pays. On avait son mot à dire. Et puis, on avait été brave avec lui. Depuis tant d'années qu'on le tolérait.

Au fait, pourquoi donc ? Pourquoi on le tolérait ? Il suffisait de voir. On lui faisait confiance, on ne se mêlait pas de ses affaires, on était plutôt aimable avec lui, on allait même jusqu'à lui payer un coup à boire de temps à autre, et voilà comment il remerciait ! Il fallait bien que, tout ça, ça se détraque un jour ou l'autre. On a beau faire, on a beau vouloir être brave, quand ça doit arriver...

« Je le savais bien, que ça devait arriver ! clamait-on facilement, à l'heure de l'apéro. Je l'avais bien dit. »

Personne, à vrai dire, ne se souvenait d'avoir entendu. Mais quelle importance ?

« Attends. Faut voir, tentaient de tempérer quelques voix plus conciliantes. Est-ce qu'on sait le pourquoi de tout ça ? Depuis le temps, il n'était pas comme ça, le Youssef.

– Qu'est-ce que tu en sais ? Cette fois, on le prend. Mais qui te dit qu'il ne nous a pas tant et plus roulés dans la farine ? Moi, je te le dis, il n'y a rien à attendre de gars comme ça. Mais attends, si on se laisse faire, bientôt on ne sera plus maîtres chez nous ! »

Au rythme des tournées, le ton montait. Chaque jour ou presque, c'était la même rengaine. Pour la forme, les premiers arrivés se renseignaient.

« Alors, le Youssef ? Pas vu ? »

Eh non ! on n'avait pas vu Youssef.

« Quand je te le disais. Il n'ose plus sortir de son trou. Si ça tombe, il se prive de fumer rien que pour ça. C'est bien une preuve, non ? »

Il y en avait toujours un pour proposer la même extrémité.

« Un jour, il faudra qu'on se décide. Il faudra qu'on aille l'y chercher, dans sa cagna ! »

L'envie, la vieille envie du justicier, en taraudait plus d'un.

« On est bien d'accord ? Il s'est fichu de nous, il nous a trompés, il nous a raconté des bobards. Alors, qu'est-ce qu'on attend ? Nos comptes, c'est à nous de les régler, à personne d'autre… »

Tant il est vrai qu'il est plus facile de crier que d'agir, fort heureusement, la proposition chaque jour répétée se perdait immanquablement dans le brouhaha des avis clamés haut et qui s'entrecroisaient.

« Laisse donc, croyait bon une fois encore de tempérer l'un ou l'autre. Il faudra bien qu'il en sorte tôt ou tard, de son gourbi. »

Un jour d'audace, Julien, enfreignant le serment qui lui avait été arraché de ne pas s'éloigner sans autorisation, fit irruption à la terrasse du café à l'heure de la plus grande affluence.

« M'sieur, s'il vous plaît, demanda-t-il au patron qui évoluait au milieu des tables, le plateau à la main. M'sieur, vous n'auriez pas vu Youssef ? »

Le « Pas vu ! » auquel consentit le patron sans ralentir son service tomba dans un silence aussi soudain que profond qui fit souhaiter à Julien que la terre s'ouvre sous ses pieds ! Tous les regards avaient convergé vers le pauvre gamin qui ne comprenait pas ce qui lui arrivait et ne savait plus où se mettre.

« Qu'est-ce que tu lui veux, au Youssef ? demanda la même voix qui, l'instant d'avant, réclamait à cor et à cri qu'on se constituât en commando pour aller débusquer le vieil homme. Tu n'es pas mieux où tu es ? insista-t-elle sans parvenir à effacer totalement le ton rugueux dont elle usait avant l'arrivée du gamin.

– Euh… bredouilla Julien, totalement décontenancé. Non… Ou plutôt, oui, si, je suis bien, là. Mais, Youssef… j'aurais aimé le voir, c'est tout… »

Pauvre Julien ! Comment aurait-il pu se douter ? Comment aurait-il pu imaginer, dans sa candeur enfantine, l'intérêt douteux que l'on portait à chacune de ses paroles ? On les emmagasinait soigneusement, comme autant de biens précieux, pour mieux en nourrir les sulfureux propos, les avis définitifs, les appels au châtiment dont on se grisait avec délectation, presque autant que de l'alcool des consommations, depuis qu'on avait trouvé à ronger cet os étonnant.

Avant de se retirer prudemment, comme il avait de la suite dans les idées, Julien parvint encore à placer la demande qu'il avait prévue, pour le cas où Youssef ne serait pas là.

« Quand il viendra, dit-il haut et fort, vous lui direz que j'aimerais bien le voir. »

Il y en eut un assez cynique pour oser prétendre le rassurer.

« Marche, dit-il en mettant dans sa voix tout ce qu'il pouvait de jovialité un peu onctueuse, on lui dira. Ça lui fera bien plaisir. »

Le gamin disparut aussi vite qu'il était arrivé. De loin, ils le virent se glisser dans l'entrebâillement des grilles de chez Hervé.

« Pauvre gosse, laissa tomber une voix. Si ce n'est pas un malheur !

– Pourquoi tu dis ça ?

– Oh ! des sous, ce n'est pas ce qui doit lui manquer. Mais est-ce que ça fait le bonheur d'un enfant, les sous ? Je te le demande. Tu as vu la vie qu'on lui fait mener ? Sa mère qui fout le camp de chez son père, aujourd'hui, la voilà avec le Hervé, entre-temps, qu'est-ce qu'il foutait chez le Youssef qui le faisait passer pour son petit-neveu ? Qu'est-ce que c'est que cette histoire-là ? Des gens comme ça, est-ce que ça mérite seulement d'avoir des enfants ? On ne devrait pas leur laisser...

– Tu l'as entendu, il a pourtant dit qu'il était bien là, chez le Hervé.

– Et qu'est-ce que ça change ? Tu crois qu'il te l'aurait dit s'il était malheureux ? Sûr qu'il n'est pas heureux, moi, je te le dis. Et puis Youssef, pourquoi il veut le revoir ? Tu vois, quand je te le disais !

– Tu disais quoi ?

– Qu'il ne sait plus où il en est, ce pauvre gamin, voilà tout. »

Il fallait que s'installe un petit silence pour que soient méditées toutes ces paroles définitives. Il était occupé du cliquetis des glaçons qu'on faisait tourner dans les verres avant de les porter aux lèvres.

« Normal, reprenait l'un ou l'autre. Qu'est-ce que tu peux attendre de ces gens-là ? Est-ce qu'ils savent seulement ce qu'ils veulent ? Est-ce qu'ils savent seulement qui ils sont ? Pourquoi ils ne sont pas restés chez eux ? Remarque, ça vaut pour le Youssef comme pour ceux-là. »

Il avait un geste du menton rapide vers la maison d'Hervé.

« Ils sont de nulle part, ces gens-là. Va savoir pourquoi ils ne se sont pas trouvés bien chez eux. Tu me diras, ça les regarde, mais il a fallu qu'ils viennent se planter ici, chez nous, sans nous demander notre avis. Ça aurait été ailleurs, ça aurait été exactement la même chose. Il n'y a pas à y revenir, ce sont des marginaux, ces gens-là. C'est comme ça qu'on les appelle. Ils seront toujours différents, toujours à part. Et pourquoi tu veux qu'ils respectent des règles puisqu'ils n'en ont plus ? Ils ont abandonné celles qui valaient chez eux et ils ne connaissent pas les nôtres. Alors… »

C'était là le genre de tirades auxquelles succédait en général un nouveau silence consterné.

Encore heureux si ne venait pas en contrepoint la sempiternelle et éloquente réplique :

« C'est pourtant bien vrai ! »

Il y avait ceux que catastrophait l'idée de voir leur microcosme à jamais gangrené par ceux qu'ils ne pouvaient envisager autrement que comme des parasites. Et puis il y avait ceux, plus embarrassés encore, que gênait ce genre de paroles sans nuance. Le silence était pourtant le même pour tout le monde.

Ainsi passaient les jours sans qu'apparaisse Youssef. Les mots s'affûtaient. On jurait toujours un peu plus haut et un peu plus fort qu'il faudrait bien qu'il s'explique. On menaçait d'aller le chercher par la peau des fesses. On se taisait en fronçant les sourcils lorsque apparaissaient Hervé ou Samanta. On repartait chez soi avec le sentiment mitigé d'avoir eu les mots qu'il fallait, de n'être pas plus avancé pour autant, et l'étonnante petite satisfaction de se dire qu'on allait pouvoir recommencer demain !

XXII

Il est peu de dire que l'arrivée de Youssef sur la place du village chauffée à blanc par une canicule qui ne voulait pas céder fut remarquée. Au petit trot tranquille de Félicien, il passa devant la terrasse du café de l'ombre de laquelle avaient jailli, comme autant de diables sortant de leur boîte, une demi-douzaine de gars du pays tout à coup surexcités.

« Oh ! Youssef ! viens un peu là, qu'on a à te causer. »

On y était donc.

Ils se tenaient tous alignés sur la bordure du trottoir, comme au passage d'une course cycliste, et tout le monde gesticulait, les uns pour attirer Youssef, les autres pour tempérer l'enthousiasme des premiers.

« N'en faites pas de trop, ne lui mettez pas la puce à l'oreille, disaient-ils. Laissez-le venir sans méfiance. »

Le vieux ne fut pas dupe. Il vit très bien leur jeu. Il savait à quoi s'en tenir, mais sa décision était prise. Puisqu'il fallait s'expliquer, autant que ce soit fait. Imperturbable, feignant superbement d'ignorer leur excitation, il défila devant eux, souriant, leur adressant de petits gestes aimables de la main.

« Je viens, je viens ! répétait-il. Laissez-moi le temps. Il faut bien que j'aille mettre cette bête-là à l'ombre. J'arrive, j'arrive ! »

Ils durent patienter. Ils allèrent se rasseoir. On remit une tournée en y ajoutant la topette de Youssef.

« Rien que pour attacher une bourrique… Il lui en faut du temps.

– Attends donc. Il va venir. Tiens, le voilà. »

Ils s'enfoncèrent tous dans leur siège, tout à coup gênés. Qu'allait-on lui dire ? Qui oserait parler le premier ? Et comment allait-il réagir ? Les plus durs craignaient que les autres se dressent contre eux, les plus modérés redoutaient déjà des excès. Tant il est difficile de passer des mots aux actes…

Il fallut que ce soit Youssef qui rompe la chape de silence qui s'était abattue sur eux.

« Oh ! les gars, feignit-il de s'étonner, c'est tout ce que vous avez à dire ? Depuis le temps que je ne sais plus ce qui se passe au pays, vous n'avez rien à raconter ? »

Ils s'attendaient à tout sauf à ça ! C'était le vieux qui prenait l'initiative. Pour le coup, ils en avaient le caquet rabattu. Toutes leurs belles tirades, leurs questions plus acérées les unes que les autres leur restaient bel et bien en travers de la gorge. Youssef, toujours imperturbable, se servit un ballon de rouge et le leva bien haut.

« À la vôtre ! » osa-t-il.

Ils trinquèrent mollement. Ce ne fut qu'en reposant son verre sur la table qu'il y en eut tout de même un pour estimer qu'il n'était que temps de reprendre le contrôle des événements.

« C'est justement ! » lança-t-il d'un ton grave.

Quelques-uns approuvèrent en se redressant. D'autres, manifestement, continuaient d'attendre. Youssef prit un air éberlué.

« C'est justement quoi ? s'étonna-t-il. Ce n'est plus la mode de trinquer ? »

D'un geste de la main, l'autre parut éliminer trop théâtralement la remarque.

« Attends, Youssef, s'enhardit-il. Ce n'est pas le moment de rigoler. On a des questions à te poser, nous. Il faudrait voir à nous éclairer un peu. »

Youssef ne fit qu'accentuer l'air parfaitement ahuri qu'il savait prendre quand le besoin s'en faisait sentir.

« Des questions ? Quelles questions ? Vas-y, dis toujours.

– Tu étais donc malade qu'on ne t'a pas vu par ici depuis si longtemps ?

– Malade qu'il dit, lui ! Malade de travail, oui. Si tu voulais me voir, tu n'avais qu'à venir me donner la main. Le foin, le seigle, le déchaumage…

– Tu as déjà déchaumé ?

– Sûr ! même que je me suis mis à mes haies. C'est toujours ça de pris. On n'a jamais trop d'avance.

– Et ton tabac ? Tu ne fumes plus ?

– Quel tabac ? Sûr que je fume encore. Tiens, regarde ! »

Et Youssef d'extraire de sa poche le paquet de gris et la petite pochette de papier à rouler qu'il exhiba triomphalement.

« Où c'est que tu les as trouvés, si tu ne viens plus ici toutes les semaines ? »

Youssef parut encore plus sidéré. Il promena sur l'assemblée un regard chargé de reproches étonnés.

« En voilà une autre, finit-il par laisser tomber sur un ton désabusé. On ne peut plus acheter son tabac où on veut, maintenant. C'est la meilleure, celle-là. Tu veux savoir ? C'est pourtant simple. Je le prends toutes les semaines quand je vais au marché. C'est aussi bête que ça. »

Ils étaient partis pour tout reprocher. Tout devait fournir matière à critiques et sermons.

« Eh bien ! tiens, c'est trop simple. On fait tous pareil et le patron, ici, il n'a plus qu'à fermer boutique. Tu y as pensé, à ça, Youssef ? Tu habites où ? Tu habites ici, non ? Alors ? Le commerce local n'est peut-être pas assez bien pour monsieur. Il préfère acheter à la ville. Il ne faudrait peut-être pas oublier qu'on t'accepte, ici, vieux gars. Ça te crée des obligations, que ça te plaise ou non. Peut-être bien qu'on trouvera le moyen de te rappeler à l'occasion que tu n'es pas autrement que les autres. Surtout toi ! »

Ils se faisaient moralistes… Youssef courba le dos et laissa passer en silence l'orage dérisoire. Il savait bien qu'ils ne faisaient, pour l'instant, que s'échauffer en attisant plus que de raison les braises de leurs mots.

Il y eut un temps mort au cours duquel les têtes continuèrent à hocher gravement de haut en bas, histoire de souligner l'importance qu'elles attachaient au propos. Et puis, ce fut plus fort qu'eux. Il fallut que fuse la question qu'ils se promettaient de poser depuis si longtemps.

« Et dis donc, au fait, ton petit-neveu ? On ne le voit plus, ton petit-neveu. »

Allons ! cette fois-ci, on y était. Une ombre voila tout de même fugitivement le regard de Youssef et sa pomme d'Adam fit un rapide aller et retour le long de son gosier tout à coup très sec. Si seulement il avait su que le gamin était à quelques dizaines de mètres de lui…

« Eh non ! on ne le voit plus », répéta-t-il.

C'était déjà trop. Candidement, pour faire bonne mesure, sans savoir de quel poids allaient peser ces trois mots, il crut bon d'ajouter, sur un ton qui se voulait enjoué :

« Il est reparti. »

L'autre eut un regard circulaire sur l'assemblée comme pour la prendre a témoin. Il se pencha légèrement en avant, les coudes appuyés sur la table, les mains jointes devant le nez.

« Chez ta sœur, suggéra-t-il. Il est reparti chez ta sœur qui habite aux Grésilles, à Dijon. C'est ça ? »

Youssef n'en connaissait pas l'existence. Comment aurait-il pu voir le piège ? Il le pressentit tout de même. Avec un large sourire, il chercha à mettre les rieurs de son côté. Il voulut blaguer.

« Qu'est-ce que ça peut te foutre où il est parti, mon petit-neveu ? Tu es de la police ? »

L'effet fut désastreux. Il y eut des « Oh ! » il y eut des « Il se fout de nous », il y eut des poings sur la table. Cette fois, la meute était réveillée. Elle partait en chasse. Le questionneur l'eut belle de prétendre imposer le silence, les deux mains étendues devant lui, dans un geste d'apaisement magnanime.

« Laissez-le causer ! Peut-être bien qu'il n'a pas encore compris. Attends, Youssef. Tu t'es payé notre tête pendant longtemps, maintenant, faudrait voir à ne pas aggraver ton cas.

– Qu'est-ce que tu dis, toi ? Qui parle de se payer votre tête ? Moi ? Où c'est que tu as vu ça ? »

Youssef parlait très vite avec des gestes rapides de la main. Il savait évidemment très bien où était le mensonge, mais il sentait que les autres, en face de lui, détenaient d'autres cartes qui rendaient ses réponses encore plus vaines.

« Et tes biques, Youssef ? continuait l'autre, impitoyable. Il te les a payées, tes biques, le Parisien ? Le… comment tu l'appelles ? François Trichot ? C'est ça, François Trichot. C'était bien trois biques, qu'il te devait ? C'est bien ça que tu nous as raconté pour qu'on t'aide ? Pas vrai ? Et même qu'on t'a aidé. On t'a donné un fameux coup de main, pendant que tu te payais notre tête. Pas vrai, Youssef, que tu te payais notre tête ? »

C'était donc ça ! Youssef n'avait pas encore perdu pied. Il sentait l'étau se refermer inexorablement sur lui, mais il cherchait désespérément à comprendre, à saisir l'étendue de ce que savaient les autres. Il espérait encore y trouver la faille, l'infime fêlure par laquelle il pourrait s'échapper.

Il avait fallu que l'un d'eux aille traîner ses guêtres vers la Joncheray et y découvre le gamin. Il aurait dû prévoir. Il aurait dû se souvenir qu'il n'y a pas de secret qui tienne à la campagne. Il était trop tard pour les regrets. Il fallait assumer. Il choisit de tout dire. Il raconta le marché et Julien trouvé à la tête de Félicien. Il raconta sa fugue. Il dit l'entêtement du gamin à refuser de prévenir sa mère. Il mit sur la table toute sa bonne volonté, son désir de bien faire, de résoudre comme il le pouvait, avec ses maigres moyens, le terrible problème auquel il se trouvait confronté.

« Et pourquoi tu ne nous as rien dit ? l'interrompit sèchement le plus acharné de ses tourmenteurs.

– Et quoi vous dire ? Le gamin, il ne voulait pas. Il disait comme ça que, si ça se savait, les gendarmes viendraient. Il ne voulait pas voir les gendarmes.

– Tu te fiches de nous, Youssef ?

– Eh non ! ce que je dis, c'est la vérité vraie, rien d'autre.

– Peut-être bien que c'était toi qui n'avais pas trop envie de voir les gendarmes. Est-ce qu'on sait ce que tu trafiques, dans ton gourbi ? »

Insidieusement, on glissait vers les accusations gratuites. Jusqu'où irait-on ? Youssef comprit que le nœud se resserrait autour de sa gorge.

« Mais non, je te dis, se défendit-il maladroitement. Ce n'est pas moi, c'est le gamin. Il ne voulait pas que je dise.

– Parce que, chez toi, c'est un gamin qui décide. Un gamin que tu ne connais pas, qui te tombe du ciel, comme ça, par hasard. Et c'est lui qui te dicte de nous raconter des bobards ? Non mais, Youssef, tu nous as bien regardés ? Tu crois qu'on va la gober, ta chanson ? »

L'affaire était entendue, il n'y avait pas à y revenir. Quoi qu'il fasse, quoi qu'il dise, il resterait qu'il leur avait menti, et que ce soit pour une bonne cause n'y changerait rien. Comme s'ils l'avaient oublié, ils ruminaient entre eux leur mauvaise humeur. Cela faisait comme un grondement sourd et de mauvais augure qui tournoyait autour de la table.

Youssef, abasourdi, n'y comprenait rien et ne cherchait même pas à savoir ce qu'ils se disaient. La condamnation allait venir. Il ne la connaissait que trop bien et savait pertinemment que rien ne pourrait faire qu'il y échappe.

« Dis donc, Youssef, reprit brutalement l'un d'eux, il y a un truc que j'aimerais bien que tu m'expliques. Remarque, je sais que tu vas me raconter n'importe quoi, ce qui te passe par la tête, ce qui t'arrange. Peut-être que, cette réponse-là, ça fait beau temps que tu l'as préparée, mais moi, tout de même, j'aimerais bien savoir pourquoi tu es resté là, tout seul, du temps du camp des harkis, alors que tous les autres, ils ont débarrassé le plancher. Tu n'aurais pas pu en faire autant ? »

On en revenait donc là ! Plus de quarante ans de sa vie dont on lui jetait tout à coup à la figure qu'il les avait volés. Cette fois, Youssef s'effondra.

« Pourquoi ? cria-t-il. Pourquoi tu me dis ça ? Tu sais très bien pourquoi je suis resté. L'Alfred et la Clémence, eux, ils ne m'ont pas posé de questions comme ça. On était amis. Ils m'ont dit de rester, voilà tout. Tu sais très bien que jamais ils n'ont regretté. Ils m'ont traité comme si j'étais leur fils. Pourquoi tu crois qu'ils m'ont laissé leur ferme ?

– C'est justement. Ce n'est pas trop clair, cette histoire-là. De quel droit tu y es toujours, dans cette ferme-là ? Ils t'ont pris avec eux, moi je veux bien. C'était leur affaire. L'Alfred, on l'a connu avant toi. On le savait qu'il avait des idées bizarres… Mais ça fait combien de temps qu'ils sont morts ? Quinze, vingt ans peut-être. Et toi, tu es toujours là, dans leur maison, dans leurs meubles. On peut savoir ce que tu y fais ?

– C'est parce que j'ai le droit, s'empressa de clamer Youssef. Ils ont fait ce qu'il fallait chez le notaire, l'Alfred et la Clémence. Tu n'as pas le droit de dire ça. Tout est comme il faut.

– Oh ! "Tu n'as pas le droit" qu'il dit, lui ! Tu devrais faire attention à ce que tu dis, tu vois, Youssef. S'il y en a un, ici, qui ferait mieux de ne pas parler de droit, c'est bien toi, non ? Il ne faudrait peut-être pas que tu oublies que tu es un étranger. Tu n'es pas d'ici, toi, même pas de la France. Si on te garde, c'est parce qu'on le veut bien. Faudrait voir à ne pas l'oublier, ça. »

Pourquoi y a-t-il des mots plus agressifs que d'autres ? Pourquoi ont-ils l'étonnant pouvoir de résister opiniâtrement à l'accoutumance ? Bientôt un demi-siècle à les entendre, épisodiquement, et toujours la même souffrance.

« Mais attends voir, reprit un autre, l'Alfred et la Clémence, ils avaient une fille. C'était à elle que ça devait revenir, tout ça. Et pourquoi que c'est toi qui l'as eu ? Sûr qu'il y a encore une sacrée magouille là-dessous. Maintenant qu'on sait à quoi s'en tenir, il va falloir tirer ça au clair. »

Un mot ! Youssef savait bien qu'il n'y avait qu'un mot pour expliquer tout ça. Mais le retrouver, dans sa panique ! Ce n'était pas faute, pourtant, de se l'être fait expliquer, ce mot-là, par Alfred d'abord, puis par le notaire. Rien à faire, bien sûr, dans le désordre de sa panique, il ne lui revenait pas. C'était comme une bouée qui se serait obstinément refusée à lui pendant qu'il s'enfonçait inexorablement.

« Magouille, magouille ! cria-t-il. Pourquoi tu parles de magouille ? Tu ne sais pas. Je n'ai rien pris à personne. La ferme elle est à la fille d'Alfred et Clémence. Je ne l'ai jamais vue, cette fille-là. Tu crois que si je l'avais volée elle ne serait pas venue ? Tout est à elle. Moi, je n'ai rien là-dedans, tout juste le droit d'y rester jusqu'à ma mort. Après, c'est à elle. Elle en fera ce qu'elle voudra.

– L'usufruit, glissa, dans un bref moment de silence, la voix de l'un de ceux à qui ne plaisait qu'à moitié cet acharnement. Ça s'appelle l'usufruit. L'Alfred, il lui aura fait un contrat d'usufruit. »

Youssef, qui s'acharnait à ne pas perdre pied totalement, entendit juste à temps.

« C'est ça ! triompha-t-il. L'usufruit ! J'ai l'usufruit de la ferme. Et ça, vous ne pouvez rien dire contre. »

Il avait remporté une manche, mais il savait que ce n'était qu'un répit. Quand bien même ils l'auraient voulu, ce qui était loin d'être le cas, Youssef savait que ses pires tourmenteurs ne pouvaient plus se permettre de renoncer. Ils étaient allés trop loin. Ils y auraient perdu la face. C'était d'autant plus inconcevable qu'il était une proie facile.

« Et ça change quoi ? laissa tomber l'un d'eux, méprisant. Est-ce que, seulement, ça vaut pour les étrangers, ça, comme tu dis, ton usufruit ? »

Un silence lourd s'établit. Ils s'étaient tous laissés aller au fond de leur siège et semblaient méditer, l'air sombre. L'un d'eux leva haut son verre vide. Le patron, à l'affût, comprit, vint prendre la commande. Ils remirent ça, à l'exception de la topette de Youssef.

« Tu as perdu un client », lui annonça-t-on.

Il fit celui qui n'avait pas écouté.

« Youssef, se fit-on un plaisir de lui expliquer. Monsieur préfère acheter son tabac à la ville. Monsieur Youssef ne fréquente pas n'importe qui. »

Le patron ne parut pas prendre la chose trop au tragique. Il se contenta de hausser les épaules. Youssef se garda bien d'intervenir. De toute façon, quand il reviendrait chercher son tabac, il y avait bien peu de chances que l'autre refuse ses sous !

On attendit que la tournée soit servie. On trinqua. On échangea quelques propos insignifiants. Un instant, Youssef se crut oublié. Il cherchait déjà le moyen de s'esbigner discrètement. On le laissa faire, mais on le tenait à l'œil.

« Monsieur Youssef semble pressé ! s'exclama tout à coup celui qui, le premier, avait osé l'attaquer. Alors, avant que monsieur Youssef soit repris par ses affaires, il faut qu'il sache ce qu'on pense de lui. D'accord, la loi est ce qu'elle est, il n'y a pas à y revenir, la ferme de l'Alfred, tu as réussi à la squatter pour de bon. On n'y peut rien, même si ce n'est pas très normal. Peut-être bien qu'il y aurait à redire. Après tout, cette loi-là, est-ce qu'on sait si elle vaut pour les étrangers ? Mais enfin…

« Seulement, pour le reste, il faut que tu saches, monsieur Youssef, qu'on ne nous roule pas deux fois. Et là, la loi, c'est nous qui la faisons, la loi. Il faudra bien que tu te mettes ça dans ta tête. D'accord ? Pour toi, les carottes sont cuites, mon vieux gars. On t'a eu à la bonne pendant des années. Tu as voulu jouer au plus malin. Tu nous as raconté des bobards. Tant pis pour toi. C'est toi qui l'as voulu. D'accord, là, je parle pour moi, mais, tu vois, je ne crois pas me tromper en disant que tous mes amis qui sont là, tes anciens amis, ils ne pensent pas autrement que moi. Alors maintenant, il ne faut pas t'attendre à ce qu'on te fasse la vie facile. Les copains-copains, fini, ça. Tu n'as pas intérêt à te mettre sur notre passage, c'est moi qui te le dis. Mais ce n'est pas tout. Tu ne t'imagines tout de même pas qu'on va te laisser mener tes petites affaires pas trop propres dans ton gourbi sans intervenir. Alors, ne t'étonne pas si on y fait une descente de temps à autre, dans ton gourbi, d'accord ? Et alors, là, crois-moi, tes saloperies, tu auras beau faire, on les trouvera, marche, loi qui protège les étrangers ou pas. »

Il n'y en eut pas un pour se récrier, pour dénoncer l'outrance du propos. Il y avait ceux qui jubilaient, qui en auraient rajouté s'ils avaient eu le courage de prendre la parole, et puis il y avait ceux qui gardaient obstinément le nez baissé sur leur verre au fond duquel finissaient de fondre quelques maigres glaçons. Ils désapprouvaient, c'était évident, mais allait-on s'opposer, se chamailler pour si peu ? Ils se taisaient et, pour Youssef, c'était pire encore.

Il les dévisagea froidement l'un après l'autre. Il y eut autant de regards haineux que d'yeux baissés. Puis, lentement, il se leva.

« Patron ! cria-t-il. Combien je dois pour ma topette ? »

Personne ne releva. Il paya et s'éloigna lentement, les épaules basses. Il en avait oublié son tabac.

XXIII

RÉFLEXION FAITE, les rendez-vous d'affaires et les mondanités pouvaient bien attendre. Si Hervé avait dû insister pour que Samanta prolonge son séjour chez lui, cela n'avait été que pour la forme. D'ailleurs, il n'avait pas eu à user de beaucoup de persuasion. Pour qu'il ne soit pas dit qu'elle avait trop vite accepté, elle avait un peu minaudé, juste ce qu'il fallait pour que les apparences soient sauves.

Ni elle ni Hervé ne s'étaient inquiétés de savoir à l'égard de qui il fallait ainsi respecter les formes. Il leur avait suffi que cette comédie un peu puérile nourrisse comme il leur plaisait le délicieux jeu de la reconquête auquel ils s'abandonnaient avec ravissement. L'insistance avec laquelle Hervé avait tenu à ce qu'elle reste, les scrupules et les hésitations affichés par Samanta n'avaient été que les prémices bien orchestrées d'une voluptueuse lune de miel qu'ils vivaient depuis sans redescendre de leur nuage.

Ils ne s'éloignaient guère de la maison et du parc dont le cadre convenait à ravir à leur état un peu euphorique. Hervé n'en continuait pas moins à passer des heures entières dans son atelier. Elle l'y accompagnait ou, plus couramment, elle s'installait dans une chaise longue devant la porte grande ouverte. Elle l'attendait ainsi sans la moindre impatience, un livre à la main dans lequel elle ne se plongeait que par intermittence.

Il lui arrivait d'abandonner brusquement ciseau et maillet, d'arracher sa grande blouse grise couverte de poussière et de se précipiter vers elle. Il l'entourait de ses bras, la couvrait de baisers. Elle jouait les effarouchées, riait aux éclats.

« Tu es ma muse ! s'exclamait-il. Depuis que tu es là, c'est extraordinaire, c'est fou ce que j'obtiens. On dirait... on dirait que la matière s'est rendue, qu'elle a fini de me résister. Viens, viens voir ! »

Il l'entraînait. Frémissante, elle se laissait faire. Devant des ébauches aux formes souples et de plus en plus suggestives, il bafouillait, il tentait de mettre des mots sur ses visions ; en vain. Alors, immanquablement, venait l'instant où il renonçait, où il se tournait vers elle et semblait chaque fois aussi émerveillé de la découvrir. Il lui ouvrait les bras. Elle s'y jetait et les vagues de plus en plus impérieuses de leur désir les submergeaient. Il leur arriva plus d'une fois d'y céder. Dans l'émoi blond des copeaux dont ils se faisaient un nid, ils oubliaient tout ce qui n'était pas leur plaisir et jusqu'à Julien qui n'était jamais bien loin.

Aux heures les plus chaudes de la journée, ils s'alanguissaient sous la terrasse, sur des chaises longues voisines d'où il fallait en permanence que, d'une façon ou d'une autre, leurs corps se touchent. Ils échangeaient de lents propos sans beaucoup de teneur et qui n'avaient guère d'autre objet que de décliner à l'infini le bonheur qu'ils ressentaient à être ensemble.

Seul le retour d'une relative fraîcheur, longtemps après que le soleil eut basculé derrière les sombres frondaisons qui couvraient les collines, faisait renaître un semblant d'activité dans la maison. C'était aussi le moment où réapparaissait Julien dont personne, à vrai dire, ne se souciait de savoir ce qu'il faisait de ses journées. Inévitablement, son premier souci était de se mettre sur le chemin d'Hervé et de le relancer.

« Dis, quand est-ce que tu m'emmènes chez Youssef ? »

Ce n'était évidemment jamais le moment. Le gamin n'insistait pas. Il tournait casaque et allait cacher son ennui et son désappointement en faisant mine de se plonger dans la lecture d'une bande dessinée ou même plus simplement en se lovant dans la chaise longue que sa mère avait occupée tout l'après-midi, où il se perdait dans des rêves pleins de mélancolie. Il fallait qu'on l'appelle et qu'on insiste lorsque venait l'heure du dîner.

« Tu ne traînes pas. Tu vas vite te coucher », lui disait sa mère lorsque, repas terminé et vaisselle faite, elle suivait Hervé vers leur chambre, au premier.

Morose, il allumait la télévision et, par désœuvrement autant que par provocation, il restait des heures durant devant des émissions qui ne l'intéressaient pas. Il avait promis de ne plus s'éloigner. Et puis, d'ailleurs, il n'en avait plus envie. Quelque chose s'était brisé en lui qui lui faisait subir l'interminable attente que lui imposait sa mère sans autre réaction qu'un air bougon et une absence totale de bonne volonté. Elle s'exaspérait, mais trouvait là plus ou moins consciemment un excellent prétexte à faire taire les reproches qu'elle aurait pu s'adresser à trop peu s'occuper de lui.

« Monsieur est de mauvais poil ! avait-elle répliqué à Hervé qui s'en inquiétait. Monsieur voudrait n'en faire qu'à sa tête. Eh bien ! qu'est-ce que tu veux, tant pis ! Il faudra bien qu'il s'y fasse. »

Qu'il se fasse à quoi ? C'était là, bien sûr, une question qu'elle ne s'était pas posée. Elle aurait d'ailleurs été bien en peine d'aider le gamin, s'il la lui avait formulée, à lui trouver une réponse. Le savait-il lui-même ? C'était en somme cette espèce de grand vide dans lequel il se sentait planer qui le rendait le plus malheureux.

Après tant d'aventures, sa fugue, le merveilleux séjour chez Youssef et même les quelques jours passés à la Joncheray où il n'était pas peu fier d'avoir su se débrouiller très honorablement, comment tout avait pu s'effondrer si brutalement ? Au moment même où, en retrouvant sa mère, il croyait en avoir assez fait pour qu'enfin elle le remarque, il fallait qu'à nouveau elle lui soit volée.

Il n'en voulait pas à Hervé. Il sentait bien qu'il y avait là quelque chose qu'il ne comprenait pas, mais qui était d'une telle force que le sculpteur ne pouvait évidemment pas l'avoir inventé dans le seul but de lui jouer un vilain tour. D'ailleurs, sa mère avait l'air tellement heureuse ! Il ne se souvenait pas de l'avoir vue ainsi. Pour ce seul rayonnement qui la faisait si belle, même s'il ne lui était pas destiné, il souhaitait ardemment que cela dure très longtemps.

Tout juste aurait-il aimé qu'elle se tourne un peu plus souvent vers lui, qu'il puisse lui dire combien il l'aimait et puis aussi qu'elle accepte enfin de l'emmener chez Youssef. Il avait tellement envie de revoir le vieil homme, de glisser une caresse sur l'encolure de Félicien, de grattouiller l'oreille de Kicouillou et de câliner la Pépette.

Mais tout cela n'était rien en comparaison de l'indicible gouffre qu'il avait senti s'ouvrir sous lui, au premier soir de leur séjour chez Hervé. Qui était-il puisque celui à qui il avait dit « papa » durant si longtemps n'était pas son père ? Hervé, son père ? Comment se faire à cette idée ? Cela a donc si peu d'importance d'avoir un père qu'on puisse en changer comme ça, d'un instant à l'autre ? Des années durant, il n'était pas un de ses rêves, pourtant si nombreux, qui n'ait tourné autour de ce père qui lui manquait tant et qu'à chaque fois il s'imaginait retrouver dans des circonstances plus enchanteresses les unes que les autres.

Pourquoi, d'ailleurs, s'était-il jeté dans cette aventure rocambolesque si ce n'était pour le retrouver ? Maintenant qu'il lui était refusé, il s'en persuadait avec d'autant plus de force que lui échappait le vrai but de sa fugue, celui dont il n'avait jamais eu une conscience claire, et qui était bien plus de démontrer à sa mère qu'il existait. Peut-être, si elle avait compris et si elle avait fait vers lui les gestes qu'il attendait, aurait-il attaché moins d'importance à cette paternité qu'avait brutalement rejetée François et aurait-il trouvé une heureuse compensation dans celle qu'Hervé, à vrai dire, ne semblait pas autrement pressé d'assumer.

Dans le périmètre qu'on lui avait soigneusement délimité et qu'il ne devait dépasser sous aucun prétexte sans l'autorisation de Samanta ou d'Hervé, il y avait une large bande de bois qui longeait les prés descendant en pente douce depuis la maison jusqu'à la rivière. Julien en avait fait son refuge. Au moyen de quelques branches de bois mort qu'il avait traînées dans le sous-bois, il s'y était construit une cabane. Il l'avait dressée au milieu d'une minuscule prairie qui séparait la futaie du talus au pied duquel coulait la rivière. Elle ne pouvait pas être mieux située. Elle tournait résolument le dos à la maison et s'ouvrait largement sur un vallon sauvage à souhait. Il n'était pas besoin de posséder une grande imagination pour apercevoir, en lisière de bois ou dans les grandes herbes de quelques prés à l'abandon, selon les jours, les personnages des livres de Jack London, de James Oliver Curwood, de Rudyard Kipling ou de bien d'autres.

Il lui arrivait pourtant de leur demander de se retirer. Il lui fallait le calme et la solitude la plus totale pour tenter de s'habituer. « Papa... papa... papa... » répétait-il obstinément en pensant à Hervé. Il espérait s'y faire, s'y habituer si bien que cette idée pourrait devenir quelque chose d'admis, qui ne l'étonnerait plus. Mais il n'y parvenait pas. Il avait beau faire, cela continuait de le choquer. Si seulement on le lui avait dit ouvertement, à lui, Julien. Si on lui avait expliqué. D'avoir appris ça par accident, presque comme s'il écoutait aux portes, lui laissait un mauvais goût de faute. Pour un peu, il se serait cru coupable qu'Hervé soit son père.

Il savait très bien, au fond de lui, qu'il n'en était rien. Ce soir-là, sa mère savait qu'il était là. Il ne se cachait pas. La preuve : Hervé lui avait demandé son âge l'instant d'avant. Mais il n'y pouvait rien ; que ce ne soit pas à lui, Julien, que ces mots-là aient été adressés, qu'il les ait entendus dans une conversation de « grands » faisait naître en lui un sentiment de culpabilité dont il ne pouvait pas se défaire.

Alors, il restait dans ce grand vide qui s'était soudain établi en lui et autour de lui. Il le subissait passivement sans totalement désespérer de revoir un jour Youssef, mais sans rien retrouver en lui de la révolte qui, à quelques jours de là, n'aurait pas manqué de le jeter sur la route passant juste devant chez Hervé. Il lui aurait suffi de pousser la grille et de prendre à gauche. Il connaissait le chemin. Il savait bien qu'en moins de vingt minutes il aurait pu atteindre la petite ferme de ses rêves. L'envie ne l'en titillait même pas. Désolé, déboussolé, il attendait, il s'en remettait aux autres, aux « grands » qui usaient de cet état pour lui dicter ce qu'il avait à faire et se permettaient d'omettre ce qu'ils auraient dû faire.

Quand il remontait de sa cabane, aux heures des repas, pressentant qu'on n'allait pas tarder à se soucier de ce qu'il faisait, il n'aimait pas rentrer directement dans la maison. Il ne s'y sentait pas chez lui. Les premiers jours, il s'était dirigé vers l'atelier. Hervé l'y avait bien reçu. Il lui avait expliqué ce qu'il y faisait et il lui avait montré toutes ses œuvres alignées sur d'étroits tabourets, en pleine lumière.

Julien en était resté bouche bée. Il avait beaucoup aimé et serait peut-être revenu s'il n'avait pas eu tôt fait de comprendre que c'était là une sorte de chasse gardée de sa mère. Il n'en saisissait évidemment pas la raison mais il avait assez de perspicacité pour déceler, derrière le beau sourire avec lequel elle l'accueillait, le désir évident de ne pas le voir s'éterniser.

Une fois, il les surprit enlacés au milieu de l'atelier, devant la pièce de bois que travaillait Hervé. Trop occupés d'eux-mêmes, ils ne le virent pas. D'ailleurs, ce fut à peine si, pointant son nez au coin de la porte, surpris de ne pas trouver sa mère étendue dans sa chaise longue sur laquelle traînait un livre grand ouvert, il eut le temps de les entrevoir. Il fit un grand bond en arrière et se sauva aussi vite qu'il le put. Il se sentait coupable. Il ne revint pas à l'atelier.

De préférence, après avoir traversé les prés écrasés de soleil, il contournait la maison et venait goûter à l'ombre des châtaigniers. Depuis les grilles, il jetait un coup d'œil sur la place, à tout hasard. À l'heure du déjeuner, elle était toujours vide, désespérément déserte. Malgré un secret espoir dont il ne parvenait pas à se défaire, il savait bien qu'il n'y avait pas la plus infime chance pour que Félicien et la charrette se trouvent là, par le plus grand des hasards, au moment où, chaque jour ou presque, son regard filait entre les barreaux qu'il tenait à pleines mains.

Il restait là quelques instants, sans véritable déception puisqu'il n'entretenait aucune illusion. Puis, sans se presser, il continuait son périple le long de la grille, jusqu'au fond du jardin.

Pourquoi, ce jour-là, comme si quelque chose l'avait attiré, était-il remonté plus tôt ? La place n'était pas plus animée que d'habitude. Il entendait quelques bruits de voix s'élevant probablement de la terrasse du café que lui cachait le pignon de la maison faisant l'angle de la rue. Il n'y attacha pas d'importance.

Le temps lui semblait s'étirer avec une étonnante lenteur. Il fallait l'occuper jusqu'à l'heure encore lointaine du déjeuner. Il resta un long moment contre les grilles, le regard perdu dans le grand vide de la place.

C'est alors qu'il y eut, sur sa gauche, un léger mouvement qui attira son attention. Quelque chose avait bougé, lui sembla-t-il, sur le mur, au-delà du portail. Il pensa à un oiseau. Il se recula de quelques pas et le chercha. Plus rien ne bougeait. Il crut s'être trompé, à moins qu'il ne se soit envolé. Il allait se détourner lorsque deux ombres s'agitèrent brièvement au ras du mur. Cette fois, il n'avait pas rêvé, il en était sûr. Il avait même cru reconnaître... Non, ce n'était pas possible ! Il se précipita. C'était pourtant vrai : il avait vu juste. C'étaient bien ses oreilles que Félicien agitait de temps à autre pour chasser les mouches !

L'idée qu'il transgressait le serment fait à sa mère n'effleura même pas l'esprit de Julien. Il franchit le portail en courant et vint se jeter au cou de la bourrique qui n'en attendait pas tant. Elle dut comprendre sur l'instant que ce soudain assaut n'avait rien que de très amical car, loin de montrer le moindre signe d'inquiétude, elle se contenta de hocher la tête cérémonieusement en tendant son encolure vers les caresses qui pleuvaient déjà.

« Félicien, mon Félicien, en pleurait presque Julien. Que je suis content de te retrouver, mon Félicien. Mais alors, Youssef ? Il est où Youssef ? Il ne doit pas être bien loin. »

La belle petite charrette rouge à laquelle l'âne était attelé et jusqu'au nœud de la longe, à un barreau de la grille, indiquaient que rien n'avait changé dans les habitudes du vieil homme. Peut-être ces bruits de conversation entendus à la terrasse du café...

Julien hésita quelques instants. Aller le rejoindre ? Au milieu de tous ces gens qu'il voyait souvent attablés, cela ne le tentait guère. « On ne pourra même pas parler », se dit-il. Et puis sa mère, que dirait-elle si elle le trouvait là ? Il préféra attendre. « De toute façon, il va bien revenir. » La certitude de revoir enfin Youssef le transfigurait. Il n'y avait plus la moindre hésitation en lui. Les choses à nouveau s'ordonnançaient d'elles-mêmes.

« Je reste avec toi », dit-il à l'âne qui continuait de pencher la tête vers lui.

Ce fut ainsi, très exactement comme à la ville, le premier jour, que Youssef les découvrit.

XXIV

« YOUSSEF !

– Julien ! »

Le vieux n'eut que le temps de se pencher et d'ouvrir grands les bras pour y recevoir le choc du gamin qui s'était précipité.

« Julien… Julien… répétait-il, hébété. Si j'avais su… tu étais donc là. Mon pauvre Julien, si j'avais su ! »

Au comble de la joie, Julien, se dégageant prestement de l'étreinte du vieux, se saisit de sa main et partit dans une danse endiablée autour de lui. Youssef ne put que suivre, tournant sur lui-même comme une toupie, riant et pleurant à la fois. Il fallut que s'épuise une bonne part de son euphorie pour que Julien, enfin, remarque les deux grosses larmes traçant leur cours dérisoire sur les joues creuses et ridées. Il s'arrêta net et le dévisagea, bouche bée.

« Tu pleures ? » s'affola-t-il.

Youssef nia farouchement.

« Non, non ! c'est la joie, mentit-il. Je suis tellement content. Dis-moi... raconte-moi. Pourquoi tu es là ? Pauvre de moi qui ne le savais pas. »

Julien, bien sûr, n'était pas dupe.

« Tu es malheureux, dit-il gravement. Dis-moi pourquoi tu es malheureux. »

Ils étaient toujours debout au milieu de la rue, se tenant par la main et s'obstinant à vouloir que ce soit l'autre qui raconte.

« Allons ! viens, finit par décider Youssef. On en a des choses à se dire. On va se mettre là, à l'ombre, près de Félicien et tu vas tout me dire. »

Ils s'assirent sans façon côte à côte sur la bordure du trottoir, près de l'âne.

« Alors, reprit Youssef quand ils se furent bien installés. Raconte. Tu as été mal reçu, là-haut, chez le François Trichot ? C'est ça ? C'est l'Hervé qui est venu te chercher ? Et pourquoi tu n'es pas venu me voir ? Si j'avais su que tu étais là... »

Combien tout cela aurait été différent si le pauvre vieux avait su... Julien ne pouvait évidemment pas comprendre, mais il sentit qu'il y avait, dans les paroles de Youssef, quelque chose qui n'était pas loin du reproche. Avec une brindille ramassée là, il faisait des traits dans la poussière du caniveau.

« Ce n'est pas ma faute, voulut-il se défendre sans lever le nez. C'est Hervé et puis aussi ma mère. Ils n'ont jamais voulu m'emmener.

– Parce que ta mère est là, chez Hervé ? »

Il lui fallut expliquer. Il fallut que le vieux devine aux hésitations du gamin, à ses détours, à ses ellipses, tout ce qu'il n'avait pas envie d'exprimer ou même qui le dépassait.

« Parce que ta mère, voulut-il tout de même comprendre, elle connaissait Hervé ? »

Sans cesser de grattouiller la poussière, Julien acquiesça d'un geste du menton.

« Tu le savais ? »

Le geste se fit négatif.

« Il me l'a dit seulement quand il est venu me voir chez toi. Tu te souviens ? »

Youssef se souvenait.

« Il est allé te rejoindre à la vieille maison, dans les bois. C'est ça ? »

Julien confirma.

Alors Youssef revit le regard étonnant que l'artiste posait sur lui, à la terrasse du café, quand il lui avait tendu l'adresse de François. Il avait donc compris. Pourquoi alors n'avait-il rien dit ? Pourquoi l'avait-il laissé s'enferrer dans son mensonge ? Ah ! elles avaient été belles, ses paroles, après, quand il n'était plus temps... Et puis, quoi ? s'était-il proposé de régler le problème, puisqu'il en avait le moyen et puisque, de toute façon, ça devait se terminer ainsi ? Il avait avancé une vague excuse... Ah ! oui : qu'il ne s'entendait pas trop bien avec le François Trichot. Et après ?

Est-ce que c'était une raison pour abandonner Youssef dans tous ces ennuis, puisqu'il pouvait les lui éviter ?

C'était ce geste qui aurait si peu coûté à Hervé et qu'il n'avait pas fait qui aurait tout arrangé. Ah ! bien sûr, quand on est un monsieur... Que lui importait, à celui-là, qu'un Youssef se retrouve traité plus bas que terre ? Pourvu que lui ne soit pas mêlé à tout ça. Ils étaient pourtant l'un comme l'autre des transplantés, des étrangers au pays, des marginaux, chacun dans son genre. Ce n'était pas faute de la revendiquer, cette différence, à l'heure de l'apéro, et de se donner de grandes claques dans le dos, comme si on était du même clan, de la même solidarité.

Elle était belle, la solidarité ! Ceux d'en face, les autres, ceux qui étaient d'ici, savaient ce que c'était que la solidarité, eux. Aurait-on fait une telle affaire de tout cela si Julien avait été récupéré, sur le marché, par quelqu'un natif du pays ? Fallait-il avoir des morts dans la même terre du même cimetière pour que règne une vraie confiance ?

Encore que... Hervé, on ne s'en serait pas pris à lui avec une telle hargne. Il avait des sous, Hervé, une belle maison et de l'instruction. On aurait jasé. On adorait jaser. Mais on ne serait pas allé au-delà des mots prononcés en catimini, en l'absence de l'intéressé. Alors que Youssef… Puisque même Hervé ne le défendait pas…

« Pourquoi tu n'es pas venu me voir ? »

Julien laissa tomber sa brindille. Cette fois, c'était lui qui pleurait.

« Ce sont eux, dit-il avec du désespoir dans la voix. Moi, j'aurais tant voulu. Je leur ai demandé. Tous les jours, je demandais. Jamais ce n'était le bon moment, jamais ils n'avaient le temps, toujours ils remettaient à plus tard.

– Pourquoi tu n'es pas venu tout seul ? Tu connais le chemin. »

Comment expliquer ? Il regrettait, Julien. Il s'en voulait d'avoir promis. Il en voulait à sa mère de l'avoir fait promettre. Il s'en voulait d'avoir respecté sa promesse. Mais comment faire comprendre à Youssef ?

« Ils m'ont fait jurer main levée, sanglota-t-il. Ils m'ont fixé des limites que je ne pouvais pas dépasser. Je n'ai pas osé. »

Le vieux sentait bien qu'il y avait autre chose. Où était donc passé le gamin qui fuguait sans crainte depuis Paris et se trouvait si à l'aise chez lui ? Il ne le retrouvait plus dans ce gosse malheureux qui pleurait à côté de lui et cela ne faisait qu'ajouter à sa peine.

« Pourquoi il n'a pas voulu, Hervé ? s'étonna-t-il. Il n'est pourtant pas méchant, cet homme-là. »

Julien se redressa brusquement comme sous l'effet d'un coup. Il renifla bruyamment et leva sur Youssef un regard ravagé par les larmes et le désespoir.

« Hervé, c'est mon père », dit-il très vite.

Youssef en resta un moment sans voix, stupéfait.

« Hervé, ton père ? Qu'est-ce que tu me racontes là ? C'est François Trichot, ton père, tu le sais bien.

– Non. C'est Hervé. »

Il y avait dans le regard comme dans la voix du gamin une sorte de colère obstinée qui sidéra Youssef.

« Pourquoi tu dis ça ?

– Parce que je le sais.

– Et comment tu le sais ?

– Parce qu'ils l'ont dit. C'est ma mère qui l'a dit, devant moi. »

Pauvre gamin ! Enfin, Youssef entrevoyait toute l'étendue de son désarroi. Comment pouvait-il s'y reconnaître ? Quelle triste fin à l'aventure dans laquelle il s'était jeté dans le seul but de retrouver un père qui s'avérait ne pas être le bon...

L'idée lui vint qu'il pourrait peut-être l'aider.

« Et alors, dit-il en voulant prendre un ton enjoué, ce n'est pas bien comme ça ? Tu as vu comment tu as été reçu, chez le François Trichot. Ici, tu seras bien. Et puis, tu sais, ça fait longtemps que je le connais, l'Hervé. Il est brave. Tu verras, tu seras bien. »

Le gosse, l'air buté, hochait lentement la tête de droite à gauche.

« C'est peut-être mon père, admit-il, mais ce n'est pas mon papa. Ce ne sera jamais mon papa. »

Que répondre à cela ? Il fallut que s'estompe le nœud, qu'il avait senti se former dans sa gorge, pour que Youssef puisse continuer.

« Bon, c'est vrai, ce n'est pas facile, concéda-t-il. Mais, tu verras, tu t'y feras et après tu seras bien content. Et puis, moi, je serai toujours là, pas loin. Tiens, si tu veux, je serai un peu comme ton grand-père ! Tu veux que je sois ton grand-père ? »

Un immense sourire vint balayer toute la peine qui, l'instant d'avant, bouleversait le visage de Julien.

« Oh oui ! » s'exclama-t-il.

Ils en rirent tous les deux à gorge déployée. Il fallait si peu pour retrouver enfin le bonheur d'exister !

« Marche, il est ce qu'il est le Hervé, mais moi je te dis que j'aurai tôt fait d'obtenir qu'il te laisse venir tout seul à la ferme quand tu voudras.

– Chouette ! Kicouillou ? Comment il va, Kicouillou ? Pourquoi tu ne l'as pas amené ? »

Si peu de chose ! Il y avait une distance si ténue entre le pire des désespoirs et le plus grand des bonheurs. Youssef, parce qu'il était vieux et chargé d'expérience, n'oubliait évidemment pas que tout ne se passerait peut-être pas aussi simplement. Rien, pourtant, en cet instant précis, n'aurait pu entacher l'immense plaisir qu'il ne nourrissait à rien d'autre qu'à celui de l'enfant.

« Et alors, enchaîna-t-il rapidement pour profiter de la vague d'optimisme qu'il avait créée, maintenant, qu'est-ce que vous allez faire ? »

Julien se rembrunit bien un peu, mais on sentait qu'il était résolu à faire contre mauvaise fortune bon cœur.

« On va remonter à Paris, pardi ! dit-il, l'air sombre. Quand ils auront fini de s'embrasser, tu peux être sûr qu'elle aura des tas de rendez-vous d'affaires, des tas de cocktails, comme elle dit, qui ne pourront plus attendre. Elle m'a tout de même promis qu'on reviendrait. Tu penses, pour retrouver son Hervé…

– De quoi tu te plains ? Accepte comme ça, sois sage et tu verras que ce ne sera pas un problème. Tu viendras passer toutes tes vacances ici. Ce ne serait pas bien, ça ? »

Julien n'y croyait qu'à moitié. Prudent, il semblait à l'affût d'un de ces coups de théâtre comme il en avait trop subi, ces derniers temps, pour pouvoir encore donner toute sa confiance à l'avenir.

Ils en étaient là de leurs retrouvailles, méditant chacun pour soi les bleus que leur faisait la vie, lorsqu'on appela.

« Julien ! tu es où ? Viens. On t'attend pour manger.

– Ma mère ! » grinça-t-il.

Il n'avait pas bougé pour autant du bord de son trottoir, mais Youssef fut stupéfait et en même temps désolé de voir à quel point, en quelques instants, son expression avait pu changer. Une fois de plus, la bonne bouille délurée au sourire si franc s'était éclipsée. C'était le Julien bougon et tristounet qui avait pris le dessus.

« Allons ! voulut prêcher Youssef. Vas-y. On se reverra bientôt. Si tu acceptes des choses comme ça, tu seras sûr de revenir aux prochaines vacances. »

Il se leva et, voulant se montrer ferme, alla détacher la longe de Félicien, le fit reculer et mit son attelage dans la bonne direction.

« J'y vais, décréta-t-il en s'installant sur le banc de la charrette. Va vite déjeuner. »

Contraint et forcé, le gamin s'était levé à son tour. Il se tenait debout sur le bord du trottoir et l'on voyait bien que les larmes n'étaient pas loin de déborder. « Exactement comme il était quand j'ai fait mine de m'en aller, le jour du marché, derrière la mairie, quand je l'ai trouvé racontant ses misères à Félicien », pensa Youssef qui se refusa le droit de s'attendrir.

« À bientôt », dit-il encore.

Il levait déjà les guides pour donner le signal du départ à Félicien lorsque le gamin se jeta littéralement sur lui.

« Emmène-moi ! Emmène-moi avec toi… »

Youssef ne fut pas loin de s'effondrer. Mais non, quoi qu'il lui en coûtât, il ne fallait pas.

« Tu sais bien que ce n'est pas possible. Allons ! il y aura d'autres vacances, tu reviendras. »

Bien sûr que le gamin savait bien. Peut-être déjà regrettait-il de s'être laissé aller à ce dernier geste de désespoir. Il se redressa, se recula, reprit sa faction sur le bord du trottoir. Youssef en avait mal pour lui.

« Tu reviendras voir ton grand-père ! » voulut-il blaguer malgré tout.

Le sourire qu'il obtint était bien triste, bien mouillé, mais enfin, il fallait s'en contenter.

« Dépêche-toi. Tu vas être en retard pour le déjeuner. On va te gronder. »

Julien commença par hausser les épaules. Puis, soudain, il parut prendre une grande résolution.

« À bientôt, dit-il le plus fermement qu'il le put. Caresse Kicouillou et Pépette pour moi. »

Il vint vite, presque à la sauvette, grattouiller la base de l'oreille de Félicien, puis il se détourna et fila vers le portail sans se retourner.

Youssef le suivit des yeux jusqu'à ce qu'il disparaisse derrière le coin de la maison, puis il donna le signal du départ à l'âne. Soudain, il se sentait très vieux.

XXV

ENFIN LE COQ du clocher vira de bord. Un matin, à l'heure où s'ouvrent les volets, le village, dont tous les regards, depuis des mois, convergeaient sur le gallinacé de zinc commis, sur son perchoir, à la surveillance de tous les vents, s'y reprit à deux fois, et dut admettre qu'il pointait enfin le bec à l'ouest. La pluie n'était plus loin.

La journée, pourtant, débuta comme les autres, comme toutes celles de feu qui s'étaient succédé depuis le début de l'été. Ce fut à peine si les plus perspicaces, en sortant de la boulangerie où l'imminence de l'événement nourrissait toutes les conversations, firent remarquer une plus grande transparence de l'air, des contours du paysage trop nets.

« Ça ne trompe pas ! disaient-ils. La flotte, c'est pour demain. »

Au lever de la sieste, on en était presque déjà à regretter l'azur immaculé qu'on vouait à toutes les gémonies la veille encore à pareille heure. De grandes nuées blanches translucides avaient envahi le ciel et s'il faisait peut-être un peu moins chaud, une vilaine sensation d'étouffement assombrissait les humeurs et tuait les courages.

Elle persista longtemps après le coucher du soleil, pendant que le ciel se chargeait de plus en plus de nuées encore très hautes qu'on voyait évoluer lentement, paisiblement, comme pour une irrésistible prise de possession. On ne s'attarda pas, ce soir-là, à la terrasse du café. À quoi bon ? La délicieuse sensation de fraîcheur qu'on avait goûtée durant tous ces jours de canicule, après l'épreuve du soleil, n'était pas, cette fois, au rendez-vous.

« Ça, c'est la fin de l'été », grogna en s'éloignant un des rares irréductibles de l'apéro à s'être attardé autour des verres.

Ils n'étaient plus que trois ou quatre, malaxant lentement des idées vagues et de vieilles obsessions.

« Le Youssef, il ne va pas rigoler, avec ses patates.

– Laisse-le donc, le pauvre homme.

– Oh ! “le pauvre homme” ! On va le plaindre, maintenant.

– Au fond, tu le sais bien qu'il n'a rien fait de mal. C'était pour le bien du petit.

– Ce n'était pas à lui de s'occuper de ça. Il n'avait qu'à nous dire. C'est toujours la même chose. Tu n'as pas remarqué ? Les étrangers... je n'ai rien contre eux, mais alors, il faut toujours qu'ils s'occupent de ce qui ne les regarde pas. Youssef et les autres, hein ? je ne fais pas de différence. Qu'ils viennent s'installer chez nous... on ne peut trop rien dire. Mais alors, qu'ils nous foutent la paix. Qu'ils s'occupent de leurs affaires, pas des nôtres.

– C'était ton affaire, ce gamin-là ?

– Ce n'était pas celle de Youssef. Ras le bol de ces gens-là. C'est comme le Hervé, avec ses grands airs, de quoi il se mêle ? Et puis les autres, là-bas, à la Joncheray, tu as entendu ? Mais, nom d'un petit bonhomme, à trop se laisser faire, on ne sera bientôt plus chez nous.

– Avec ou sans eux, on ne l'est déjà plus trop.

– Tu vois bien ! »

Les verres étaient vides. Il fallait en finir.

« Moi, je te dis. Du balai, tous ces gens-là. On n'est peut-être plus bien nombreux, mais, au moins, quand ils ne seront plus là, on sera tranquilles.

– Pourquoi tu ne vas pas dire ça au Hervé ?

– Marche ! Chacun son tour. Il aura le sien. »

Les volets s'ouvrirent, le lendemain matin, sur un ciel bas et lourd qui déchirait ses nuées aux houppiers des futaies les plus hautes. Au flanc des collines montaient des bois d'innombrables petites fumerolles grisâtres.

« Voilà les renards qui fument la pipe ! disait-on. C'est que ce n'est pas près de s'arrêter. »

Une pluie épaisse et obstinée entra en campagne sur le coup de 8 heures. De lourdes odeurs d'humus et de goudron emplirent l'air. Il fallut retrouver où l'on avait rangé les imperméables et les parapluies.

Seul, Youssef, indifférent à l'averse qui avait eu tôt fait de transpercer sa veste trop légère, courait dans les bois. Il avait retrouvé les portes de ses prés grandes ouvertes. Bœufs, âne, chèvres et moutons étaient en vadrouille et comme chacun avait ses habitudes et ses attirances, il lui fallait trotter partout à la fois.

« Et mes patates ! grommelait-il. Comment je vais les prendre, mes patates, si j'attends trop, avec un temps pareil ? »

Hier trop sèche, la terre n'allait pas tarder à se détremper. Sauf à attendre le retour hypothétique à un temps plus sec qui laisserait à toute cette humidité le temps de s'infiltrer dans le sous-sol, il risquait d'avoir bien du mal à distinguer ses tubercules des mottes de terre gorgées d'eau qu'allait soulever le soc de la charrue.

Pris entre l'urgence qu'il y avait à rassembler son troupeau et celle non moins impérieuse d'attaquer sa récolte de pommes de terre, de toute la matinée qu'il lui fallut pour ramener toutes ses bêtes au bercail, du moins n'eut-il pas le loisir de ruminer les raisons et les conséquences de cette aventure. Il mangea rapidement sur un coin de table, pesta contre ses bœufs que leur petite escapade matinale incitait à la plus grande nonchalance, et s'en fut, toujours sous la pluie, s'attaquer à sa dernière grande récolte annuelle.

Trempé jusqu'aux os, crotté comme un barbet, se battant contre cette matière grasse et lourde qu'il devait fouiller à pleines mains pour lui disputer ses provisions hivernales, il s'obstina jusqu'à la nuit. Encore lui fallut-il, en rentrant, après s'être occupé de ses bêtes, se préoccuper de mettre à sécher ses pommes de terre pour éviter qu'elles ne pourrissent. Il faisait nuit noire dans sa grange. Installer une lampe baladeuse lui prit encore un temps infini. Alors seulement, il put se mettre à balayer une nouvelle fois l'aire sur laquelle il avait battu son seigle à quelques jours de là. Il y vida les sacs qu'il avait rapportés du champ et étendit soigneusement leur contenu. Avant de pouvoir aller le stocker dans sa cave, il lui faudrait encore débarrasser chaque tubercule de sa gangue de terre. Ainsi serait libérée la place pour que sèche à son tour sa récolte du lendemain, et ainsi de suite, jusqu'à ce qu'il en ait fini.

« La poisse ! » grogna-t-il en courant, toujours sous la pluie, jusqu'à sa porte.

Il était affamé et exténué. Il grelottait dans ses vêtements trempés et raides de boue. Sans même penser à se changer, il réveilla énergiquement la cuisinière et se dépêcha de préparer son repas.

Ce ne fut que lorsqu'il fut vaguement réchauffé, le dos à la bonne chaleur qu'il sentait monter du foyer, assis devant une assiette de soupe fumante, que commencèrent à lui venir d'autres idées que celles imposées, tout au long de la journée, par son incessant travail. Qui avait ouvert les portes de ses prés ? En fait, il ne se posait pas vraiment la question. Il le savait, mais un reste de crédulité l'empêchait de se résoudre si facilement à admettre que désormais, c'était donc bien vrai, on ne le lâcherait plus, tout serait bon pour lui rendre la vie impossible.

Pendant qu'il mangeait et que son corps, peu à peu, s'abandonnait à la détente du repos, s'insinuait en lui la terrible évidence. Il n'avait rien à se reprocher, rien du moins qui vaille un tel châtiment. Ce n'était pas à quelque faute que ce soit qu'on s'en prenait. C'étaient les infimes fêlures de deux mensonges, proférés pour la bonne cause, par lesquelles s'était engouffré… Quoi ? De la haine ? Même pas, il le savait. Qui aurait pu le haïr, dans le pays ? Et pour quoi donc ? De la bêtise, des mots irréfléchis, mais des mots, encore des mots, l'un poussant l'autre ; des mots auxquels, à l'inverse du sens commun, on se trouvait obligé de donner une réalité après qu'ils avaient été prononcés.

Le piège des mots ! il y était bel et bien pris. On peut cacher des actes sous une chape de silence, les ignorer, faire comme s'ils n'avaient jamais été commis. Mais les mots... Leur poids, une fois proférés ! Il parut tout à coup à Youssef qu'il pesait sur ses épaules, ce poids de mots-là, au point de les vaincre, de les contraindre à ployer comme jamais n'avait pu le faire tout le travail qu'il savait abattre.

C'était moins la méchanceté gratuite de certains regards, l'autre matin, à la terrasse du café, qui l'accablait, que les yeux baissés, perdus dans le vague de leurs mauvaises consciences, de ceux qui avaient renoncé à le défendre. Dans la balance de leur lâcheté, il avait pesé de bien peu de poids, lui, Youssef, dont on se vantait si facilement d'être l'ami. Entre la façade du bon voisinage et la tranquillité d'un homme qui ne leur était rien, qui ne possédait rien, pas même – surtout pas – l'influence des préjugés de classe, leur choix avait été vite fait.

C'était à l'aune de ce veule abandon que Youssef mesurait avec le plus de lucidité la terrible fracture qui venait de s'opérer dans son existence. Les uns pour ne surtout pas se dédire, les autres pour avoir la paix, ils ne le lâcheraient plus. Cette affaire de barrières ouvertes, ce n'était vraisemblablement qu'un hors-d'œuvre, une sorte de mise en garde. Qu'inventeraient-ils par la suite ? Youssef n'en avait évidemment pas la moindre idée. Il craignait le pire et celui-ci, bien sûr, dans la torpeur de la pièce où la fatigue le faisait doucement dodeliner de la tête, prenait dans son esprit de terribles proportions.

Ce fut au moment où, réagissant un peu, il tentait de se persuader qu'il ne fallait pas dramatiser, alors que, avant d'aller se coucher, il s'occupait de son poêle, qu'un coup de feu déchira le silence parfait de la nuit. Un coup de feu, un seul. Debout, très raide, devant sa cuisinière, le tisonnier à la main, Youssef tendit douloureusement l'oreille. Kicouillou, sur son tapis, avait sursauté. Il levait un regard interrogateur sur son maître. Pépette, roulée en boule sur une chaise, avait à peine entrouvert un œil. Le silence avait refermé sa paisible rondeur sur la déchirure de la brève détonation. Youssef eut beau attendre, plus rien ne se produisit. Il finit même par douter.

« Si j'en viens aux hallucinations, maintenant », maugréa-t-il.

Il finit de recharger le foyer et alla se coucher.

Il dormit mal et se surprit à plusieurs reprises dans la nuit à tendre l'oreille. En vain, bien sûr, mais lorsqu'il sortit, le lendemain matin, dans l'aube encore grise, il vit Kicouillou se mettre en arrêt au milieu de la cour. Intrigué, il vint voir. Posée debout, bien en évidence sur une pierre, il y avait une cartouche, une seule, pas encore assez délavée de pluie pour ne plus sentir la poudre.

« Je n'ai donc pas rêvé », se contenta-t-il de remarquer.

Il repartit à ses pommes de terre. Toute la journée, sous un ciel triste et gris dont s'écoulait sans cesse un vilain crachin, il s'abrutit de travail sans pourtant parvenir à chasser totalement l'incident de son esprit. Ce n'était rien, un enfantillage, une broutille. Ça ressemblait à quoi de venir ainsi tirer un coup de fusil vers les étoiles, en pleine nuit, devant sa porte ? C'était justement la gratuité du geste qui le travaillait le plus. Il fallait vraiment qu'ils en veuillent pour sortir ainsi, un soir de pluie, pour s'arracher à la fascination quotidienne de leur télévision, et venir bêtement faire peur...

« Faire peur, répétait machinalement Youssef. Ils veulent me faire peur... À quoi ça ressemble ? Pour que j'aie peur, il faudrait que je craigne de perdre. Qu'est-ce que j'ai à perdre ? Je n'ai rien, rien que ma vie. Ils ne vont tout de même pas me tuer pour un mensonge. Qu'est-ce qu'ils y ont perdu ? Rien. Pourquoi j'aurais peur ? »

Traînant deux seaux maculés de boue, plié en deux, il allait à petits pas, fouillant méticuleusement le sol détrempé, insensible à la pluie, obstiné, agissant à gestes rapides, par habitude, ne laissant pas échapper le moindre tubercule et pourtant l'esprit sans cesse occupé de cette absurdité. Comment, pour si peu de chose, avaient-ils pu changer à ce point ? Leur avait-il demandé, lui, Youssef, de s'occuper ainsi de ses affaires ?

Il aurait mieux fait de se pendre, le jour où il avait accepté de trinquer avec eux. Parce qu'il n'était pas comme eux, parce qu'il était seul et environné de son mystère d'étranger, comme s'il n'en était pas capable, ils s'étaient arrogé le droit de penser pour lui, de décider pour lui. Longtemps, ça n'avait pas porté à conséquence. Il avait laissé faire. Si ça les amusait !

Voilà où on en était rendu. Pour une fois, il avait bien fallu qu'il agisse sans leur avis. Cela avait suffi pour que, leur susceptibilité mise à vif, ils soient devenus aussi exécrables et mauvais qu'ils avaient prétendu se soucier de son bien. Youssef savait que ses mensonges n'étaient que des prétextes. En les proférant, sans voir le moyen de faire autrement, il leur avait simplement donné des bâtons pour se faire battre. Il avait allumé leur animosité qui, maintenant, ne connaîtrait plus de bornes, nourrissant son feu et l'attisant à ses propres outrances.

Ce soir-là, comme la veille, après s'être occupé de ses bêtes, avant de pouvoir penser à lui, il dut encore consacrer plusieurs heures à sa récolte, trop humide pour ne pas risquer de pourrir.

Lorsqu'il éteignit enfin la lampe baladeuse qu'il avait installée dans la grange, il se retrouva plongé quelques instants dans l'obscurité la plus totale. Une crispation de tout son être, comme jamais il n'en avait ressenti, se saisit de lui. Ce fut très bref. Il se reprit tout de suite, en même temps que ses yeux s'acclimataient à l'ombre poisseuse d'une nuit sans lune, mais il ne put s'empêcher de scruter attentivement le fond de sa cour.

« Es-tu bête, se morigéna-t-il en se dirigeant vers la maison. Bientôt, tu les verras partout ! »

Il voulait garder la tête froide, ne pas tomber dans le piège qu'ils lui tendaient, mais il passa une mauvaise soirée. Malgré lui, son oreille captait sans cesse d'infimes bruits, réels ou imaginaires, qui le faisaient se redresser, s'immobiliser, attendre. Il jetait un coup d'œil sur Kicouillou qui dormait sur son tapis. Le chien, bien entendu, ne bougeait pas. Il retournait à son repas jusqu'à la prochaine alerte, tout aussi vaine, et il se reprochait de s'y être laissé prendre une fois de plus.

Il dormit tout aussi mal que la nuit précédente et, pourtant, rien ne se produisit. Il se leva à l'aube, comme d'habitude, et constata avec plaisir, en écartant son rideau, qu'il ne pleuvait plus. Des brumes légères traînaient dans les prés, au ras des bois. Elles recomposaient d'instant en instant un paysage évanescent dont les traits les plus familiers semblaient se dissoudre dans leur lent débordement avant de renaître presque miraculeusement au fond de transparences ouatées.

« Avec un peu de chance, pensa Youssef, ça va se remettre au beau. »

En même temps, il réalisa que cela, au fond, ne l'intéressait plus. Il restait planté au coin de sa fenêtre, tenant écarté le rideau, les yeux perdus dans les lointains encore embarrassés d'ombres, et il cherchait vainement au fond de lui l'ardeur que n'aurait pas manqué d'y faire naître, la veille encore, la perspective d'une pleine journée de labeur.

La ferme devait vivre. Il fallait que les choses se fassent. Il n'y avait pas à décider si cela lui convenait ou pas. C'était ainsi. Depuis toujours, au fond, il était soumis à ces impératifs saisonniers. Jamais, jusque-là, l'idée ne l'avait effleuré qu'ils puissent être remis en question. Et tout à coup, là, alors qu'il jaugeait, comme il l'avait toujours fait, matin après matin, depuis qu'il vivait là, les conditions qu'allait lui imposer la nature, il ne se sentait plus concerné.

Oh ! bien sûr, il n'allait pas les laisser sur le champ, ses patates ! Il allait y aller. Peut-être, à la rigueur, si le retour du beau temps se confirmait, attendrait-il un peu que la terre se ressuie aux premiers rayons du soleil. À mieux travailler ensuite, ce ne serait que du temps gagné.

Non, c'était autre chose. En préparant son café, il cherchait en lui ce qu'il sentait différent ; quelque chose de cassé, peut-être une tension relâchée, un ressort que plus rien ne faisait jouer. Ce n'était pas grand-chose, une nuance. Même pas ce qui différencie l'envie de faire de l'obligation. Bien sûr qu'il avait envie de finir d'arracher et de ramasser ses pommes de terre, l'envie d'être satisfait d'une belle récolte. Est-ce que ça se perd, des choses comme celle-là ?

Kicouillou, étonné, attendit en vain, au pied de sa chaise, sa première caresse de la journée. Son maître déjeunait avec des gestes instinctifs. Le regard dans le vague, il tentait de comprendre. Ce ne fut que lorsque Youssef reposa son bol que jaillit du plus profond de lui la question qu'il cherchait à exprimer, depuis qu'il avait écarté le rideau. Il la prononça à voix haute :

« À quoi bon ? »

XXVI

Elle ne le lâcha plus. C'était comme si ses gestes d'une part et son esprit d'autre part s'étaient engagés dans des chemins différents. Parce qu'il ne pouvait pas en être autrement, parce que son corps, depuis tant d'années, n'était plus capable d'autre chose, il continuait obstinément à faire les premiers alors que le second, sans s'y opposer, se contentait de répéter indéfiniment la même et lancinante question : « À quoi bon ? »

Il finit sa récolte de pommes de terre, en fut satisfait, et se trouva, un beau matin, encombré de son inaction, au milieu de sa cour. Ce n'était pourtant pas le travail qui manquait. Il y avait les labours que les récentes pluies rendaient possibles ; il y avait la taille des haies à laquelle il ne s'était pas remis depuis ce jour où le facteur lui avait apporté le catalogue du camion.

Tiens, au fait, le camion ? Il avait laissé passer la date. Il ne parvint pas à s'en émouvoir. Tant pis, ce serait pour plus tard. Il se passerait de tout ce dont il avait pourtant estimé, ce jour-là, qu'il avait le plus grand besoin. Comme quoi…

Il y avait ses moutons qui appelaient désespérément dans le pré. Il lui fallut longtemps pour remarquer : « Tiens ! qu'est-ce qui leur prend ? » La curiosité de savoir ne lui vint pas. Il les laissa bêler toute la matinée. Ce ne fut qu'à l'heure du repas qu'il finit par s'exaspérer de ce tintamarre. Il alla jusqu'à la barrière. Ils étaient tous agglutinés autour de l'abreuvoir. Il se résolut à aller jusque-là. Le grand bac de fer-blanc, qu'il remplissait au tuyau tous les soirs, était vide. La bonde, soigneusement dévissée, était posée sur le fond, au sec.

Il la revissa sans colère. « À quoi bon ? » Il alla ouvrir le robinet, attendit longuement que toutes ses bêtes aient étanché leur soif, puis que le bassin se soit rempli. Il lui importait peu qu'on lui ait, une fois encore, joué un méchant tour. Il ne trouvait plus rien au fond de lui de sa colère, rien qu'une grande indifférence. L'idée ne lui vint même pas de s'adresser des reproches pour avoir laissé ses moutons crever de soif toute la matinée.

Parce que ses bras étaient incapables de rester trop longtemps inactifs, après son déjeuner, il reprit son croissant et se remit à la taille de ses haies. Mais il n'alluma pas de feu. Il laissa s'accumuler les branches coupées en grands tas désordonnés. « Il sera bien temps quand elles seront sèches », décida-t-il. C'était bien sûr pour se donner bonne conscience.

Il n'y eut guère, dans la grisaille de tous ces jours, qu'une lettre de Julien, trouvée glissée sous sa porte par le facteur, un midi, pour parvenir à écorner un peu la cuirasse d'indifférence dans laquelle il s'était réfugié. En somme, le gamin ne se plaignait pas trop d'avoir dû retrouver Paris. Il est vrai qu'il y était remonté nanti d'une quantité de souvenirs telle qu'il y avait là largement de quoi nourrir ses rêves les plus extravagants jusqu'à ce que les vacances le ramènent chez Hervé. C'était là d'ailleurs son grand leitmotiv. Il était évident qu'il ne vivait que dans cette attente et surtout dans celle, ajoutait-il, de retrouver son « grand-père Youssef » auquel il associait les noms de tous les animaux.

Il parvint tout de même à émouvoir le vieux qui grogna en s'essuyant furtivement les yeux. Pendant qu'il lisait, assis au bout de son banc, devant la porte grande ouverte sur la lumière de la cour, il s'était libéré de cette interrogation qui pesait sur sa vie et alourdissait de doute chacun de ses actes, chacun de ses gestes. « À quoi bon ? » C'était à chaque fois comme si on avait retenu son bras. C'était épuisant.

Un long moment, il resta immobile, la lettre de Julien à la main, le regard perdu dans les lointains.

Rien n'était changé, il aimait toujours autant sa ferme, ses animaux, la vie qu'il y menait. Pour rude qu'elle fût, après tout, il savait bien, il avait toujours su qu'elle était la seule qui pût lui convenir. Durant toutes ces années, depuis qu'Alfred et Clémence lui avaient offert cette rédemption inespérée, cette conviction avait été le moteur de son dynamisme, de l'ardeur qu'il mettait à accomplir tous les travaux que lui imposait le rythme des saisons. C'était cette certitude de l'inespéré qui lui avait toujours donné la force d'accomplir seul et sans rechigner des tâches assez lourdes pour occuper deux paires de bras sinon plus.

C'était cette ardeur-là qu'il ne trouvait plus. Un détail, une nuance dans la rapidité des gestes, leur spontanéité, l'harmonie de leur enchaînement. Julien, pourtant... Cette idée d'être comme son grand-père lancée comme une boutade, pour détendre le gamin et qu'il reprenait avec enthousiasme... Rien n'y faisait, le doute était là, coriace, encroûté, parasitant jusqu'à l'éteindre le simple plaisir du geste bien fait qui l'avait motivé jusque-là.

Il ne renonça pas pour autant à ses voyages hebdomadaires au marché. Ils furent pour Youssef, durant tous ces jours de peine, comme des parenthèses de plaisir. Il y avait le chemin aller et retour, au petit trot paisible de Félicien, mais il y avait aussi l'animation, la foule au sein de laquelle il n'aimait rien tant que de se perdre, connu de tous ou presque, mais ne connaissant personne, égrenant ses larges sourires quand on lui lançait de bruyants saluts auxquels il répondait d'un geste de la main. Il n'était pas jusqu'aux blagues plus ou moins délicates que lui lançaient les forains qui le réjouissaient, en son for intérieur, en lui apportant la preuve un peu dérisoire de son existence.

Dès qu'il atteignait la place du marché, après avoir attaché Félicien à son anneau habituel, c'était un courant qui l'emportait. Il s'y abandonnait sans que tous ces gens qui le hélaient puissent se douter de la délectation qui était la sienne. Le bruit de ses démêlés villageois n'avait pas dû atteindre la chronique citadine. Personne n'y fit allusion. À moins qu'ils aient perdu de leur sens en s'éloignant du cercle étroit des vindictes locales. Personne n'omit de lui glisser le petit bonjour habituel, de lui tapoter l'épaule au passage ou même simplement de lui adresser un de ces larges sourires qui lui faisaient chaud au cœur. Il lui arriva bien de croiser l'un ou l'autre de ses tourmenteurs, mais, comme si la distance atténuait les ressentiments, comme si la ville vidait de leur sens les chamailleries de village, on se contenta de s'ignorer superbement et de passer son chemin.

Un matin pourtant, en arrivant derrière l'hôtel de ville, Youssef, sidéré, dut se rendre à l'évidence :

l'emplacement que personne, jusque-là, n'avait eu l'idée, un jour de marché, d'encombrer de sa voiture était déjà pris. Il n'eut d'ailleurs aucun mal à acquérir la conviction que l'acte était intentionnel. Le véhicule dont le nez touchait presque l'anneau auquel il attachait immuablement Félicien depuis toujours, traînait plus couramment sur la place du village, en face du café… Son propriétaire n'avait pas été tendre avec lui, ce jour où ils avaient pris tant de plaisir à le déchirer à pleines dents.

Le problème était qu'il ne pouvait déjà plus accéder au moindre anneau d'attache. Où laisser son âne ? Perplexe, déjà désarmé, Youssef resta un long moment immobile, sur son banc, les guides dans les mains, à ne pas savoir à quelle résolution se vouer. C'était tellement inattendu ! Bien sûr, il aurait dû prévoir puisqu'il lui fallait maintenant tout redouter, mais son anneau qui, depuis près de quarante ans, ne lui avait jamais manqué, pas une seule fois…

« Je lui ai dit ! J'ai voulu l'empêcher, tu peux me croire. Il n'y a rien eu à faire. Pour un peu, il m'écrasait ! »

Youssef, perdu dans son désarroi, ne comprit que ces mots s'adressaient à lui que lorsqu'un vieux bonhomme au dos voûté, le béret enfoncé jusqu'aux oreilles, vint les ponctuer en secouant énergiquement la charrette à la ridelle à laquelle il cramponnait deux mains déformées d'arthrite.

Derrière de grosses lunettes à la monture d'écaille et aux verres étonnamment épais, il levait sur Youssef un regard à la fois implorant et profondément outré.

« Il faut me croire, insista-t-il. Je n'ai rien pu faire. C'était là qu'il voulait se mettre, voilà tout. Et alors, brutal ! Je te dis, pour un peu, il m'écrasait. »

Sa silhouette de vieux bancroche trottant inlassablement par les rues de la ville, appuyée sur son bâton ferré, était connue de tous. Personne ne se souciait de savoir d'où il venait ni ce qu'il faisait là. D'ailleurs, il ne demandait rien. Il allait, simplement, incapable de la moindre inactivité, et s'était arrogé seul la fonction de placeur sur les parkings. Il les parcourait sans cesse, surtout les jours de marché, et voulait à toute force indiquer aux automobilistes les rares emplacements encore libres qu'il repérait longtemps à l'avance. Parfois, ça marchait et, en se gardant bien de demander ouvertement, il avait l'art de faire comprendre qu'une piécette en récompense serait la bienvenue !

« C'est pour mon tabac ! » disait-il en riant et en brandissant fièrement une vieille pipe tout éculée.

Youssef le connaissait comme tout le monde. Ils étaient en somme de la même confrérie, celle des gens à part, des différents qu'on salue bruyamment en public pour montrer qu'on n'est pas bégueule, mais que bien sûr on ne côtoie pas et qu'on évite quand on est seul. D'ailleurs, même s'il ne se passait pas de marché sans qu'ils se croisent, ils ne s'étaient jamais adressé la parole, comme si une sorte de curieuse concurrence s'était établie entre eux.

Que le vieux l'ait tutoyé d'emblée plut à Youssef.

« Je le sais bien que ce n'est pas de ta faute, le rassura-t-il. Je sais même qui a fait le coup, marche. Mais ça ne me dit pas ce que je vais faire de ma bourrique. »

Sans lâcher la ridelle de la charrette, le vieux baissa le nez et se mit à hocher la tête. C'était là indubitablement un problème concernant au premier chef le travail qu'il s'était assigné. Il en allait de sa réputation. Son amour-propre lui faisait un devoir de trouver une solution, mais il était évident qu'elle ne se dessinait pas... Youssef, sur son banc, lui sut gré du sérieux avec lequel il cherchait à l'aider.

Lui, à vrai dire, sans oser se l'avouer, avait déjà renoncé. « À quoi bon ? » Il s'en serait fallu de peu qu'il ne tourne bride et ne reprenne le chemin de sa ferme. Il y avait pourtant Félicien et le repos qu'il lui devait, après l'aller, avant d'entreprendre le retour. Alors, il restait là, immobile, perplexe, étranger à la moindre colère, spectateur passif, en quelque sorte, de son propre renoncement.

« Ben ! pourquoi pas ? s'exclama tout à coup le vieux.

– Qu'est-ce que tu dis ? s'étonna Youssef.

– Ben... »

Le regard de myope, derrière les lunettes, s'était éveillé d'une étincelle presque espiègle bien qu'il parût encore hésiter.

« C'est que... peut-être bien qu'on pourrait, avança-t-il.

– Qu'on pourrait quoi ?

– C'est... c'est qu'il y a le jardin... Il y a des arbres... Elle ne mange pas l'écorce des arbres, au moins, ta bourrique ? »

Félicien ne mangeait pas l'écorce des arbres. Youssef confirma.

« Ben alors... peut-être qu'ils ne diront rien...

– Qui ? s'impatienta Youssef. Quel jardin ?

– Celui de la maison des vieux, pardi ! Comme qu'on dirait, chez moi.

– Tu es à l'hospice ? »

Le vieux se redressa vivement.

« On ne dit plus ça. On ne dit plus "hospice". Il paraît qu'il ne faut plus. Maintenant, on dit "maison de retraite".

– Ça change quoi ? »

Il eut du menton un geste dubitatif.

« Pour dire vrai, pas bien grand-chose ! C'est depuis qu'on a modernisé, comme ils disent. Sûr, c'est plus propre, c'est plus confortable. Mais, qu'est-ce que tu veux, hospice ou maison de retraite, c'est toujours une maison de vieux. Tu sais comment tu y rentres, mais tu sais aussi comment tu en sortiras… les pieds devant. »

Ils méditèrent en silence le temps qu'il fallait ces fortes paroles.

« Et tu crois que le jardin… reprit enfin Youssef.

– Je ne dis pas. Il faut voir.

– Qui c'est qui pourrait ne pas vouloir ?

– Ceux des bureaux, pardi ! Ils sont toujours à crier.

– Et si on demande ?

– Surtout pas, malheureux ! On voit que tu ne connais pas. Si tu demandes, tu es sûr de la réponse : c'est non ! Même, des fois, avant que tu aies posé la question.

– Alors ?

– Alors ? fais donc confiance au vieux Alphonse. Il connaît son affaire, marche, le vieux Alphonse. Tu n'as qu'à me suivre. Le tout, c'est de ne pas se faire voir en entrant. »

Il était celui qui connaissait. C'était comme une force. Peu importait ce que cette connaissance avait de pitoyable. Elle lui donnait sur Youssef le maigre ascendant qui lui aurait permis de soulever des montagnes. Au rythme claudicant du bâton ferré sonnant sur le bitume, ils traversèrent la ville.

« Il sera bien, ton âne, tu verras, répétait le vieux de temps à autre comme pour mieux se délecter du plaisir qu'il éprouvait à être, pour une fois, celui dont on avait besoin. »

Il s'arrêta devant une grande grille ouvragée. Elle s'ouvrait sur une belle allée gravillonnée de part et d'autre de laquelle s'étendaient les pelouses et les massifs d'un jardin soigneusement entretenu. Il était encadré sur trois côtés par de grands bâtiments un peu austères. Celui du fond, le plus haut, était orné d'un fronton prétentieux au sommet duquel on lisait encore *Hospice municipal*, en grandes lettres blanches sur fond bleu.

« C'est là que tu veux que je mette mon âne ? s'inquiéta Youssef.

– Et pourquoi pas ? Tu as mieux, toi ? Suis-moi. Je connais. »

Ils franchirent le portail et tournèrent tout de suite à gauche pour suivre discrètement le mur qui séparait le jardin de la rue. Il y avait partout, au long des allées et des bâtiments, d'innombrables bancs qu'occupaient une foule de vieux et de vieilles paisibles auxquels, bien sûr, leur manège n'échappa pas. Alphonse, hilare, leur faisait des grands signes pour les inciter à se taire, à faire ceux qui ne les voyaient pas. Youssef, qui le suivait pas à pas, ne savait plus où se mettre. Il aurait voulu être à dix pieds sous terre, mais, maintenant qu'il était engagé, le moyen de faire autrement ?

Ils dépassèrent le coin du bâtiment et débouchèrent sur un minuscule jardin buissonnant que, visiblement, on visitait rarement.

« Et alors ? triompha Alphonse. Il ne sera pas bien, ton bourricot, ici ? »

Il fallait reconnaître.

« Tiens, fais-le tourner et attache-le là. Marche, derrière un pareil taillis, ça ne risque pas qu'on le voie. »

Entre un mur et quelques bouquets arborescents de seringas, de lilas et de boules-de-neige, la place était comptée, mais il n'en était pas moins vrai que Félicien et sa charrette avaient toutes les chances de passer totalement inaperçus. Youssef dénoua sa longe.

« C'est là que tu habites ? demanda-t-il.

– Ça t'étonne ?

– Avant, tu étais où ? »

Le vieux marmonna un nom de pays avec, de la main, un geste un peu vague qui semblait aussi bien indiquer l'éloignement géographique que celui d'une autre vie à jamais révolue.

« Et tu es bien, là ?

– Bof ! pourquoi se plaindre ? Qu'est-ce que ça changerait ?

– Tu n'es pas chez toi.

– Et après ? Chez moi, est-ce que j'aurais pu y rester ? Ici, on s'occupe de moi. Au moins, je ne suis pas seul. Oh ! ce n'est pas pour dire, on ne rigole pas tous les jours. Il y en a, ce sont de vrais chameaux. Mais il y en a d'autres, ils sont gentils. L'un dans l'autre…

– Tu ne regrettes pas ? »

Il hésita, feignant de s'intéresser à un détail du harnais de Félicien.

« Ce n'est pas ce que j'ai dit, reprit-il d'une voix sourde, sans lever les yeux. Mais c'est comme ça, qu'est-ce que tu veux y changer ? Ici ou ailleurs… J'ai arrangé ma vie. Je fais avec. »

De tout le temps qu'il passa sur le marché, Youssef resta absorbé par la pensée de ce qu'il venait de découvrir. Ce n'était pas Félicien qui l'inquiétait. Il était convaincu qu'il ne pouvait rien arriver à son âne là où il l'avait laissé. Cet univers de vieux et de vieilles dont il savait bien, comme tout le monde, qu'il existait, mais dont il ne s'était évidemment jamais préoccupé, l'intriguait maintenant au plus haut point. Malgré tout ce qu'il avait senti de douloureux dans les propos d'Alphonse, malgré la sévérité apparente du lieu, malgré celle, dénoncée par le vieux, des gens « des bureaux », il ne pouvait se défaire de l'image de ce vaste jardin ni de l'impression harmonieuse de repos paisible qui en émanait.

« Vieux, le Youssef, il a l'air bien sérieux, aujourd'hui, le blagua-t-on abondamment. Ce serait-y que tu ne nous aimes plus ? »

Il se détendait l'espace d'un instant, gratifiait celui qui l'avait interpellé d'un sourire lumineux qui démentait l'inquiétude, et retombait aussitôt dans ses étonnements. « Au moins, je ne suis pas seul », avait dit Alphonse. Youssef aurait voulu savoir ce qu'était cette solitude à laquelle le vieux faisait allusion. Lui qui si longtemps avait aimé la sienne, devrait-il maintenant la redouter ? La solitude, même aimée, pouvait-elle, un jour, devenir souffrance, et cette étonnante maison de vieux était-elle vraiment le remède à cette souffrance ?

Quand il en eut fini de son marché, il alla retrouver Félicien, sortit en douce du jardin de la maison de retraite sans se faire remarquer et s'engagea sur la route du retour. À vrai dire, ce fut l'âne qui l'accomplit seul. Youssef, perdu dans ses pensées, négligea même de l'encourager de temps à autre, d'un claquement de langue, comme il le faisait ordinairement, et de répondre en brandissant son fouet aux automobilistes qui le klaxonnaient. Fataliste, Félicien ne s'en émut pas et n'eut pas à ce qu'on le lui indique pour retrouver le chemin de la ferme.

XXVII

La notoriété que lui valut dans son école l'histoire de la charrette à âne ne fut pas de nature à simplifier l'existence de Julien. La rédaction qu'il en tira, quelques jours après la rentrée des classes, lorsque, sans faire preuve de beaucoup d'imagination, le professeur demanda un récit de vacances, décrocha sans difficulté la meilleure note et eut, de surcroît, l'honneur d'une lecture à haute voix. Seule ombre au tableau, que ne manqua d'ailleurs pas de souligner le maître, une quantité anormale de fautes d'orthographe, toutes ou presque dues à l'inattention.

« Tu as de la chance d'avoir si bien décrit ton sujet, fit-il remarquer au gamin rose de bonheur. On voit qu'il t'a vraiment passionné. Et je mets toutes ces fautes sur le compte de cet enthousiasme. Tu étais tellement pris par ce que tu racontais que tu n'as plus fait attention à l'orthographe. Ça t'a tout de même valu deux points en moins. Que ça te serve de leçon. Ça ne te ressemble pas, toutes ces étourderies. »

Elles n'étaient pourtant que les signes précurseurs de changements dont l'enseignant avait certes bien évalué les causes, mais dont il ne pouvait évidemment pas prévoir les effets.

Les choses se compliquèrent pour Julien dès la récréation. Si son histoire de charrette à âne lui avait valu une si belle note, elle lui attira bien plus de lazzis que d'admiration de la part de ses copains. Avait-on idée de s'intéresser à une charrette à âne ? Et d'abord, est-ce que ça existait encore, des choses comme ça ? À l'époque de la télévision, du téléphone portable, des parcs d'attractions et de Zidane, est-ce qu'on s'intéressait encore à une charrette à âne ?

Julien, qui attachait tant de prix aux souvenirs de son séjour chez Youssef, en fut profondément ulcéré. La blessure, pourtant, ne fit que s'ajouter à celles accumulées depuis son retour à Paris. Ce n'était pourtant pas faute d'avoir signifié à sa mère de la façon la plus rude que la vie qu'elle lui imposait ne le rendait pas heureux. Elle n'en tint aucun compte. « Peut-être, se disait le gamin, ne peut-elle pas mieux faire, mais au moins qu'elle me l'explique, qu'on en parle. » Elle l'ignora et retrouva avec apparemment beaucoup de satisfaction ses multiples activités, ses cocktails et ses sorties, ses rencontres avec des amies et ses soirées mondaines, s'en remettant aveuglément aux capacités de Julien à se débrouiller seul.

Certes, il y parvenait fort bien et, en tout état de cause, bien mieux que la plupart des gamins de son âge, mais, s'il en avait tiré une certaine fierté à une époque, il y avait beau temps qu'il s'était lassé de ces soirées solitaires devant ses devoirs, puis devant la télévision, puis dans son lit d'où, vainement, avant que le sommeil ne l'emporte, il tendait l'oreille dans l'espoir d'entendre le bruit de la porte. Bien rares étaient les soirs où il ne finissait pas par s'endormir sur cet espoir déçu d'un baiser, d'un câlin, si bref soit-il.

C'étaient là des temps où rien d'autre ne l'habitait que l'envie, bien légitime chez un gamin de dix ans, d'avoir plus souvent sa mère auprès de lui. Des temps révolus. À cette présence qui se dérobait sans cesse, Julien avait trouvé, durant l'été, bien autre chose que de simples substituts. Samanta aurait été très étonnée si, prenant le temps d'écouter son fils, elle avait mesuré à quel point l'avait marqué et d'une certaine façon mûri son séjour chez Youssef. À traiter cet épisode de la vie de son fils comme quantité négligeable, à vouloir l'ignorer, elle avait rompu les dernières possibilités de compréhension entre elle et lui. L'indulgence avec laquelle il se résignait à l'attendre, jadis, avait fait place à l'envie de plus en plus irrépressible d'un impossible choix entre cet ennui sans fin et le bonheur connu chez Youssef.

Bien loin d'en atténuer le souvenir, le temps qui passait ne faisait qu'attiser les regrets du gamin et l'ironie de ses camarades, qui continuaient inlassablement, avec cette obstination cruelle dont sont capables les enfants, de lui reprocher sa charrette à âne, faisait naître chez lui de nouvelles envies de fugue. Il avait promis et était bien résolu à ne pas trahir son serment, mais il y avait aussi, chez lui, un réalisme très pragmatique qui lui avait fait mesurer que, si d'aventure il débarquait à nouveau chez Youssef, on aurait tôt fait de l'y retrouver !

« Et si j'allais habiter chez Hervé ? s'était-il demandé. Après tout, c'est mon père ! » Tout à coup, cette nouvelle filiation qu'on lui avait si curieusement imposée et à l'idée de laquelle il ne parvenait pas à se faire lui avait semblé moins haïssable ! Il avait osé suggérer à sa mère ce qui avait fini par lui apparaître comme la solution idéale.

« Tu es trop occupée, avait-il plaidé. Ici, je t'encombre. Hervé, il a le temps, lui. Et puis, j'irai à l'école du pays. »

Prudemment, bien sûr, il s'était gardé de faire la moindre allusion à Youssef ! Il n'avait obtenu pour toute réponse qu'un haussement d'épaules un peu exaspéré.

« Tu m'aimes donc si peu pour vouloir partir ? » lui avait-elle rétorqué avant de refermer sèchement la porte de l'appartement derrière elle, en partance pour quelque incontournable rendez-vous…

La porte s'était d'ailleurs rouverte aussitôt.

« À propos d'Hervé, avait lancé Samanta sans même prendre le temps de rentrer, il va venir. Je t'interdis bien de lui parler de ça. »

Et elle avait disparu pour de bon.

À quelques jours de là, Hervé avait en effet débarqué. À voir l'importance de ses bagages, Julien avait tout de suite déduit qu'il était là pour un certain temps. Il avait vu juste. Il n'avait pourtant pas imaginé que cela lui vaudrait une longue sortie avec sa mère. Elle le traîna tout un après-midi dans une galerie d'art du quartier du Marais qui exposait les œuvres d'Hervé. Il s'y ennuya copieusement. Elle ne s'en aperçut évidemment pas, trop absorbée qu'elle était par le rôle de compagne de l'artiste qu'elle assumait avec délectation.

Elle fut bien plus souvent à la maison. Stupéfait, Julien découvrit ce que pouvaient être des soirées entières avec sa mère à la maison et, surtout, une mère totalement oublieuse, apparemment, de tous ces rendez-vous qui faisaient, avant l'arrivée d'Hervé, qu'elle n'apparaissait qu'entre deux portes, toujours pressée, toujours inquiète d'être en retard. Il n'eut pas à nourrir pour autant beaucoup d'illusions. Non seulement ce n'était pas pour lui qu'elle était là, mais encore sa présence gênait souvent.

« Tu n'as rien à faire ? Tu as fini tes devoirs ? lui demandait-elle avec insistance dès qu'il traînait un peu trop longtemps dans la salle de séjour. Va donc t'occuper dans ta chambre », ajoutait-elle.

Et s'il tardait à obtempérer, tombait inéluctablement un sévère :

« Julien, qu'est-ce que je t'ai dit ? »

Il allait s'enfermer dans sa chambre, amer, de plus en plus coléreux, et restait étendu sur son lit de longues heures à ne rien faire d'autre qu'à ruminer son malheur et à rêver d'escapades. Inévitablement, elles prirent peu à peu des allures de luttes plus ou moins violentes. Elles n'avaient pour seul but que la petite ferme de ses souvenirs, mais c'étaient peu à peu les raisons de la rejoindre qui changeaient. Le bonheur de retrouver Youssef et tous ses animaux restait le point fort, l'élément de sécurité, le fortin à l'abri des murailles duquel il fait si bon vivre, mais progressivement les raisons de s'y enfermer avaient glissé de la simple protection d'un tel bonheur à l'impérieuse nécessité de le défendre contre toutes les vindictes possibles et imaginables et les coalitions qu'elles formaient pour mieux le détruire.

Ce fut ainsi qu'il se persuada peu à peu que le monde entier lui en voulait. Sa joie de vivre et son humeur jusque-là toujours égale, qu'on se plaisait tant à louer, ne furent bientôt plus que des souvenirs.

« Tu le fais exprès ou quoi ? s'emportait sa mère. Ce n'est pas possible que tu deviennes désagréable à ce point. Tu veux absolument me rendre malheureuse ? »

Jamais l'idée ne lui vint que, d'eux deux, le plus malheureux pouvait être son fils. Comment, d'ailleurs, aurait-elle pu le concevoir puisque, au fond, elle ne connaissait rien de la vie de Julien, hormis ce qu'elle entendait qu'elle soit ?

Le regard stupéfait qu'elle porta sur lui, à l'approche des vacances d'hiver, lorsqu'il lui rappela sa promesse de l'emmener chez Hervé, ne fut pas pour arranger les choses.

« Aller chez Hervé, en cette saison ? Tu n'y penses pas ! Qu'est-ce que tu y ferais ? Il pleut tout le temps et il n'y a même pas de neige. D'ailleurs, je ne vois pas pourquoi tu irais chez lui alors qu'il va venir. »

Ainsi, au rythme des séjours d'Hervé qui se multipliaient et se prolongeaient, s'éloignait pour Julien l'espoir de retrouver enfin Youssef et sa ferme. Il écrivit sa colère et son désespoir au vieil homme, mais ne s'étonna guère de ne pas avoir de réponse. Ce n'était pas un épistolier, Youssef !

Une fois, le vieux avait fait l'effort de prendre une feuille de papier et un crayon, de s'installer sous la lampe, au beau milieu de la grande table de la salle, et de répondre à Julien. Que dire ? Lorsqu'il eut laborieusement expliqué qu'il écrivait pour dire qu'il avait bien reçu sa dernière lettre, qu'il allait bien et que tous les animaux aussi allaient bien, il resta penaud, la plume levée, incapable de trouver autre chose à confier au papier. Il chercha longtemps, ajouta tout de même qu'il avait fini ses travaux d'automne et qu'il faisait mauvais, puis, décidément à court d'idées, il se résolut à plier sa feuille en quatre, à la glisser dans une enveloppe et à recopier soigneusement l'adresse que lui avait laissée le gamin.

Ces quelques mots griffonnés d'une écriture maladroite ne firent pas moins un plaisir immense à Julien. Il mesura fort bien, à la parcimonie des phrases et à l'application avec laquelle elles étaient tracées, combien il avait dû en coûter à Youssef. Il sut le lui dire, dans sa lettre suivante, et le rassura pour l'avenir. Bien sûr, il ne se formaliserait pas si le vieil homme ne lui répondait pas souvent. Il lui suffisait de savoir qu'il était là-bas, dans sa petite ferme, et qu'il restait à l'écoute de ses problèmes, de ses malheurs et de son si vaste désir de revenir.

Il alla même jusqu'à lui exposer les raisons de son plus grand désespoir avant que sa mère en ait vent. Ses résultats, à l'école, devenaient catastrophiques. Julien en était profondément malheureux.

D'avoir toujours tenu la tête de sa classe était pour lui quelque chose de normal dont l'idée ne lui serait pas venue de tirer la moindre gloriole. Et puis, progressivement, depuis la rentrée, c'était la chute. Il n'y pouvait rien ; il n'y arrivait plus, il ne trouvait plus en lui l'envie de bien faire qui le motivait jusque-là. Il ne parvenait plus à concentrer son attention, il n'écoutait plus, ne s'intéressait plus à rien.

Samanta se souciait d'autant moins de surveiller ses carnets de notes qu'elle s'était persuadée que son fils était un petit génie et qu'il suffisait de laisser faire pour qu'il récolte tous les lauriers, année après année. Il fallut que l'instituteur en vienne à l'extrémité d'un mot lui demandant de passer à l'école pour que lui soit révélée l'étendue du désastre.

Ce fut évidemment un drame. Le malheureux hasard voulut que cela se passe durant un séjour d'Hervé. Elle entra dans une colère noire, telle que Julien n'en avait jamais vu, ne voulut rien entendre de ce qu'il tentait, dans ses larmes, de lui expliquer, le priva de tas de choses qui ne lui manquèrent guère tant il avait perdu de goût à tout ce qui n'était pas son plus profond désir, le menaça des plus grands malheurs, finit par se débarrasser de lui en l'envoyant dans sa chambre… et n'y pensa plus.

De cette indifférence pour les vraies raisons de son malheur ou du silence d'Hervé, qui assistait pourtant à la scène, Julien se demanda longtemps ce qui lui avait fait le plus de peine. C'était ça, son père ?

Il était pourtant bien petit, à l'époque, mais il n'avait pas oublié la façon qu'avait François de relayer avec une rare efficacité l'autorité de sa mère lorsqu'il lui arrivait de déclencher les foudres de leur colère ! Plus d'une fois, il lui en avait cuit, mais, tant d'années après, il ne pouvait pas s'empêcher de comparer. Ce n'était pas à l'avantage d'Hervé, ni de nature à l'aider à se sortir de son mal-être.

Jamais année scolaire ne lui parut aussi longue. Par amour-propre, pour ne pas risquer de se voir infliger un nouveau refus, il s'imposa de ne plus faire allusion à la promesse qui lui avait été faite de pouvoir revenir régulièrement chez Hervé. D'ailleurs, celui-ci séjournait de plus en plus souvent à Paris. Il n'avait donc aucune illusion à se faire.

Le retour des beaux jours fut, en fin de compte, son meilleur allié. Le séjour de la grande véranda et du jardin recommença à tenter Samanta. Lorsque survinrent enfin les vacances d'été, Julien redouta un temps qu'elle décide de l'envoyer chez ses grands-parents. Elle ne parut pas y avoir pensé. Il se garda bien de quelque allusion que ce soit au programme possible de ses congés. Il lui fallut encore endurer deux longues semaines d'ennui à

Paris avant qu'elle lui annonce enfin triomphalement qu'Hervé les invitait. Il parvint encore à garder son calme et à accueillir cette grande nouvelle sans rien laisser paraître de l'immense bonheur qu'elle lui procurait.

XXVIII

SA RÉSOLUTION fut prise dans la voiture. Après tout, à lui aussi on avait fait une promesse, et on ne l'avait pas tenue. Il lui avait fallu attendre près d'un an pour que sa mère éprouve le besoin de retrouver la maison d'Hervé rendue à nouveau attirante par le retour du soleil. Pourquoi devrait-il continuer à se sentir lié par son serment de ne pas s'éloigner si eux-mêmes ne respectaient pas leurs engagements ? L'idée de la transgression lui était profondément désagréable. Le désir de retrouver Youssef et la ferme était pourtant plus grand encore.

Samanta avait naturellement choisi de quitter Paris en même temps que quelques milliers d'autres vacanciers. Ils durent patienter longuement dans d'interminables embouteillages avant d'atteindre l'autoroute. Ils n'en furent d'ailleurs pas quittes pour autant car ils eurent encore à piétiner dans d'inexplicables ralentissements jusqu'à ce qu'ils aient dépassé la bifurcation de Fontainebleau.

Julien n'aimait pas la façon de conduire de sa mère. Il la trouvait irrégulière et trop saccadée. Il le lui avait dit. Elle s'était moquée de lui et lui avait demandé de quoi il se mêlait. Du coup, par vengeance, il s'était installé à l'arrière, dédaignant ce qu'il nommait explicitement « la place du mort » et découvrant non sans intérêt qu'il disposait de beaucoup plus de place et d'un espace un peu secret où il pouvait bien plus facilement s'abandonner à ses rêveries.

Cette fois, pourtant, il ne rêvait pas. Pelotonné sur son siège, le nez à la vitre, il se posait inlassablement le problème de sa farouche résolution de retrouver enfin Youssef. Quoi qu'il fasse et sous quelque angle qu'il l'envisage, elle se heurtait sans cesse au veto que Samanta ne manquerait sûrement pas de lui opposer. Restait la désobéissance. Dès lors qu'il l'envisageait, tout devenait très clair. On se souciait si peu de lui, quand ils étaient chez Hervé, qu'il lui suffirait de franchir la grille. Suivre la petite route jusqu'à la ferme serait un jeu d'enfants. Il faudrait simplement veiller à rentrer assez tôt pour que personne ne s'aperçoive de son escapade.

Cela lui parut d'une telle évidence qu'il en fut tout déconcerté. Il était donc si facile de s'affranchir de la chose jurée ? L'idée ne lui plaisait pas. Pendant que défilaient les plaines d'Île-de-France, où l'on commençait les moissons, puis les coteaux de l'Auxerrois et de l'Avallonnais, où se mêlaient harmonieusement forêts et champs immenses, il buta longtemps sur ce principe que son âme d'enfant, toute d'une pièce, rechignait à bafouer.

« Et eux, finit-il tout de même par se demander, ils les ont tenues, leurs promesses ? »

Depuis le sommet d'une des dernières côtes du Bassin parisien, il avait entrevu quelques instants, loin devant eux, la barrière sombre des monts et des forêts du Morvan. Ce fut comme un signal. Ils basculaient de l'univers de la ville à celui des profondes forêts et des horizons sauvages. Ils tournaient la page d'une année malheureuse. Cette ligne sombre brièvement entrevue avant que l'autoroute plonge vers la vallée de l'Yonne, c'était, pour le gamin, comme une nouvelle page blanche dont il voulait à toute force qu'elle soit celle de son bonheur retrouvé. Il n'était déjà plus le même. Son sourire que sa mère ne pouvait pas voir était à nouveau celui du gosse qui filait, au long des haies, précédé des aboiements joyeux de Kicouillou.

« Si seulement je voulais faire quelque chose de mal, je ne dis pas, plaida-t-il pour lui-même. Est-ce que c'est mal d'aller revoir Youssef qui a été si gentil avec moi ? Non ? Alors ! »

Quand ils quittèrent l'autoroute et que la voiture s'engagea sur les petites routes sinueuses à souhait du Morvan, entre prés peuplés de blanches charolaises, taillis ébouriffés et froides sapinières, il s'était redressé et, accoudé au siège avant, il cherchait attentivement dans le paysage les premiers signes qui lui indiqueraient qu'on arrivait.

Prudemment, il laissa passer la première journée sans s'éloigner. Le temps qu'il fallait pour s'assurer que, comme l'année précédente, on ne s'inquiétait pas de ce qu'il faisait. Il fut pleinement rassuré par l'évidence du plaisir que prenaient sa mère et Hervé à s'occuper d'eux-mêmes et, en corollaire, du peu d'envie qu'ils avaient à le voir traîner dans leurs jambes ! Il ne se le fit pas dire deux fois et, histoire de tester leur attention, il disparut tout l'après-midi. Il alla retrouver sa cabane, constata les dégâts provoqués par l'hiver et se mit en peine, à force de charroi de branches mortes et d'arrachage laborieux de fougères, de la rebâtir bien mieux qu'à l'origine.

Exténué mais d'autant plus heureux que sa résolution avait désormais la consistance du roc, il ne revint vers la maison que pour l'heure du dîner. Il se garda bien de se montrer et attendit qu'on l'appelât. Cela survint exactement comme il s'y attendait. Il n'avait donc rien à craindre pourvu qu'il soit là pour répondre présent quand on se souviendrait qu'il existait.

Il parvint à contenir son impatience jusqu'à ce que, après le déjeuner et un café pris sans se presser sous la véranda, Hervé et Samanta cèdent à la tentation d'une petite sieste.

« Et toi ? Que vas-tu faire ? » lui demanda sa mère avant de disparaître dans l'escalier, à la suite d'Hervé.

Il s'attendait si peu à cette exceptionnelle sollicitude qu'il faillit se trahir.

« Bof… se reprit-il juste à temps. Je ne sais pas. Peut-être que je vais aller à ma cabane. »

Elle n'avait pas attendu la réponse.

« C'est bien », lui cria-t-elle à tout hasard, depuis l'étage, juste avant qu'il entende se refermer la porte de leur chambre.

Il n'en resta pas moins un long moment indécis au fond du fauteuil de jardin dans lequel il avait attendu qu'ils s'éloignent. Il était si peu dans les habitudes de sa mère de s'inquiéter de ce qu'il comptait faire qu'il ne pouvait s'empêcher d'y voir comme une menace. Son projet était-il éventé ? Comment aurait-elle pu savoir ? Et puis, après tout, il n'allait rien faire de mal. Allez ! ouste ! on y va ! Il se redressa vivement et fila.

Le léger grincement qu'émit la grille lorsqu'il l'entrouvrit le figea d'angoisse. Il tendit l'oreille. Rien ne bougeait. Il reprit confiance et s'éloigna rapidement. Sitôt passé le premier virage qui lui dissimula le mur de la propriété d'Hervé, un délicieux sentiment de bien-être se saisit de lui. Les mains au fond des poches, il allait en sautillant allègrement d'un pied sur l'autre, le nez au vent, déjà grisé par cette liberté à laquelle il n'avait plus goûté depuis un an.

À une barrière de pré, il s'époumona à appeler quelques veaux qui suivaient leurs mères en s'essayant à mâchouiller quelques brins d'herbe.

« Venez, leur disait-il. J'ai des tas de caresses pour vous ! »

Ils le regardèrent d'un œil étonné et s'éloignèrent.

« Tant pis pour vous. Vous êtes bêtes. Mes caresses, elles seront pour Kicouillou, Pépette, Félicien et les chèvres. »

Il chantonnait au rythme de ses pas. Au coin du bois au-delà duquel il savait les toits de la ferme qu'il commencerait à apercevoir, derrière un dernier rideau d'arbres, il y avait un chêne énorme dans le feuillage duquel toute une colonie de chardonnerets, de mésanges et de pinsons menait un grand tapage. Il s'arrêta à son pied, leva les yeux et chercha à discerner quelques-uns des passereaux. Ils avaient l'art de se confondre avec l'environnement de leur perchoir. Ce fut à peine s'il en devina deux ou trois.

« Ce n'est pas grave, leur dit-il. Je vous aime bien tout de même. »

Il continua son chemin. Il faisait bon dans le sous-bois. Une brise à peine perceptible faisait danser sur la route quelques taches de lumière infiltrées au travers des feuillages. Il s'ingénia à aller à cloche-pied de l'une à l'autre, changeant de pied chaque fois qu'il en atteignait une. Il arriva ainsi à l'orée du bois et s'arrêta, tout essoufflé.

C'était à peine, tant les feuillages étaient épais, si on devinait, entre eux, quelques pans étroits d'ardoises bleutées. Julien sentit l'émotion l'envahir. Enfin ! Il exécuta au milieu de la route une folle cabriole, puis, s'arrêtant net, solidement planté sur ses jambes écartées, il mit les mains en porte-voix.

« Kicouillou ! » appela-t-il aussi fort qu'il le put, et il partit en courant.

Les bras tendus devant lui, tenant fermement un volant imaginaire, émettant le bruit formidable d'un moteur hyperpuissant, il était le pilote d'un bolide fonçant vers le bonheur ! Il atteignit ainsi l'entrée de la ferme, tendit le bras à gauche pour bien indiquer qu'il tournait, fit bringuebaler son engin, au mépris complet de ses suspensions, sur le mauvais chemin qui menait à la cour, et s'arrêta net...

Déjà, de jeunes herbes poussaient hardiment entre les pierres. Toutes les portes étaient closes, même celle de l'étable. Même les volets, qu'il n'avait jamais vus fermés, obstruaient chaque fenêtre, donnant à la maison une triste allure de sommeil suspect. Dans le hangar, les outils empilés étaient gris. La poussière de l'abandon les ensevelissait déjà.

Julien cligna des yeux. Ce n'était pas possible. Il rêvait. Il avança à pas comptés.

« Youssef ? appela-t-il doucement. Tu es là, Youssef ? »

Le silence était angoissant. Il eut pourtant le courage d'aller jusqu'à la porte. Quelques orties et même une ronce se faufilaient déjà entre les marches du perron. Il osa frapper, mais retira vite sa main, comme s'il y avait quelque chose d'hostile dans le contact froid de ce volet de bois irrémédiablement figé.

« Youssef… bredouilla-t-il. Ce n'est pas vrai. Tu es où, Youssef ? »

Lentement, en laissant une main traîner contre le mur, comme s'il lui fallait veiller à se guider ainsi dans cet univers tout à coup inerte, vide de sens, il alla jusqu'au pignon de la maison. Le poulailler qui s'y appuyait était désert et sa porte, veuve d'un de ses gonds, béait de guingois, grande ouverte.

Alors, Julien comprit. Il se retourna d'une pièce et laissa courir un regard égaré sur la désespérante tristesse de cette cour sans vie.

« Youssef ! » hurla-t-il avec autant de désespoir que de colère dans la voix, et il s'effondra en sanglotant.

XXIX

Il y avait foule à la terrasse du café. On y parlait gravement en jetant des regards inquiets vers la grille de la propriété d'Hervé devant laquelle étaient garées deux voitures. L'une, rouge, était celle des pompiers, l'autre, bleue, celle des gendarmes.

Un drame, à coup sûr, était survenu au château. Quelle autre hypothèse ? En l'absence de la moindre information, les supputations allaient si bon train qu'il était à prévoir qu'elles ne tarderaient pas à être relayées par les convictions. Celles-ci, d'ailleurs, ne constituant jamais qu'un état transitoire avant les certitudes…

« Deux jours qu'elle est là, et déjà les pompiers et les flics ! » persiflait-on.

On brûlait surtout de savoir, de capter la bribe d'information de nature à apaiser la faim toujours dévorante de la curiosité. De quoi alimenter la pompe des commentaires, de quoi déduire, broder, conforter, quoi qu'il arrive, des opinions déjà tellement arrêtées qu'il faudrait bien, coûte que coûte, que les faits, quels qu'ils soient, se plient à leurs nécessités.

« Je l'avais bien dit ! »

Quoi ? On ne savait pas trop, mais il en était bien peu pour s'étonner. On acquiesçait gravement. C'était le genre d'affirmation totalement gratuite qui permettait que rebondissent les conversations un peu languissantes et que naissent d'autres propos, vaguement polémiques. Ce n'étaient que des façons d'être. Il y avait des formes à respecter. Ces espèces de joutes oratoires désordonnées et bruyantes finissaient par avoir tout du cérémonial au protocole perceptible des seuls initiés. Plus on criait fort, plus s'acharnait la contestation et plus était évidente la conclusion.

« Ces gens-là… Ça t'étonne, toi ? »

On marquait un silence consterné et réprobateur, puis la conversation reprenait et, à nouveau, par paliers, le ton montait.

« Tiens ! regarde donc : ils sortent. »

Comme un seul homme, la terrasse entière se tournait vers le spectacle, à ne surtout pas manquer, de la camionnette rouge dont on venait d'ouvrir les portes arrière et autour de laquelle s'activaient trois hommes en tenue de pompier.

Les plus éloignés, ceux que gênait la tête de leur voisin ou l'angle de la maison qui leur dissimulait une partie de la scène, s'étaient levés précipitamment et s'étaient écartés jusque sur la rue. Debout côte à côte, se poussant du coude, ils se donnaient une contenance en commentant à haute voix.

« Ma parole, ce sont des bouteilles ! s'exclamait un connaisseur en matière de plongée sous-marine.

– Et alors ? s'impatientait un béotien.

– Des bouteilles ! Qu'est-ce que tu veux qu'ils fassent de bouteilles ? Ce n'est pas dans le grenier, marche, qu'ils sont allés chercher.

– …

– Eh ben ! des bouteilles ! reprenait avec beaucoup de suffisance le spécialiste. C'est pour chercher sous l'eau, tiens ! Où veux-tu que ce soit ?

– Sous l'eau ? Où c'est qu'ils ont pu aller trouver assez d'eau pour chercher en dessous ?

Pas d'étang, ni même de mare, à proximité.

– La rivière ? » tenta l'un.

On s'esclaffa.

« Et il leur faut tout ce fourniment pour aller chercher dans la rivière ? À l'heure qu'il est, il y a quoi… vingt, trente centimètres, dans la rivière, pas plus. Et même qu'elle est si claire, cette eau-là, qu'on y voit les truites comme si on y était. Ça me paraît encore bien du cinéma, tout ça. »

Ça ne faisait évidemment pas leur affaire. Un silence réprobateur répondit à la réflexion du râleur, mais on manquait cruellement d'arguments pour lui faire ravaler son pessimisme. Il fallait pourtant à tout prix que ce soudain déploiement de forces soit justifié par un événement d'importance. Que ferait-on, de quoi parlerait-on si ce n'était, comme il disait, que du cinéma ?

« Et le gamin ? Il était avec, le gamin ? »

Personne ne l'avait vu, pas plus que sa mère d'ailleurs, depuis qu'on avait repéré la voiture dans la cour d'Hervé.

« Cette fois, ça ne peut pas être un coup du Youssef, fit remarquer quelqu'un avec presque du regret dans la voix.

– N'empêche, le Youssef, il nous a bien eus. C'est bien lui le plus tranquille, maintenant. »

On approuva bruyamment, mais on ne s'étendit pas. C'était du passé, tout ça, et puis, il y avait ce vague sentiment d'avoir été dupé. En somme, on avait laissé échapper bêtement une trop belle occasion de palabrer, de jaser, de se donner bonne conscience en bâtissant de toutes pièces les raisons qu'on prétendait avoir de s'offusquer du comportement des autres. Il ne fallait plus se disperser. Il ne fallait surtout pas se laisser distraire de l'occasion qui se présentait de se refaire en matière de ragots à ressasser tout au long des longues soirées d'hiver !

« Tiens, ce coup-ci, ce sont les flics. »

Ce fut à peine si on se montra plus discret. Hervé accompagnait les deux gendarmes. Il resta un moment à parler avec eux à la fenêtre de leur voiture. Puis ils partirent. Hervé n'eut pas un regard pour la terrasse. Les mains dans les poches, les épaules voûtées, la tête basse, il remonta l'allée gravillonnée. Il allait disparaître derrière l'angle de la maison quand on le vit soudain s'arrêter et se redresser. Sous l'auvent de la terrasse, on retint son souffle. Les gendarmes n'étant plus là, on revit les plus mal placés regagner prestement le milieu de la rue pour ne rien manquer de ce qu'ils espéraient déjà être un coup de théâtre.

Hervé resta longtemps ainsi debout au milieu de l'allée, dans l'ombre des grands châtaigniers. On frissonna lorsque, au bord, peut-être, d'une décision essentielle, il se retourna vivement et leur fit face. Il était pourtant évident qu'il ne les voyait pas. On crut brièvement qu'il allait se précipiter vers on ne sait quoi, mais il renonça. La distance n'y faisait rien. On voyait bien qu'un profond débat l'animait et qu'il hésitait sur la résolution à prendre.

Il finit par rebrousser chemin et il disparut pour de bon derrière le coin de la maison. Toute la terrasse fut parcourue par une grande houle d'émoi. La tension, décidément, avait été trop forte.

« Tu as vu ça ? Même pas un bonjour. Depuis qu'il s'en est trouvé une de la haute, celui-là… »

Tout le monde ne partageait pas le même avis.

« Tu diras ce que tu voudras, mais ce n'est pas dans ses habitudes. Il faut qu'il y ait quelque chose de grave.

– Ce n'est pas une raison.

– Qu'est-ce que tu en sais ? »

Il fallut bien qu'ils en restent là. La maison d'Hervé s'était refermée sur son secret. Il n'y avait plus d'espoir, pour cette fois, d'en apprendre plus. On sécha les verres, on régla les tournées et l'on se dispersa en ruminant ses insatisfactions.

Dès qu'ils eurent compris que Julien ne répondrait pas à l'appel lancé à plusieurs reprises par sa mère, puis par Hervé, pour le repas du soir, Samanta avait paniqué.

« Il lui est arrivé quelque chose, avait-elle décrété. Ce n'est pas possible autrement, il lui est arrivé quelque chose. »

Indécis, Hervé avait bien tenté de la calmer, de lui faire valoir que, après tout, le gamin n'en était pas à son coup d'essai, qu'il savait se débrouiller et qu'il n'allait pas tarder… Lui-même ne croyait qu'à moitié à ses arguments et Samanta n'eut aucun mal à les démonter.

« Quand il est parti, l'an dernier, il m'a laissé un mot. Et puis, il avait emmené un bagage, son téléphone portable. Là, rien. Il n'a rien pris. Tout est en place. D'ailleurs, pourquoi veux-tu qu'il parte d'ici ? »

C'était l'évidence, encore qu'Hervé aurait pu penser à Youssef, à la ferme. Julien ne savait pas. Il avait pu avoir la tentation d'y retourner. Curieusement, dans l'inquiétude du moment, l'idée ne lui vint pas à l'esprit. Tout cela, pour lui, était une affaire réglée et qui le concernait si peu qu'il l'avait purement et simplement oubliée.

« Sa cabane ! s'était écriée Samanta. Tu sais où elle est, sa cabane ? »

Bien qu'il ne s'y soit jamais intéressé outre mesure, Hervé avait remarqué, tout en bas de sa propriété, un curieux amas de branchages qui pouvait passer pour une cabane d'enfant.

« Mais alors, si c'est là-bas tout en bas, s'affola Samanta qui ne s'était jamais aventurée si loin de la maison, c'est près de la rivière ? »

Hervé ne put que confirmer.

« Vite, vite, il faut aller voir, décida-t-elle. Il s'est noyé ! »

Elle n'en démordit plus. Hervé eut beau lui expliquer qu'il n'y avait que bien peu d'eau, en cette saison, dans le modeste cours d'eau, elle exigea d'y aller tout de suite. Il tenta de la raisonner, il lui fit valoir que le gamin n'en était pas à sa première expérience. Il osa même lui faire remarquer qu'elle n'avait pas perdu son sang-froid, à un an de là, quand Julien avait fugué pour de bon. Rien n'y fit. Elle exigea qu'il l'emmène sur-le-champ jusqu'à cette rivière sur laquelle elle focalisait sa panique. Ils eurent beaucoup de mal à trouver une lampe de poche en état de fonctionner. Cramponnée au bras d'Hervé, sursautant au moindre bruit, s'inquiétant des ombres que faisait danser devant eux le faible cône lumineux de la loupiote, elle eut l'héroïsme de traverser tous les prés qui descendaient en pente douce jusqu'à la berge de ce qu'il aurait été plus approprié d'appeler un ruisseau.

« Tu vois, lui dit Hervé. En admettant même qu'il soit tombé dedans, il ne courait pas d'autre risque que de se tremper. »

Elle ne voulut rien savoir. Elle lui arracha la lampe des mains et voulut se mettre à courir le long du lit à moitié à sec en appelant désespérément : « Julien ! Julien ! » Elle n'alla évidemment pas loin. Un trou un peu profond laissé par le sabot d'une vache allant se désaltérer la fit basculer. Elle en profita pour se tordre la cheville et hurla de douleur lorsque Hervé voulut l'aider à se relever. Il fallut qu'il la porte presque pour qu'ils parviennent à remonter jusqu'à la maison.

Elle n'était pas encore effondrée dans un fauteuil de la véranda que déjà elle décrétait qu'il fallait sans délai prévenir la gendarmerie. Hervé était tellement essoufflé qu'il fut incapable de lui répondre. Elle devint hystérique. Il n'eut d'autre ressource, lorsqu'il eut retrouvé un minimum de souffle, que d'aller chercher le téléphone. Avant de composer le numéro, il tenta tout de même de plaider :

« Ça ne sert à rien. Que veux-tu qu'ils fassent à cette heure-ci, en pleine nuit ? »

Elle ne releva même pas.

« Qu'est-ce que tu attends ? cria-t-elle. Tu t'en fiches, de ce gosse, ou quoi ? »

Il s'exécuta. On enregistra soigneusement son appel. On lui demanda quelques précisions, on s'inquiéta de savoir s'ils avaient bien cherché partout et on lui confirma, comme il s'y attendait, que rien ne serait possible avant le lever du jour. Encore lui demanda-t-on de rappeler à ce moment-là pour ne pas avoir à se déplacer si, par hasard, le gamin était retrouvé entre-temps.

À sa grande surprise, lorsqu'il eut raccroché, il s'aperçut que Samanta, recroquevillée au fond de son fauteuil, sanglotait silencieusement. L'abattement le plus total s'était substitué sans transition à l'hystérie. Il voulut la consoler ; elle le repoussa doucement.

« C'est de ma faute, bredouilla-t-elle. C'est moi. Je n'y ai rien compris. Ça fait plusieurs jours déjà… »

Agenouillé devant elle, au coin du fauteuil, il la considérait avec étonnement, mais il se gardait bien de questionner. Ils étaient, l'un et l'autre, dans cet état pire que tout de l'angoisse confrontée à l'impuissance. Ils n'avaient plus qu'à attendre, et l'interminable traversée de ces heures de nuit, à laquelle il leur fallait bien se résoudre, leur paraissait au-delà de leurs forces.

Il eut beau patienter, elle laissa ses mots en suspens. Il tenta tout de même de savoir.

« Plusieurs jours que quoi ? » demanda-t-il.

Elle posa sur lui un regard vide d'expression, parut hésiter en le dévisageant longtemps, puis elle hocha la tête de droite à gauche.

« Non, dit-elle enfin. Ce n'est rien. »

Elle se leva lentement et, en claudiquant, mais sans requérir son aide, elle gagna leur chambre. Il lui parut préférable de ne pas l'y suivre. Lorsqu'il eut épuisé tous les dérivatifs que pouvait lui offrir une revue ramassée au hasard sur le canapé et qu'il vint voir si elle dormait, il la trouva allongée tout habillée sur leur lit, le visage trempé de larmes et le regard obstinément rivé au plafond. Elle n'avait même pas éteint.

« Ça va ? demanda-t-il bêtement, plus d'ailleurs pour s'assurer qu'elle était éveillée qu'autre chose.

– C'est de ma faute, répéta-t-elle, comme si elle n'avait rien fait d'autre, depuis qu'elle l'avait quitté, que répéter inlassablement ces trois mots et qu'il importait peu que, cette fois, ils soient prononcés à haute voix, plutôt que dans l'obstination de son idée fixe.

– Pourquoi dis-tu ça ? » dit-il en s'agenouillant près du lit et en lui posant une main sur le bras.

Elle tourna vers lui un regard ravagé par les larmes et parut le découvrir. Il s'étonna et s'émut du sourire qu'elle parvint à lui adresser.

« Pourquoi ? répéta-t-elle. Je ne sais pas. Il y a plusieurs jours, déjà. Qu'est-ce qu'il a dit ? Qu'est-ce qu'il a fait ? Je n'en sais même plus rien, mais brusquement, sans que rien l'annonce, ce gamin-là, j'ai senti qu'au fond je ne le connaissais pas. C'est mon fils et je ne le connais pas. Nous vivons côte à côte et je ne sais pas qui il est, ce qu'il fait, ce qu'il aime, ce dont a envie… C'est vrai, Hervé, c'est terrible, mais là, ce soir-là, sans rien avoir vu venir, j'ai brutalement compris que je ne m'étais jamais vraiment souciée de lui. Depuis, j'ai essayé. Dans la voiture, en descendant, je lui ai tendu des perches, j'aurais voulu qu'on parle. Encore tout à l'heure, je lui ai demandé ce qu'il allait faire, pour lui montrer que ça m'intéresse, que je ne suis pas indifférente. Peine perdue. Il n'y croit plus. Il s'échappe. Je ne suis pas une mère, Hervé. Il a fallu qu'il devienne un petit homme et qu'il m'en impose assez pour que, comme ça, un beau soir, sans rien avoir vu venir, je réalise que nous étions des étrangers. »

Il voulut dédramatiser.

« Ne dis pas que tu ne t'es pas occupée de lui. Il n'a jamais manqué de rien, ce gamin. »

Le regard harassé de Samanta se planta dans celui d'Hervé et parvint à se faire étonnamment dur.

« Il n'a manqué de rien, sauf de l'essentiel, dit-elle. Que je lui prouve qu'il existait en m'intéressant à lui, à ce qu'il était, à ce qu'il faisait, à ses désirs, à ses chagrins. Il aurait pu se désespérer, mal tourner peut-être, à force de ne pas se rencontrer dans mes réactions. Il a su se trouver seul, mais sans moi… Et c'est tant pis pour moi. »

Son regard fila à nouveau vers des lointains auxquels Hervé n'avait pas accès. Sidéré, mal à l'aise, il restait immobile, toujours accroupi près du lit, la main sur le bras de la jeune femme. Elle finit par se dégager lentement.

« Quelle heure est-il ? demanda-t-elle.

– Il fera jour dans une heure.

– Laisse-moi. »

Dès qu'il fit jour, comme convenu, il rappela la gendarmerie. « On vient », lui confirma-t-on aussitôt.

« Il faut aussi appeler les pompiers. »

Il ne l'avait pas vue descendre. Elle était dans son dos. Il hésita.

« Si, tout de suite, il faut les appeler. Cette rivière… elle me fait peur. »

Il s'exécuta. Ils arrivèrent presque en même temps que les gendarmes et ne firent aucune difficulté pour aller inspecter le cours de la rivière bien qu'il fût évident qu'ils n'y croyaient pas. Les gendarmes attendirent patiemment d'être seuls avec Hervé et Samanta pour aller sans détour à la question qui devait leur brûler les lèvres :

« Dites donc, ce gamin-là, c'est bien lui qui a séjourné chez le dénommé Youssef, l'été dernier ? »

Ils étaient donc au courant. Samanta ne put que confirmer.

« Et comment il était arrivé là ? C'était une fugue, c'est bien ça ? »

C'était à peine une question. Samanta dut là encore confirmer.

« Il aura recommencé ? »

Au delà des apparences, ce n'était pas davantage une question. Cette fois, pourtant, Samanta se cabra.

« Non, dit-elle sèchement. Ce n'est pas une fugue.

– Et qu'est-ce qui vous fait dire ça, madame ? »

Pour le moins, le ton n'était pas très compatissant. Hervé en avait mal pour Samanta qu'il voyait se crisper. Se détourner de ses angoisses, rassembler ses idées et répondre le plus froidement possible durent lui être un effort insoutenable.

« Il ne m'a pas laissé de mot. Il n'a rien emmené, prononça-t-elle d'une voix blanche. Ce n'est pas une fugue. Il voulait venir ici. Pourquoi se serait-il sauvé ? »

Le gendarme dut en convenir. Il n'en était pas moins évident qu'il restait soupçonneux. L'entretien s'éternisa. Méticuleusement, comme s'il récitait son manuel d'instructions, il éplucha l'une après l'autre toutes les hypothèses possibles et imaginables. Très raide, assise à l'extrême bord du canapé, Samanta tint bon. Elle parvint à ne pas perdre le fil, à ne pas revenir aux obsessions qu'Hervé sentait grouiller en elle.

Il fallut que les pompiers reviennent, bien entendu bredouilles, pour que cesse enfin ce qui prenait de plus en plus des allures d'interrogatoire. Il fallut encore que soit rédigé un procès-verbal que Samanta, tremblante d'épuisement, eut toutes les peines du monde à signer. Puis Hervé raccompagna les deux hommes jusqu'à leur voiture. Les pompiers étaient partis depuis longtemps.

« Ne vous inquiétez pas inutilement. On va le retrouver, voulurent le rassurer les gendarmes. On continue l'enquête, soyez sans crainte. Mais vous, de votre côté, tenez-nous au courant du moindre détail. Ça peut aider. »

Hervé promit et ce n'est qu'en remontant vers la maison, tandis que s'éloignait le fourgon bleu de la gendarmerie, que l'idée tout à coup s'imposa à lui. Il avait aperçu tous les regards tournés vers eux, depuis la terrasse du café. Il s'était détourné, vaguement exaspéré. Peut-être le déclic était-il venu de là. Peut-être la brève vision de tous ces hommes attablés sous le grand auvent de toile lui avait-elle remis en mémoire ce jour de l'été précédent où, parmi eux, sur cette même terrasse, il avait compris que le « petit-neveu » de Youssef n'était autre que le fils de Samanta.

Il s'arrêta net au milieu de l'allée gravillonnée.

« C'est trop bête ! Pourquoi ne pas y avoir pensé plus tôt ? J'aurais dû lui dire. Il aura voulu y aller... »

Il fit le geste de se précipiter. Depuis la terrasse du café et même depuis la rue au milieu de laquelle certains s'étaient avancés, tous les regards encore braqués sur lui l'arrêtèrent.

« Pour qu'ils me suivent comme des loups à la curée... » gronda-t-il.

Et puis Samanta. Il fallait la prévenir.

Il repartit vers la maison. Épuisée par une nuit d'angoisse, par cet interminable interrogatoire et plus encore peut-être par cet étonnant sentiment de culpabilité qui s'était saisi d'elle, Samanta avait craqué. Elle s'était effondrée sur le canapé et dormait profondément. Il l'installa du mieux qu'il le put, griffonna un mot qu'il laissa bien en évidence sur le guéridon et fila par une porte dérobée, loin des regards de la terrasse.

XXX

LA FROIDE SOLITUDE de la ferme de Youssef fit frémir Hervé. La nature avait eu assez d'un printemps pour entamer la reconquête de ses droits. Les herbes folles s'appliquaient déjà à gommer le canevas compliqué des cheminements pendant que la grisaille de la poussière, de l'oxydation et de quelques moisissures sournoises effaçait jusqu'à l'ombre des patines laissées par la main qui, si longtemps, avait donné vie aux manches des outils, à la serrure d'une porte ou au levier de la pompe.

Il ne trouva aucune trace de Julien, mais ne s'en étonna pas. Sans perdre de temps, il prit le chemin des bois. Il longea le pré que fanait Youssef, lorsqu'il était venu voir le gamin, à une année de là, et atteignit la grande allée rectiligne. Tout au bout du long tunnel d'ombre scintillait l'étoile étrange de la clairière au milieu de laquelle, depuis ce jour-là, il savait une maison solitaire et un peu délabrée.

Il pressa le pas. L'étoile se fit tache lumineuse. Le soleil concentrait là-bas une telle lumière qu'il dut longtemps attendre avant de deviner les contours blafards de la bicoque. En atteignant la clairière, ce fut plus fort que lui. « Julien ! » appela-t-il. Seul le cajolement effarouché d'un geai lui répondit, puis le silence se refit, plus impressionnant encore. Hervé, pourtant, avait la conviction de ne pas s'être trompé. Il s'arrêta au milieu de la clairière, en face de la vieille maison. Par où commencer ses recherches ?

Entre les colonnes mangées de lierre qui encadraient le perron, la porte lui sembla ouverte. Il s'approcha. Elle était en effet entrebâillée, mais l'abondante végétation qui avait colonisé le seuil n'était ni arrachée ni piétinée. Il tenta tout de même d'entrer. Le lourd battant de chêne était tellement gonflé d'humidité qu'il ne put le faire bouger. L'espace laissé libre était trop étroit pour que même un enfant du gabarit de Julien ait pu s'y faufiler. Il fallait chercher ailleurs.

Il s'éloigna de quelques pas et tenta le plus méthodiquement possible d'imaginer par où le gamin avait pu passer. Il était certain qu'il était là et ne s'étonnait même plus qu'il n'ait pas répondu à son appel. Lentement, sans cesser de détailler la façade décrépite, il entreprit de la longer. C'est en atteignant le pignon qu'il se souvint. C'était de là que Julien avait débouché, il y avait presque un an. Il le contourna. La broussaille avait déjà envahi une bonne partie du mur. Il dut se frayer un passage, piétiner des ronces qui s'accrochaient à ses vêtements, écarter les branches des sureaux et des noisetiers. Il lui était bien difficile de continuer à rechercher l'indice qui trahirait la présence du gamin, mais il s'obstina, n'imaginant même pas que son hypothèse ne puisse pas être la bonne.

Il s'en fallut de très peu qu'il ne voie rien. Les épines d'une ronce trop solidement ancrées dans la jambe de son pantalon et qui lui déchiraient la cuisse lui firent baisser les yeux. C'est alors que, délicatement, de deux doigts tentant d'éviter les crocs acérés de la plante, il cherchait à se dégager, qu'il vit le passage. On eût dit une coulée de renard ou de blaireau. Peut-être, d'ailleurs, à l'origine, en était-ce une, mais ce n'était ni un renard ni un blaireau qui avait pu laisser cette marque de chaussure bien nette, sur une belle taupinière récente qui dressait là son monticule de terre fraîche !

Hervé voulut s'engager. Le passage, bien sûr, était beaucoup trop étroit pour lui. Et d'ailleurs, où menait-il ? Il lui fallut observer un bon moment, en tâchant de deviner ce qu'il entrevoyait, derrière l'écran des feuillages, pour comprendre qu'il se trouvait en face de l'entrée de la cave. Était-il possible que le gosse se soit ainsi terré ? Il fit une nouvelle tentative et ne parvint évidemment pas plus à progresser vers les trois marches au bas desquelles il put tout de même deviner une porte béante.

« Julien ! appela-t-il. Je sais que tu es là. Réponds-moi. »

Cette fois, il n'y eut même pas un geai pour s'effaroucher. Il n'avait pourtant pas rêvé cette empreinte de chaussure sur la taupinière. À sa certitude que le gamin était là vint tout de même se superposer une sourde inquiétude. Et s'il lui était arrivé quelque chose ?

« Julien ! » cria-t-il de nouveau avec peut-être un peu d'angoisse dans la voix.

Était-ce une impression ? Il lui sembla qu'on avait bougé dans l'ombre, devant lui.

« Allons ! Julien, viens, implora-t-il. C'est de ma faute, tout ça. Je ne t'avais pas dit. Je n'y avais pas pensé. Si je t'avais expliqué… Tu sais, ta mère est folle d'inquiétude. Tu ne peux pas la laisser comme ça. »

Cette fois, il n'y avait pas de doute : on bougeait. Hervé se dégagea lentement de l'étroit passage et resta accroupi, surveillant avidement le trou d'ombre par lequel Julien allait apparaître. Il y eut d'abord comme un grand frémissement de toute la broussaille environnante d'où émergea peu à peu la tignasse passablement hirsute du gamin. Il leva la tête et Hervé reçut comme un coup son regard éperdu. Il lui tendit la main.

« Viens. Il faut que je te dise. »

Le gosse refusa la main tendue. À quatre pattes, il se glissa jusqu'à deux pas d'Hervé en évitant adroitement les ronces, puis il attendit. Hervé comprit. Il s'écarta. Alors Julien se redressa et sortit de la broussaille.

« Elle est où, maman ? » demanda-t-il.

Il plut à Hervé que ses premières paroles soient pour sa mère. Il n'imaginait pas, en évoquant l'inquiétude de Samanta, qu'il touchait à ce point la corde sensible.

« Je l'ai laissée à la maison, expliqua-t-il. Elle s'est fait mal à la cheville en te cherchant Elle n'aurait pas été capable de venir jusqu'ici. Tu sais, elle a eu très très peur. Elle est complètement affolée. Allez, viens, on va aller la rassurer. »

Il tenta à nouveau de lui tendre la main, mais Julien, derechef, la refusa. Il marchait très droit, l'air sombre, en veillant bien à se tenir à bonne distance d'Hervé. Il était lamentable, la frimousse et les vêtements maculés de boue, les joues creuses, probablement affamé. Hervé ne savait plus par quel bout le prendre.

« Youssef ? pourquoi il n'est plus là ? » demanda enfin le gamin sans détourner le regard.

On y était ! Hervé prit une grande inspiration. Il allait falloir expliquer.

« C'est vrai, dit-il, bêtement, j'ai oublié de te dire. Il est parti l'hiver dernier.

– Parti ? Parti où ?

– Il est parti à la ville, à la maison de retraite. Ça s'est fait en quelques jours. Il a brutalement décidé qu'il était temps pour lui d'arrêter. Il a tout vendu et il est parti. »

Julien avait enfoncé les mains au fond de ses poches. Il s'était encore raidi. Il fallait que ces quelques mots cheminent en lui, qu'il en prenne la terrible mesure, qu'il accepte ce qu'ils avaient d'irrémédiable. Hervé tenta la diversion qu'il gardait en réserve.

« Tu sais, il m'a laissé quelque chose pour toi. C'est idiot, tu vois, je n'y pensais même plus. C'est d'ailleurs comme ça que j'ai su qu'il partait. Il est venu me voir…

– Et Kicouillou ? Et Pépette ? Et Félicien ?

– Eh bien ! Félicien, justement, il me l'a laissé pour toi, avec la charrette et le harnais. »

Le gosse tourna un regard incrédule vers Hervé.

« Il est où ? demanda-t-il sans que transperce dans sa voix autre chose qu'une curiosité grave.

– Dans un pré, pas loin de la maison. On ira le voir.

– Et Kicouillou ? Et Pépette ? Et les chèvres ? »

Méthodiquement, il allait au bout de chacune de ses interrogations. Hervé avait escompté que l'annonce du cadeau de Youssef ferait naître un enthousiasme suffisant pour faire passer le reste. Il commençait à perdre pied.

« Eh bien... bredouilla-t-il, à dire vrai, je ne sais pas trop. Les chèvres, je crois qu'il les a vendues. Le chien et la chatte... je ne sais pas. Peut-être les a-t-il donnés. »

Ils passèrent par le pré où Félicien coulait des jours paisibles mais solitaires. Avant même qu'Hervé ébauche le geste d'ouvrir la barrière, Julien s'était glissé entre ses montants et il courait vers l'âne. Celui-ci leva un regard curieux de l'herbe qu'il broutait, en pointant ses grandes oreilles vers ce visiteur inattendu. Il reçut sans broncher l'assaut du gamin qui lui jeta deux bras éperdus autour du cou et essuya ses larmes dans l'étroite crinière ébouriffée.

« Mon Félicien ! sanglotait-il. Que je suis content que tu sois là. Toi, au moins... Et Kicouillou ? Et Pépette ? Tu sais où ils sont ? Et Youssef... Où il est, Youssef ? »

L'âne supporta ces épanchements autant qu'il le jugea nécessaire, puis, sans autre forme de procès, il replongea des naseaux vers son festin d'herbe. Julien s'écarta pour ne pas le déranger. Il lui tourna autour encore quelques instants en lui distribuant des tas de caresses, puis, résolument, il s'éloigna.

« Je reviendrai bientôt, lui dit-il. Là, il faut que j'aille voir ma mère ! »

« C'est quoi, la maison de retraite ? » demanda-t-il à Hervé lorsqu'il l'eut rejoint.

Celui-ci lui brossa un tableau aussi réjouissant que possible de l'établissement dans l'anonymat duquel Youssef avait choisi de se perdre.

« Tu sais, conclut-il, quand on est vieux, il arrive un moment où on en a assez de travailler. Alors, on prend sa retraite. »

Pour définitifs qu'ils aient été, les arguments d'Hervé ne parvenaient pas à convaincre totalement Julien. Il le savait, lui, qu'il avait fallu quelque chose de bien plus fort que cette prétendue lassitude du travail pour décider le vieux à quitter sa maison. Ils arrivaient en vue des grands châtaigniers ombrageant la cour de la maison d'Hervé lorsque Julien se résolut à rompre le silence méditatif dans lequel il marchait, tête basse.

« Quand tu seras vieux, toi, demanda-t-il tout à coup, tu iras à la maison de retraite ? »

Terrible logique enfantine ! Elle prit Hervé de court.

« Non… Oui… Peut-être. Je ne sais pas. Pour te dire, je n'y ai pas encore vraiment pensé. »

Julien n'insista pas. Il avait compris. S'il fallait y penser à l'avance, c'était bien qu'il existait d'autres solutions, et comme celle-là ne lui plaisait pas, c'était assurément que Youssef avait été contraint de s'y résoudre. Par conséquent, il était malheureux et ça, Julien ne pouvait pas le tolérer.

Samanta, bien que réveillée, était encore allongée sur le canapé. Les yeux au plafond, un bras replié sur son front douloureux, elle se flagellait. Elle ne parvenait pas à comprendre comment, depuis quelques jours, lui était venu le souci des préoccupations de son fils. Ce n'était d'ailleurs pas là l'essentiel. Rien d'autre ne comptait que la mauvaise conscience que cela avait fait naître en elle. Des années durant, sans même s'en poser clairement la question, elle s'était persuadée qu'il vivait heureux auprès d'elle. Même sa fugue de l'été dernier n'avait pas ébranlé cette conviction.

En somme, il avait fallu qu'elle soit convoquée par son instituteur. Peut-être était-ce là qu'il fallait chercher le déclic. L'affront de devoir admettre que Julien n'était pas le petit génie dont elle lui avait une fois pour toutes assigné le rôle avait semé le doute en elle. Que savait-elle, au fond, de ce gamin ? Elle dut reconnaître que, ne l'ayant pas vraiment désiré, elle l'avait subi plus qu'autre chose. Sans jamais avoir voulu se l'avouer, elle ne pouvait pas s'empêcher de ne voir en lui que l'encombrante conséquence d'une erreur de jeunesse. Elle ne s'était jamais intéressée à autre chose qu'aux nécessités de son bien-être matériel. Ses goûts, ses jeux, ses passions d'enfant, elle n'en avait pas la moindre idée. Elle ne connaissait pas son fils.

Il ne s'en était vraisemblablement même pas aperçu, mais elle avait pu enfin mesurer, dans la voiture, en descendant chez Hervé, l'épaisseur et la solidité du mur qui les séparait. À ne jamais se soucier de ses inquiétudes comme de ses espérances, elle n'avait évidemment pas pu réaliser à quel point il vivait loin d'elle. À vouloir essayer de savoir et peut-être de comprendre, elle avait enfin pris la mesure de cette distance.

« Je ne l'ai pas vu grandir », se reprochait-elle sans se souvenir qu'elle avait aussi peu pris soin de ce qu'il pouvait ressentir quand il était plus petit.

Elle n'avait surtout pas vu arriver l'âge où un enfant ne se contente plus d'admirer et d'imiter ceux qui l'entourent. Julien, formé par elle-même à bonne école, entendait de plus en plus s'assumer et comme elle persistait à compter ses aspirations d'enfant pour quantité négligeable, il s'était organisé à sa façon, sans elle. Sa fugue de l'année précédente aurait dû lui ouvrir les yeux. Elle n'y avait vu que l'exploit d'un enfant particulièrement débrouillard alors que c'était un appel au secours. Le hasard avait voulu, par-dessus le marché, que cette aventure lui révèle un monde d'affection qui aurait pu l'apaiser si sa mère n'avait pas purement et simplement refusé de voir le bonheur qu'il y avait trouvé.

« Julien ! »

Le gravillon de la cour avait crissé sous des pas. Elle tourna la tête et eut le temps d'apercevoir Hervé et le gamin passant devant la porte-fenêtre.

« Julien ! » appela-t-elle encore.

Il apparaissait par la véranda, l'air sombre. Il s'arrêta un instant, la vit, laissa son visage s'inonder des larmes qu'il ne pouvait plus contenir.

« Maman ! »

Il traversa la pièce en trombe et vint s'échouer dans ses bras.

« Maman, Youssef… il… il n'est plus là. »

Pour une fois, elle n'éluda pas.

« Et c'est si grave que ça ? »

Julien s'abandonnait aux sanglots.

« Oh oui ! bredouilla-t-il. Je voulais tellement le revoir. »

Du regard, elle interrogea Hervé.

« Je lui ai expliqué », dit-il.

En quelques mots, il mit Samanta au courant.

« C'est sûrement qu'il ne pouvait plus rester, tenta-t-elle d'expliquer. Il est certainement mieux à la maison de retraite. »

Julien se raidit, prêt à la riposte, mais il préféra renoncer. À quoi bon ? Lui seul savait. Que pouvaient y comprendre Hervé et Samanta ? Il laissa s'épuiser ses sanglots sans chercher à échapper à l'étreinte des bras de sa mère. Puis il se redressa lentement et se tourna vers Hervé.

« Elle est où, la charrette ? »

XXXI

JULIEN S'ASSIT dans son lit. La pièce était encore plongée dans l'ombre de la nuit à l'exception de la fenêtre. Une lueur grise annonçant l'approche de l'aube en découpait parfaitement les contours dans le velours noir de l'obscurité qu'elle ne parvenait pas encore à pénétrer. Il se frotta énergiquement les yeux, s'ébroua, puis, résolument, se leva.

Sans souci de toilette, il enfila rapidement les vêtements qu'il avait abandonnés la veille sur une chaise. Il fallait maintenant traverser toute la maison sans donner l'alerte. Ses chaussures à la main, le cœur battant, il entrouvrit la porte de sa chambre. Le couloir était noir comme un four, mais le silence était parfait. Il prit son courage à dcux mains, longea le mur, atteignit le palier que signalait la même lumière grise des prémices du jour. Descendre l'escalier sans faire craquer les marches, traverser la salle de séjour, puis la véranda, en évitant soigneusement tous les obstacles que tendaient les meubles, fut un jeu d'enfants.

En atteignant le jardin, il frissonna. La fraîcheur du matin ou le sentiment grisant de la liberté ? Il ne s'attarda pas. La porte du garage glissa sans bruit. Il lui fallut quelques instants pour parvenir à discerner la charrette à âne qu'Hervé lui avait dit avoir rangée là. Rien, heureusement, n'en entravait le passage. Il s'attela fermement des deux mains à ses brancards et, en s'arc-boutant avec toute la détermination dont il était capable, il parvint à l'ébranler. Elle prit un minimum d'élan qui lui permit de la sortir du garage et de la faire descendre jusqu'à la grille. Le crissement du gravier sous ses pas et sous les roues de la voiture lui fit l'effet d'un tintamarre tel qu'il ne douta pas que tout le village l'ait entendu. Longtemps, tendu, inquiet, il resta immobile entre les brancards qu'il avait posés au sol. Rien ne bougea. Il reprit espoir.

Félicien ne parut pas étonné de le voir. Il se laissa passer le licol sans broncher et le suivit. Julien tâtonna bien quelque peu pour l'atteler. Il avait vu faire Youssef, mais n'avait jamais opéré lui-même. Paisible et coopératif, le petit âne, à qui il ne déplaisait peut-être pas de retrouver sa charrette, fit tant et si bien que ce fut souvent lui qui suggéra à Julien les gestes à effectuer.

Enfin, ils furent prêts. Restait à ouvrir la grille. Ce n'était pas la moindre affaire. Avec l'énergie du désespoir, Julien pesa de tout son poids sur l'énorme poignée. Elle céda sans difficulté. Encore fallait-il que le lourd battant n'émette pas, en pivotant, de grincements trop assourdissants. Il le fit tourner lentement, très lentement, s'arrêtant net dès que s'élevait la plainte la plus légère, jusqu'à ce quc l'espace libéré soit suffisant pour que puisse passer le petit attelage.

Cette fois, ils étaient libres ! Il n'eut rien à demander à Félicien. Il ne s'était pas sitôt installé sur le banc rustique que l'âne prenait le trot. Ce fut à peine si Julien eut à le guider. La route devait lui rappeler assez de souvenirs pour qu'il ait tout de suite compris où ils allaient.

Le jour avait eu le temps de se lever, mais de légers bancs de brume traînaient encore dans les prés et au long des lisières de bois. Parfois, il leur arrivait de plonger dans cette légère grisaille cotonneuse si peu épaisse que la lumière du soleil levant la pénétrait et s'y dissolvait en dessinant d'étranges paysages sans ombre et sans profondeur. Puis ils jaillissaient à nouveau dans l'éclat tout neuf d'un matin bruissant des chants d'oiseaux lançant à tous les horizons leur ode quotidienne à la vie.

Les guides en main, comme il l'avait vu faire à Youssef et bien qu'il n'eût quasiment pas à s'en servir, attentif au bon déroulement de son expédition, Julien n'en était pas moins émerveillé par le spectacle paisible du réveil de la nature. Qu'il ait été seul et en pareil équipage au cœur de ces puissantes pulsions que revigorait le soleil, après l'engourdissement de la nuit, n'était pas pour rien dans l'acuité de la perception qu'il en avait. Tout cela lui faisait l'impression d'une fête à laquelle son âne, la charrette et lui étaient exceptionnellement conviés. S'il n'avait pas eu la conscience très claire de sa responsabilité et de l'importance de la mission qu'il s'était assignée, il aurait dansé de joie, il aurait crié son bonheur à tous les vents, il aurait sauté les barrières des prés pour aller se rouler dans l'herbe que constellait une infinité de petites fleurs multicolores.

Mais il avait un but. Rien n'aurait pu l'en dévier et cette certitude d'accomplir un geste essentiel ajoutait encore au plaisir qu'il ressentait à aller ainsi en parfaite osmose avec ce matin de naissance du monde.

Les choses se compliquèrent un peu lorsqu'ils atteignirent la grand-route. Le soleil était maintenant haut dans le ciel et la circulation avait pris son rythme des heures les plus actives. Il leur fallut marquer le « stop » et attendre que soient passés plusieurs énormes camions semi-remorques avant de pouvoir s'engager. Ces monstres lancés à pleine vitesse étaient le gros souci de Julien. Félicien, lui, ne s'en inquiétait guère. Cela faisait bien longtemps qu'il avait compris. Pour lui, ce n'étaient que des fiers-à-bras qui faisaient beaucoup d'esbroufe, mais rien de plus. Il suffisait de ne pas s'en préoccuper. Qu'ils actionnent leurs trompes monstrueuses, qu'ils lâchent à ses oreilles ces formidables pets d'air comprimé qui n'étaient que le signe évident de leur vulgarité, ou qu'ils roulent les mécaniques de leurs doubles débrayages, Félicien s'en fichait. Une fois pour toutes, il avait pris le parti de l'indifférence. Soigneusement aligné sur le bas-côté, tête basse, il trottait énergiquement pour en avoir fini le plus vite possible du voisinage de ces gros malappris.

Quelques automobilistes, tout de même, marquèrent leur surprise de voir réapparaître le sympathique attelage. Il y eut quelques coups de frein intempestifs, quelques moments d'inattention dont les conséquences auraient pu être graves, mais, en fin de compte, tout se passa bien. Julien se paya même le luxe de répondre à quelques mains agitées au passage ou à de joyeux coups de Klaxon en levant haut son fouet ainsi qu'il l'avait vu faire à Youssef.

Leur arrivée en ville ne passa évidemment pas inaperçue. On se retournait sur les trottoirs, on leur lançait de grands saluts, on s'étonnait.

« L'âne et la charrette du Youssef, dis donc ! Tu as vu ça ? Et un gamin pour la conduire. Où c'est donc qu'il va comme ça, ce gamin-là ? »

Où pouvaient-ils aller si ce n'était à l'anneau scellé dans le mur derrière l'hôtel de ville ? Ce n'était pas jour de marché. Les voitures n'étaient pas trop nombreuses. Ils purent l'atteindre sans trop de difficulté.

« Tu m'attends là bien tranquillement, glissa Julien à l'oreille de Félicien pendant qu'il nouait la longe. Je n'en ai pas pour longtemps. Tu vas voir la surprise ! »

Il disait cela pour se rassurer. Lui-même n'avait aucune idée de la façon dont tout cela allait tourner. Ce fut presque à regret qu'il s'éloigna de Félicien. Il lui semblait se retrouver un an en arrière, lorsqu'il avait erré des heures durant dans cette ville pourtant pas bien grande, mais où il était un étranger. Il reconnaissait les rues, bien sûr, mais n'en allait pas moins au hasard, incapable de se souvenir d'un lieu, d'un bâtiment pouvant se nommer maison de retraite. Et puis d'ailleurs, c'était fait comment, une maison de retraite ? Est-ce qu'il en avait seulement idée ?

Avec la même peur au ventre des questions qui pourraient lui être posées et auxquelles il ne saurait pas répondre, il finit par se résoudre à interroger un passant. Il choisit un vieux monsieur qui marchait en s'aidant d'une canne et qui devait s'en revenir vers chez lui, une baguette de pain sous le bras et le journal à la main. Son air paisible et le regard très doux qu'il posa sur Julien le décidèrent.

« Pardon, m'sieur, demanda-t-il. Vous ne pourriez pas m'indiquer la maison de retraite ? »

Le vieux monsieur se rembrunit.

« L'hospice, tu veux dire ? »

Julien en fut tout interloqué. Et voilà, c'était bien ce qu'il craignait. Il suffisait qu'il pose une seule question pour que tout se complique.

« Non, m'sieur, osa-t-il tout de même. Ce n'est pas ça. C'est la maison de retraite que je cherche.

– Oui, bon, c'est la même chose, grogna le vieil homme. On change les noms, mais la misère des gens reste la même. »

Il lui indiqua le chemin. C'était à trois rues de là.

« C'est ton grand-père que tu vas voir comme ça ? » demanda-t-il.

La question, bien sûr, prit Julien au dépourvu. Il n'hésita pourtant pas. Elle avait suffi pour lui remettre en mémoire les derniers mots ou presque que lui avait adressés Youssef. « Tu reviendras voir ton grand-père », avait-il voulu plaisanter à l'instant où, devant la grille de chez Hervé, il leur avait fallu se séparer.

« Oui, oui, c'est ça, confirma-t-il. Je viens voir mon grand-père. »

À son plus grand désappointement, cela ne parut pas du tout réjouir le vieux monsieur.

« C'est gentil de ta part de venir le visiter, dit-il. Mais tu diras à tes parents qu'ils feraient mieux de veiller à l'installer mieux que ça, ce pauvre homme. Si ce n'est pas une honte, cet hospice ! »

Il repartit en faisant claquer le bout ferré de sa canne sur le bord du trottoir. Julien en resta pétrifié. Tout à coup, il avait très peur. Qu'allait-il trouver ? Le laisserait-on entrer ? Oserait-il seulement frapper ? Il se sentait dépassé par son expédition. La tentation lui vint d'aller retrouver Félicien et de reprendre le chemin du pays. Mais alors, comment justifier son escapade ? Il lui fallait aller jusqu'au bout. Et puis, d'ailleurs, tout ce chemin pour rien, pour abandonner Youssef à son triste sort ? Pas question ! Il se ressaisit. Justement, s'il était vrai que ce n'était pas bien, cet hospice, comme disait le vieux monsieur, c'était une raison de plus pour ne pas renoncer.

Suivant les indications qui lui avaient été données, il eut tôt fait d'atteindre les grandes grilles derrière lesquelles s'étendaient les jardins de la maison de retraite. Elles étaient grandes ouvertes. Julien, intimidé, se figea au milieu du trottoir. La première chose qu'il vit fut ces mots encore bien lisibles au fronton du bâtiment principal : *Hospice municipal.*

« Ce n'est peut-être pas là », espéra Julien qu'impressionnait la solennité du lieu, ces grands bâtiments gris qui encadraient le jardin sur trois côtés. Il y avait pourtant tous ces vieux, hommes et femmes, qui déambulaient paisiblement par les allées ou qui papotaient sur les bancs, à l'ombre des arbres. L'un d'eux, justement, sortait, l'air affairé. Julien prit son courage à deux mains et osa :

« M'sieur, s'il vous plaît ? Je cherche la maison de retraite. Vous ne sauriez pas me dire…

– Mais tu y es, mon petit gars. C'est ici. Tu cherches quelqu'un ? »

Un peu voûté, pas trop bien fagoté, un béret enfoncé jusqu'aux oreilles, il avait une bonne tête ornée, derrière d'épaisses lunettes de myope, d'un regard doux et souriant. Julien se sentit en confiance.

« Oui », dit-il encore un peu hésitant.

Pouvait-il confier ainsi son secret au premier venu, au bord de la rue ?

« Et qui c'est donc qui a la chance d'une si gentille visite ? » insista le vieux.

Après tout, avec son large sourire qui accentuait encore son allure de vieille pomme ridée, il n'avait pas l'air si malheureux que ça, ce brave homme. Et puis tous ceux-là, dans le jardin, qui se promenaient tranquillement ou se reposaient sur les bancs… Peut-être bien que son précédent interlocuteur avait un peu exagéré. « Peut-être qu'il est jaloux parce qu'ils n'ont pas voulu de lui », se dit Julien en même temps qu'il se décidait à poser la question qui lui brûlait les lèvres :

« C'est Youssef que je viens voir. Vous le connaissez ? »

Il s'attendait à tout sauf à l'exubérance de la réaction du vieux ! Levant les bras au ciel, au risque de s'estropier avec son bâton qui tournoyait dans sa main, il se mit à bondir sur le trottoir en poussant des cris de joie.

« Youssef ! mon vieux copain Youssef ! Si je le connais ! Et c'est lui que tu viens voir ? Pour être content, ça oui, il va être content. Le pauvre homme, sûr que ça va lui changer les idées. Il en a bien besoin, lui qui est si triste. Mais alors ?... Attends voir... »

Il s'était tout à coup immobilisé devant Julien et pointait sur le gamin un bâton inquisiteur. Il le dévisagea un long moment en silence avec, dans les yeux, une sorte de jubilation un peu égarée.

« Ce serait-y pas ? bredouilla-t-il enfin. Ce serait-y pas que tu serais Julien ?

– Ben oui, c'est moi.

– Viens donc. Suis-moi. »

Totalement oublieux de ce qu'il partait faire en ville, le vieil homme rebroussa chemin et se pressa.

« Suis-moi, suis-moi ! » répétait-il.

Et, à ceux qu'il croisait, il expliquait :

« C'est Julien. Vous savez bien, Julien, le Julien des marginaux, quoi ! C'est le Youssef qui va être content. Pour sûr qu'il va être content, le Youssef ! »

Ils longèrent la grille, s'engagèrent le long du pignon d'un long bâtiment sévère et atteignirent enfin un minuscule jardin encombré de seringas, de lilas et de boules-de-neige qu'on avait laissés pousser dans le plus grand désordre.

Au fond, contre le mur, il n'y avait qu'un seul banc. Youssef y était assis.

XXXII

TASSÉ SUR LUI-MÊME, le dos voûté, les avant-bras appuyés sur les cuisses, les mains jointes et la tête basse, Youssef ne réagit pas quand ils s'approchèrent. Il émanait de lui une telle impression de tristesse et d'abattement, dans l'isolement de ce petit jardin à l'abandon, que Julien se sentit venir les larmes aux yeux.

« Youssef », appela-t-il doucement en s'agenouillant contre le banc, juste à côté de son vieil ami.

Celui-ci sursauta. Il lui fallut quelques instants pour réaliser, au contact des mains du gamin sur sa cuisse, qu'il ne rêvait pas. Sans se redresser, il tourna lentement la tête et posa sur lui un regard atone.

« C'est donc toi », dit-il simplement.

La gorge nouée, contenant difficilement ses larmes, Julien se contenta de lui adresser le plus beau sourire d'amour qu'il put trouver. Ils étaient seuls. Le vieil homme qui l'avait conduit jusque-là s'était discrètement éclipsé. Un long moment, ils restèrent ainsi parfaitement immobiles, cherchant à la fois à maîtriser leurs émotions et à se régaler du simple bonheur qu'ils avaient à se retrouver. Un léger sourire finit par détendre le regard de Youssef.

« Pourquoi tu es parti ? » ne put s'empêcher de demander l'enfant.

Le sourire se crispa. Youssef parut une nouvelle fois s'échapper vers les territoires immenses et à lui seul accessibles de sa peine. Puis il posa à nouveau les yeux sur le gamin toujours agenouillé près de lui et parvint à effacer un peu de l'immense nostalgie qui émanait de tout son être.

« C'est comme ça, dit-il. C'est la vie. Tu n'y peux rien. Un jour tu es là, le lendemain, tu es ailleurs. Il faut accepter. »

Le gamin sentait bien qu'il taisait bien plus qu'il ne disait, mais il n'insista pas. À quoi bon ?

« Viens », dit-il en prenant la main de Youssef et en se relevant.

Le vieux, surpris, commença par résister.

« Où donc que tu veux m'emmener ?

– Viens ! insista Julien. J'ai quelque chose pour toi. »

Pour le seul bonheur de rester encore un peu avec l'enfant, Youssef finit par céder. Lorsqu'ils atteignirent le parc de la maison de retraite, un grand silence se fit. Tous les regards avaient convergé sur ce gosse qui entraînait l'un des leurs avec détermination. Celui qui avait renseigné Julien était à la grille, comme s'il s'était attendu à les voir passer par là.

« Où c'est que vous allez comme ça ? » voulut-il savoir.

Julien ignora la question, Youssef se contenta de hausser les épaules. Le vieux les laissa passer, puis leur emboîta le pas. Un autre en fit autant, puis un second, un troisième, puis d'autres encore. Ils furent bientôt une bonne vingtaine à cahoter au long des rues de la ville, au rythme de leur canne, derrière ce gosse qui entraînait toujours un Youssef passif et apathique.

« Tiens donc, voilà le Youssef ! lança un commerçant, depuis le pas de sa porte. Ça faisait pourtant bien longtemps qu'on ne t'avait pas vu, vieux gars. C'est que ça fait plaisir. Tu as donc levé une armée à l'hospice ? »

L'apostrophe dut plaire au vieux. Elle dut réveiller en lui bien des souvenirs. Il se redressa et eut de sa main libre le geste aimable qu'il adressait jadis à tous ceux qui le saluaient sur le marché. Ils atteignirent ainsi la ruelle des Échevins. Youssef se raidit.

« Où c'est que tu m'emmènes comme ça ? s'inquiéta-t-il.

– Viens ! »

Julien dut le tirer. Une camionnette garée là dissimulait à leurs yeux l'âne et sa charrette. Ils ne les découvrirent qu'en les atteignant.

« Félicien ! bredouilla Youssef sans penser à dissimuler les deux grosses larmes qui s'étaient mises à rouler sur ses joues. Mon Félicien. »

Il s'approcha, glissa une caresse furtive sur l'encolure du bourricot et fit celui qui s'absorbait dans l'examen du harnais.

« C'est toi qui l'as attelé ? »

Julien confirma gravement. Cela eut pour effet de sortir brièvement Youssef de son apathie.

« Ben, mon vieux ! C'est que tu t'es bien débrouillé. Je n'aurais pas fait mieux. Et vous êtes venus tout seuls ?

– Avec qui veux-tu ? »

Un attroupement s'était formé autour d'eux. Il y avait là l'escouade au grand complet des vieux qui les avaient suivis depuis la maison de retraite et bon nombre de passants qu'avait intrigués ce curieux défilé. Tout le monde y allait de son petit commentaire et cela formait un joli tohu-bohu que n'aimait pas Julien. On lui volait son bonheur. Il détacha la longe de l'âne, fit adroitement reculer l'attelage, le mit dans le sens du départ.

« Viens, monte », dit-il à Youssef pendant que lui-même s'installait sur le banc et ajustait ses guides.

Au petit trot de Félicien, ils eurent tôt fait de distancer la troupe des badauds qui les applaudissaient à tout rompre. Youssef se laissait conduire. Dès qu'ils furent seuls, dès que Félicien s'engagea sur le boulevard de la Liberté, il parut s'effacer à nouveau derrière le vide de son regard éteint et de son visage devenu totalement inexpressif. Ni tristesse, ni rancœur, ni colère... rien : l'absence totale.

Julien aurait aimé ne pas avoir à s'en apercevoir. Il aurait aimé la joie de Youssef, peut-être même ses reproches. « Galopin ! c'est maintenant que tu viens me voir ? » Si seulement il y avait eu une plainte : « Tu as vu à quoi je suis réduit... » Ou alors même un rien de colère : « Si ce n'est pas un malheur. Quand tu es vieux, tu n'es plus bon qu'à être jeté. »

Mais non, rien... Il en oubliait de surveiller Félicien et la circulation des voitures qui les doublaient, les croisaient, leur cédaient le passage, dans les carrefours, sans qu'il y prenne garde. Le petit âne, lui, savait bien ce qu'il avait à faire. S'il y avait été un tout petit peu plus attentif, Julien aurait pu tenter d'amener un sourire sur la face grise et triste de Youssef en lui faisant remarquer l'ardeur que mettait l'animal à reprendre le chemin tant de fois parcouru. « Tu as vu Félicien ? aurait-il pu s'exclamer. Il sait que tu es avec nous. Il sait qu'il te ramène à la ferme. Regarde comme il est heureux. Regarde comme il va. »

Julien ne comprenait pas. Il était aveuglé par les interrogations qu'il n'osait pas formuler, par sa peine, par l'atonie de cet être, à côté de lui, qui était Youssef, il le savait bien, mais si différent de celui qu'il aurait voulu retrouver…

Ils franchirent le grand pont de pierre sous lequel coulait la rivière. Au-delà, c'était la campagne. Félicien, tête basse, oreilles pointées, trottait comme jamais il ne l'avait fait. Cela imprimait à la charrette un mouvement de balancement régulier auquel Youssef s'abandonnait, sans même remarquer ce qu'il avait d'énergique.

« Non… » murmura-t-il lorsqu'ils se furent engagés sur la grand-route.

Il avait glissé cela si bas que Julien douta d'avoir bien entendu.

« Tu m'as dit quelque chose ? demanda-t-il.

– Non… répéta Youssef toujours dans un souffle, mais en agitant frénétiquement la tête de droite à gauche.

– Non ? Pourquoi tu dis non ? » s'étonna le gamin.

Le visage du vieux s'était subitement éveillé, mais il exprimait une telle angoisse que le gamin en fut tout à coup saisi de panique.

« Youssef ! implora-t-il. Pourquoi tu dis non ? Pourquoi tu ne veux pas ? Qu'est-ce que tu ne veux pas ? »

Le regard rivé devant lui, exactement comme si lui apparaissait un danger imminent, il continuait de hocher de la tête en signe de dénégation.

« Non ! cria-t-il. Il ne faut pas ! »

Tout à coup aussi agité qu'il avait, jusque-là, été éteint, il se redressa.

« Tourne ! Tourne là. »

Avant que Julien ait pu réagir, il lui avait arraché les guides des mains et, sans ménagement, imposait à Félicien de s'engager sur une petite route qui convergeait là avec l'axe dont jamais, depuis tant d'années, il n'avait dévié.

« Où tu vas ? » s'étonna Julien.

Pour toute réponse, Youssef, soudain apaisé, lui rendit les guides.

« Marche », marmonna-t-il en ayant de la main, droit devant eux, un geste qui pouvait passer pour un encouragement à continuer.

Il retomba aussitôt dans son extrême morosité. Dépité, malheureux, ne sachant plus ce qu'il devait faire, Julien s'en remit au hasard. Le trot de Félicien avait perdu de son énergie.

Ils allaient sans se presser au fil d'une toute petite route bordée de haies, qui sinuait entre les prés. De loin en loin, des rangées de peupliers veillaient au grain des grands vents pour le compte de quelques vieilles demeures emmitouflées de lierre. Seuls, sans qu'on puisse les localiser, les vrombissements énervants de deux ou trois tondeuses à gazon égratignaient un silence pesant.

Julien avait mille questions à poser. Julien mourait d'envie qu'ils reprennent là, assis côte à côte sur ce banc rustique qui avançait en se dandinant doucement, au rythme du trot de Félicien, les conversations qu'on leur avait volées depuis un an. Mais il n'osait pas. Il lui semblait que Youssef l'avait quitté. Bien sûr, il était là. Il le voyait, il sentait les mouvements réguliers auxquels s'abandonnait sans énergie le corps du vieil homme, mais c'était comme une porte derrière laquelle il se serait retranché. Julien n'osait pas frapper de ses questions à cette porte-là.

De petite route en petite route, longtemps ils errèrent dans la campagne assoupie sous le soleil de juillet. N'aurait été cette douleur du silence imposé, la promenade aurait pu avoir beaucoup de charme. Julien n'y goûta guère et si elle plut à Youssef, il ne le montra pas.

Lorsqu'ils atteignaient un carrefour, il disait laconiquement : « Prends là. » Il montrait de la main une direction. Félicien s'y engageait sans problème, comme s'il avait deviné. Julien s'y serait totalement perdu si la ville ne lui était pas presque toujours apparue sur sa droite, sur sa hauteur, rassemblée en toits désordonnés autour de sa vieille basilique. Ils tournaient autour d'elle, à bonne distance. Youssef savait donc où il allait ? Le gamin en nourrit longuement l'espoir.

Il crut même approcher du but lorsqu'il sentit le vieux, à ses côtés, se redresser et faire visiblement l'effort de sortir de sa torpeur.

« Tu ne m'as pas dit, demanda tout à coup Youssef. Comment ça va, toi ? Depuis le temps…

– Ben… bredouilla Julien, abasourdi. Moi, ça va. Ça va bien. »

Comme s'il pouvait en être autrement !

« Et toi ? » osa-t-il hasarder.

Impassible, Youssef ignora la question.

« Tu es bien à Paris ? » insista-t-il.

Julien hésita. Il aurait tant aimé dire la vérité. Il aurait tant aimé que le vieux tende une oreille attentive à ses peines et les comprenne comme il avait si bien compris lorsqu'ils s'étaient rencontrés, à un an de là. Quelque chose, pourtant, lui disait qu'il ne fallait pas.

« Bof ! fit-il. Ouais, ça va. »

Le sourire amusé et complice qu'aurait eu Youssef, le Youssef dont il se souvenait, celui du temps de sa fugue, à l'énoncé d'un tel mensonge ! Cette fois, pourtant, il ne réagit pas.

« C'est bien », se contenta-t-il de marmonner.

Ils n'avaient déjà plus rien à dire. Ils longeaient le mur gris coiffé de tuiles d'une propriété plus fermée que les autres. Ils dépassèrent une haute grille en fer forgé fermée au-delà de laquelle, au bout d'une allée bordée de grands arbres bien alignés, ils virent une grosse voiture grise qui attendait au milieu d'une cour gravillonnée, devant le perron d'une vaste demeure aux allures de manoir. Youssef n'était pas retombé dans son triste isolement. Il attendait que s'ouvre à nouveau devant eux l'espace des prés bordés de haies.

« Tu me fais faire une belle promenade, dit-il lorsqu'ils l'eurent atteint.

– Attends, on n'est pas arrivés ! » crut pouvoir remarquer Julien.

Le vieux se tourna lentement vers lui et lui aurait fait éclater le cœur de bonheur s'il n'y avait pas eu autant de mélancolie au fond du sourire qu'il lui adressa.

« Bientôt », dit-il simplement.

Au carrefour suivant, il indiqua à nouveau la route de droite. Elle filait tout droit vers le faubourg de la ville où on la voyait distinctement devenir rue, au-delà d'un pont qu'elle franchissait juste avant de l'atteindre.

« On ne remonte pas chez toi ? » ne put s'empêcher de s'étonner Julien.

L'ombre terrible qui tomba sur le regard de Youssef lui fit aussitôt regretter sa question. Le vieux se redressa encore. Il se raidit. Une flamme s'alluma enfin dans ses yeux, mais elle fit peur à Julien.

« Ils ont tué Kicouillou », dit-il.

Ils atteignaient déjà les premières maisons de la ville.

« C'est par là », indiqua-t-il à Julien qui ne savait plus où aller ni que faire.

Lorsqu'ils furent devant les grilles de la maison de retraite, il posa une main très douce sur la cuisse du gamin.

« Tu m'as fait faire une belle promenade, dit-il. C'est gentil. C'est bien de toi. Je te remercie. »

Puis il descendit de la charrette et, sans se retourner, sans même une dernière caresse à Félicien, il regagna le parc. Au travers de ses larmes, Julien le vit longer le mur et disparaître derrière le pignon du grand bâtiment triste.